邮轮碎片

life cruising

刘心武
Liu XinWu
著

人民文学出版社

图书在版编目(CIP)数据

邮轮碎片/刘心武著. —北京：人民文学出版社，2020
ISBN 978-7-02-016449-3

Ⅰ.①邮… Ⅱ.①刘… Ⅲ.①长篇小说—中国—当代 Ⅳ.① I247.5

中国版本图书馆CIP数据核字(2020)第115149号

责任编辑 杨新岚 付如初
装帧设计 陶 雷
责任校对 王 璐
责任印制 苏文强

出版发行 人民文学出版社
社 址 北京市朝内大街166号
邮政编码 100705
网 址 http://www.rw-cn.com

印 刷 三河市宏盛印务有限公司
经 销 全国新华书店等

字 数 197千字
开 本 880毫米×1230毫米 1/32
印 张 9.625 插页2
印 数 1—80000
版 次 2020年8月北京第1版
印 次 2020年8月第1次印刷

书 号 978-7-02-016449-3
定 价 42.00元

人 物 表

1号家庭：**大孝子**

罗玉兰 大孝子媳妇

大孝子岳母

大孝子父亲

罗玉兰父亲

罗玉兰姥姥、姥爷

罗玉兰大姨

岳母当年邻居陈大妈

罗玉兰儿子、女儿

2号家庭：**陆向东**

陆向东父亲

陆向东母亲

陆向东姐姐、姐夫

陆向东弟弟

郝向阳

郝向阳父亲

郝向阳母亲

3号家庭：**龙秉谦**

其兄

其侄女龙荃荃

其姐

其妹

其妻

其妻当年的工友李姐、阿红、小猫

4号家庭：**马自先 作家**

那二朵 马自先妻子

那一朵 那二朵姐姐

新一兵 那一朵丈夫

辛勤 那一朵与新一兵的儿子

作家浩然

马自先前妻

马自先儿子马驰

马驰妻子和儿子唐笠

交往过的不幸惨死的女作家

杀害女作家的黑车司机

女作家的侄女

马自先母亲

马自先父亲

马自先姨妈

马自先姨父

雪梅 马自先表妹

李惠 雪梅丈夫

强强 雪梅、李惠之子

马自先堂侄孙查查（渣渣）

查查同事 努努

努努家乡的亲爷爷

努努家乡的大爷爷

努努家乡大爷爷的大儿子及其他儿孙

努努家乡大爷爷的大孙女姑爷

努努家乡大爷爷办丧事请来的吹打手、唱曲人（号丧妇女）

5号家庭：**退休医生**

退休医生妻子 秦淑蕙

当年被退休医生顶替的插友

退休医生的舅舅

6号家庭：她 某大学副教授

若瑟 另一大学副教授

大溪地健美男子

7号家庭：林珊珊

陈佳佳 林珊珊女儿

8号家庭：宙玉鹏（宙斯）教授

巧克力女士

某杂志主编

主编夫人

主编女儿

美术编辑 冯天鹭（后成为马自先外甥强强的妻子）

庹编辑

倪编辑

新8号家庭：明厉

普奔

散客：石可尔

石可尔故去的妻子

石可菀 石可尔姐姐

石可尔姐夫

温豪 石可尔好朋友

童若菊 温豪前妻

童若菊表哥、堂弟（童哥、童弟）

基金会女会长

安果 温豪现任妻子

温迟 温豪、安果所生的儿子

左七儿 洗车行老板

庄有德 石可尔好朋友

庄有德父母

庄有德妻子

庄有德大舅子、小舅子

庄有德当年的两位中学老师

庄有德在美国遇到的骗子

庄有德在美国纽约收留他的道士

雷富定 曾任庄有德的司机兼保镖

雷富定媳妇

雷洋 雷富定儿子

雷洋所在班级的班主任

雷富定遇到的交警

跟雷洋一起拼车去学校的三个女生

建材市场的陈老板

被雷洋打破嘴的同学及其父亲

莫大能 石可尔好朋友

莫大能父亲

莫大能母亲

莫大能姐姐

莫大能妻子

莫大能继父

莫大能继父的二儿子

莫大能女儿

派出所民警

散客：滕亦萝 策划人

尼罗 诗人

刘作家

领队兼导游：小张

小张姑妈，后来小张过继给姑妈，姑妈成了妈妈

满妮 小张妻子

小张儿子

小张岳父 老画家

小张岳母

小张岳母在上海的妹妹

樊姐 小张岳父、岳母家的小时工

樊姐老公

樊姐儿子、儿媳妇

樊姐两个兄弟

樊姐老公的一个兄弟

丢包的领队

替代丢包领队的女士

按摩师：华瑞生

罗菱娜 华瑞生妻子

儿子华杰

华瑞生妈妈

罗菱娜爸爸

罗菱娜妈妈

谭胖 华瑞生在酒店时的同事

何姐 华瑞生在酒店时的同事

1 最近手机“今日头条”上连篇累牍展现许多的肌肉男，特别是腹肌男，但她在生活中却几乎没有见到过一位。在邮轮上她注意观察，甲板躺椅上、泳池中，裸露出身体的男子没有一个近似网络上呈现的，而且，许多臃肿颟顸的肉体总是要跃入她的视野，无从规避。

2 若瑟总是以最悲观的思维面对一切。她约若瑟结伴上邮轮，费了好大劲。及至登上邮轮，进入船舱，若瑟还是战战兢兢。警报响了，预演紧急集合，她拉着若瑟按指定路线到达应该集合的那只救生艇下面，若瑟手心里全是冷汗。其实周围许多游客还在嘻嘻哈哈。还有坐轮椅被推来的老人，毫无惧色，十分淡定。终于结束预演，回到舱房，若瑟几乎哭了出来：“这不就是‘泰坦尼克号’吗？我们说不定就要《冰海沉船》!”若瑟自打从网络上搜到黑白老电影《冰海沉船》，就不要再看温斯莱特和莱昂纳多演的彩色电影《泰坦尼克号》。她恶狠狠地告诉若瑟：“这回肯定冰海沉船！不过坐救生艇妇女

优先！我们俩你再优先！你死不了的！”

3　若瑟习惯于把别人的罪愆算到自己头上。若瑟告诉她，前些时在学校监考，一位考生公然作弊，若瑟和另一监考老师都发现了。两人对视后，心照不宣，就是多一事不如少一事，能以暗示终止其作弊最好。因为若当场抓住，考生不服，考场大乱，如何收拾？若是考完揭穿，上报起来，程序复杂，后患无穷。若瑟先踱到那考生座位一侧，轻轻咳嗽，以示提醒。那考生竟依然故我。另一位监考老师也踱到其侧，干脆弯腰用手指轻敲那考生用以作弊的“小抄”，那考生居然对之以恨恨的白眼……终考铃声响起，不得不对那考生宣布所答无效，又不得不写报告给校方。那考生不仅当场狡辩，还到校方告监考老师不公。若瑟以此事自虐，心里头总觉得自己沾了龌龊：别的考场怎么没出这样的事情，偏偏自己监考就出大丑？若瑟当晚给她打电话，倾诉良久，就仿佛是自己考试作弊被抓。说到最后，总结道：“直到去那家常去的餐厅吃晚餐，点了清蒸多宝鱼，吃完整条鱼，我才觉得被上帝赦免，平静下来，要不，这通电话也打不了。”

4　当晚在邮轮的免费点餐餐厅就餐。点餐需等候上菜，不如免费自助餐厅取菜方便，但自助餐厅未必有鱼，点餐餐厅的菜单上有鳕鱼。她就帮若瑟点了鳕鱼。吃了鳕鱼，若瑟总算不那么恐惧“冰海沉船”了。但是环顾左右，却又小声跟她说：“那边有个人好像侦探。别又《尼罗河上的惨案》吧！”她就大声回应：“还《东方快车谋杀案》哩！”

5　海景阳台房里，马自先和新婚妻子那二朵龃龉起来。那二朵说：“合算你娶我，为的是套出我姐的事儿！”马自先说：“这《长安街女子》，构思好多年了，你姐在世时，她也是知道的。”那二朵皱起鼻子：“这样的小说，如今谁看？忘了渣渣怎说的了？”渣渣算起来是马自先的一个侄孙，这年才大学毕业，找到个外企的工作。渣渣当然是绰号。渣渣自认渣男，毫不以这绰号为意。渣渣是“丧文化”的积极拥趸，是第一个在马自先面前大声宣布“我就是一个屌丝”的人，而且当马自先告诉他“屌是男性生殖器，屌丝是阴毛，你怎么能把自己比喻成那个”时，渣渣哈哈大笑：“那你们为什么总说形势大好？告诉我，古文里‘势’是什么东西？”渣渣喜欢到一处丧文化咖啡厅去，点一杯“前女友嫁了矮富丑”奶茶，配一碟“死不涨薪”布丁，哭丧着脸慢饮慢用。到了他们新家，大模大样往客厅的沙发上来个“葛优瘫”，见茶几上有本《读者》，鼻子里哼几声：“居然欣赏‘读者体’！这些个心灵鸡汤真恶心！”那期《读者》转载了马自先一篇文章，马自先就斥责渣渣：“难道就你们那些个‘丧文化’高明？”那二朵在海景阳台房里就跟马自先说：“你那《长安街女子》写出来，也不过一锅大型的心灵鸡汤罢了！”

6　“1号家庭！”领队点名，一个矮胖男子大声报告：“到！”邮轮靠岸，参加这个旅游团的18位游客在四楼中庭集合，跟领队下船游览。1号家庭4位。答“到”的显然是儿子。这儿子也花白头发了。他和媳妇带着父母来的。团内其他游客很快就私下里称他“大孝子”。确实是大孝子。从北京机场登机的时候，有同团的注意到，孝子给父母订的是商务舱。孝子自己在经济舱找到座位放妥行李后，就马上去商务舱照应老父老母，起飞前再回自己座位。马自先从旁观察，感慨良多。

7　邮轮像联合国。各种肤色、操各种语言的人都有。黄种人很少，似乎就他们这么一个团。孝子凸显了儒家文化中的孝道。但马自先已经观察到不少异象，比如在自助餐厅，旁边一张圆桌，大概是来自非洲的一家。那个身高得有1米9的儿子，应该是得了一种舞蹈症，间歇性地双臂伸起乱摆，屁股在椅子上滑来滑去，双腿双脚乱抖乱踩，更可怕的是，不断地瞪眼吐舌扮鬼脸。其余家人见惯了，只顾吃自己的，只有母亲不时安抚他一下。这样的病人，也带上邮轮！相比之下，那个坐在轮椅上垂着头流着口涎的老人，那个架着双拐吃力地拖动萎缩的双腿挪动的人……倒不那么扎眼了。中国孝子把七老八

十的父母带上邮轮，是尽孝，这些外国人把残疾者带上邮轮或者残疾者自己登邮轮，又是什么道理呢？

8 坐在阳台座椅上，带来的纳兰性德《饮水词》斜搭在小圆桌上，任海风抚过全身，听书页“啪啪”作响，闭眼胡思乱想。马自先就想到，45岁那年，分到那套三居室，小居室的窗户朝南，望出去正是一片破旧的胡同。胡同虽破旧，却是贮藏着父母辈生命秘密的空间。如果那一年母亲还活着，就该安排她住进去，在窗户那儿设置一把垫高的带软褥的藤椅，伺候母亲坐在窗前，把那片胡同杂院尽情眺望。从那扇窗户，是依稀可以望见父母年轻时居住过的那个院落的。那株高大的栾树，树冠那么显眼，应该知道他们许多的隐私。马自先何尝没有那1号家庭大孝子的情怀呢？父亲过世早，不去设想了，母亲过世，只在那套房子到手之前七个月。

9 还可以推着轮椅，在那片胡同里漫游。可以推到那个破旧的院门前，就是推到院里那株大栾树下，也无非惹得院里人问声：“找谁啊？”母亲大可回答：“找我自己。”

10 那个院门虽破旧，却仍残留着当年的气派。那曾是某贝勒的私人花园。外祖父曾是京官，贝勒没落，以很低廉

的价格卖给了外祖父。外祖父有“小孟尝”的美誉，天天在家里接纳招待来自遥远故乡的客人，其中许多都是母亲的同辈。母亲就接到许多的情书。其中一封，特别打动过她的芳心，但她后来没嫁给写那封情书的男子。

11　在得到那封情书之前，外祖父已经把母亲许配了人家。母亲没有冲破父母之命，没有私奔。她按婚约嫁给了马自先父亲。但那封麻辣烫的情书她在婚后还偷偷保留了许久。到什么时候她才终于将其付诸一炬？父亲去世后许久，马自先已经为母亲生下孙儿，在一个特定的情境中，母亲才告诉他，有过这么一封情书，但始终没有告诉他究竟是在什么时候放弃保留的。

12　特定的情境就是，姨父去世一周年的忌日。写情书的人没有娶成马自先的母亲，却娶了马自先的姨，也就是母亲的妹妹。两家果然过从甚密。姨父是否也给姨妈写过情书？据母亲说没有，肯定没有。她怎么能肯定？凭什么肯定？

13　在知道了姨父给母亲写过情书以后，再见到姨妈，马自先就觉察到，母亲和姨妈在言谈话语眼角眉梢间，总隐隐有些个诡异。再见到姨妈的女儿——表妹雪梅，也总隐隐有些狐疑。想起来，不仅亲友，就是某些同事，也总说他和姨父长得挺像的，和他表妹雪梅，相貌上就如同亲兄妹。在母亲生命的最后时段，马自先也曾几次想跟母亲问个究竟，她和姨父，是否仅仅一封情书的关系？但终于问不出口。

14 他有一回跟雪梅说："咱俩去做次DNA检测？"雪梅嗔怪："你这算什么幽默？"

就知道，有时候别人跟你道出的，你认为荒诞不经也不以为然的话语里，也许埋藏着某种真真切切的探求与焦虑。

15 "怎么，还在琢磨《长安街女子》呐？"那二朵回舱房来了。走到阳台，跟他说中庭那里的演奏和演唱都太差劲，就像昨晚剧院里的演出，就一个魔术师施展些小伎俩，显见邮轮公司为了省钱，请些便宜货来。不过五楼电影院半小时后放映新版的《美女与野兽》，是不是一起去看？马自先睁开眼睛。夕照给阳台镀一层金。

16 马自先含混承认是在构思《长安街女子》。女主角的原型是那二朵的姐姐那一朵。马自先的婚姻和母亲的婚姻类似，不能说不幸福，但有更幸福的向往罩着。马自先很早就见识了那一朵。那一朵14岁就成了中国青年艺术剧院的演员，参演过某名剧作家的某非代表作的演出，在剧中饰演一个少女，属于本色演出。此角色在剧中只出场三次，也就十来句台词，但台下的马自先就把她当成了梦中情人。多年后他们相识，相识时都有配偶，很谈得来。马自先记得那一朵问过他：“记得青艺剧场那条街叫什么吗？”其实他完全不记得，甚至当年也没在意过。只记得那时候那个地方，分两层，上面一层有房屋有马路，靠东就是青艺剧场；下面一层则是长安街的东单部分的人行道，很宽，其中一部分种了些灌木，栽了些花，还布置了些太湖石，有些长条座椅。那一朵告诉他：“叫斯大林大街。”现在还有人记得吗？像渣渣那一代，恐怕连何谓斯大林都二乎了吧？

17 那一朵本想在青艺发展，但几年过去，已不是少女而是女子了，却再没摊上个像样的角色。基本上就是不断地跑龙套。那时候青艺的总导演是孙维世，烈士血统，导演了《钢铁是怎样炼成的》，又导演《万尼亚舅舅》。多年后那一朵跟马自先说起，《万尼亚舅舅》建组了，入组的演员人手一套契诃夫小说和剧本集，光那份潜心阅读的荣幸与喜悦，就足令剧院别的人羡煞！但那一朵够不着任何高档的剧组。后来去慰问志愿军，她和另一女子就反复表演剑舞。她顺便写了些快板书，也让别的人演了。院里调她进入文学部。在文学部总接触些粗糙的没希望搬上舞台的破剧本。她腻烦透了。她嫁了人，嫁得不错。丈夫帮她调离青艺，去了北京市文化局。北京市文化局也在长安街上，她等于是从东单调到了西单。

18 “6号家庭！”她答：“到！”其实她和若瑟算不得一个家庭。团里别的旅客都看得出来，她们不是姐妹，一对老处女闺蜜罢了。回到舱房里，她们会放肆地聊男人，更具体地说，聊男体。聊男体有什么不妥？邮轮停靠的码头之一，拉斯佩齐亚，登岸乘巴士去看的，就是佛罗伦萨。若瑟更愿意按徐志摩的译法，把那城市叫作翡冷翠。到翡冷翠，哪个旅客会放过米开朗琪罗那尊雕像《大卫》？《大卫》雕像把男体之美表达得淋漓尽致，包括那栩栩如生的生殖器。她喜欢肌肉男，说总算在邮轮各层闲逛时，路过13层的健身房，刚好有个男子出来，黑白混血儿吧，那胸肌、臂肌、腹肌，包括背阔肌，都增一分嫌多，减一分嫌少。她打招呼：“嗨咦！”对方朝她爽朗一笑，好齐好白的牙齿！“确实性感。我把他排名第一。不知哪国来的，大约英语能够沟通。”若瑟就皱起鼻子：“看见了，不是我的菜！”又试探地问，“你觉得那个作家如何？”她有些吃惊：“那个麻秆？”

19 马自先瘦。如今中外男子难有无肚腩的，马自先却分明苗条细腰。马自先长胳膊长腿，脸也长。若瑟评价：“和肌肉男完全异趣，却也蛮性感的。”她说：“讨厌马脸男。

他还一口长马牙。”若瑟说：“牙很长很白很齐。看出来了吗？是镶的。假作真时真亦假。”停顿一下又说，“不过怎么刚过六十，脸上就有老年斑？”她建议：“那明天一起游岛的时候，你就跟他再搭讪，建议他服用纳豆葡萄籽提取物啦！”若瑟说：“搭讪也不是那么容易的。他老婆总守在他旁边。”她说：“那女子，也不光是她，另几位夫人，包括香水总洒过量的那位，门牙上都有凹缺。月牙弯儿，常年嗑瓜子，唉，有的男士也那样，也算中国特色吧。”若瑟说：“他没那月牙弯儿，难得。刚办完上船手续，等候集合上船的时候，在商品部，他抓起一顶草编遮阳礼帽，摆了个姿势，说：‘戴上它神气不是？’就戴上，就付款，唉，那肢体语言，曼妙极了！”

20　看电影《美女与野兽》，马自先闭眼冥想，只当电影的音乐是自己冥想的伴奏。那一朵在西单文化局经历了那场史无前例的风暴。她跟马自先讲过8月23日那天的事情，第二天老舍投湖。她只讲过一次，讲得很细。她后来再不要讲了。马自先只听过一次，后来再不要听。那一朵说，在狂飙起来之前，有几年，日子似乎抻面条般，显得很单调，很漫长。就是没完没了地讨论剧本。那时候没有电脑，没有复印机，有中文打字机但他们机构没有配置，就只能刻蜡版。用钢针笔，垫着钢板，在蜡纸上刻字，然后把刻好的蜡纸固定到绷子上，底下放一摞纸，用辊筒蘸足油墨，在放平的绷子上滚动，下面的纸张就留下字迹了，然后把油印好的纸张按顺序装订起来，就可人手一册来深入讨论了。剧本改来改去，油印了初稿再印二稿三稿，但改来改去，能上舞台的不足百分之一，而且不能以凤毛麟角形容，上舞台的主要是凭借运气。

21 狂飙过去，那一朵和浩然走得很近。渣渣有次听马自先和那二朵提到浩然，问："哪个浩然？'春眠不觉晓'的孟浩然吗？"他真不知道有个因写长篇小说《艳阳天》和《金光大道》爆红过一时的浩然。那一朵那时候去过浩然家里。给她留下的最深印象，就是浩然搜集了自1950年至1966年上半年所有公开出版的农村题材的长篇小说和小说集，排满整整两格书架。记得有本书名叫《第一犁》，薄薄的，很陈旧了，浩然细心修补过，还当着那一朵的面，用一把牙刷，刷平粘贴过又翘起的书脊。那一朵跟浩然来往，起因是编辑和作家的交往。经过一番"下放"，走"五·七道路"，先是上头恢复了人民文学出版社，恢复了《人民文学》《诗刊》，接着，上海开始出文学书，出《朝霞》月刊和丛刊，北京也就恢复了出版社，原来叫北京出版社，恢复时叫北京人民出版社，原北京市文化局、文联的工作人员重新洗牌。那一朵调到北京人民出版社文艺编辑室当编辑，而出版社恢复时最初的办公地址，就在西长安街南边一点的新文化街，原来叫石驸马大街。马自先也就是那时候，骑辆自行车到出版社投稿，结识那一朵的。

22 也就结识了那一朵的丈夫新一兵。这两口子的名字真配对儿。新一兵原来姓辛。小小年纪就参加了革命，参加革命的第一件事就是改掉原来的姓名。先在文工团跳舞，后来转为行政工作，再后来调到文化部。那一朵那一代女青年，跟她一样出身资产阶级家庭的，真诚地要嫁革命，嫁党员，结果经人介绍，就嫁了新一兵。双方都很满意。多年以后，有“离休”一说。新一兵60岁后享受离休待遇。他告诉那一朵，是第一次填表时填得好。他和一些高中生都是在1949年7月参军进入文工团的，可是有的人在第一次填表时，认为把参军时间填为1949年10月1日最有纪念意义。谁知后来的规定是，必须是1949年10月1日以前参加革命的，才有资格享受离休待遇。马自先头回去那一朵家，就恰好遇上个老大姐，找新一兵的。新一兵出差去外地了，那老大姐就跟那一朵倾诉，她就是把参军时间填成10月1日了，结果现在单位不给她离休资格。她来找新一兵，给她写个证明，这样的证明凑足两份，也许就能帮她把问题解决了。说着说着，竟哭了起来，那一朵就劝：“问题总能解决的。”马自先一旁思忖：人在一生里得填多少表格啊，填表时，真是必须慎之又慎啊！

23 新一兵谈不上英俊，相貌属于平庸一类，但个子高，男人一高遮百丑，何况新一兵也不算丑。就记得，到出版社谈稿子，谈到5点来钟，就有别的编辑来催那一朵：“该拿票去了吧？”那是1975年，文化部搞全国调演，每天在好几个剧场都有演出。新一兵是调演办公室的实权人物，手里有大把的票。他的临时办公地点在复兴门外，每天下午4点半以后，他下班骑车路过西单，5点左右，那一朵也会骑车到西单约定的路口，等着他，他就会递给那一朵一个装票的信封，然后自己先回家。那一朵呢，就再骑车回出版社，出版社一众人等着她手里那信封。把信封里的票抖出来，大家“分赃”，有的是当天的，有的是第二天的，票多，因此像马自先那样的业余作者，也能分到。有回就分到张上海人民艺术剧院的话剧《战船台》，那出话剧的特色是“从头吵到尾”，正面角色和反面角色乃至中间角色，全都爆粗喉咙，一嚷到底，“不能让观众懈怠，必须一起投入斗争！”现在回想起来，那也算得上一种美学追求啊！“斗争美学”？“喧嚣美学”？“激昂美学”？

24 “好景不长”，一年过后，“四人帮”被抓起来，江青组建的文化部轰然倒塌。她指定的部长，一个来自上海的作曲家，被审查不久，就在厕所喝来苏水自杀了。新一兵也被审查。好在新一兵半年后总算“说清楚”，但仕途就此停滞，离休的时候还只是个副处。那一朵在出版社处境却大好。“四人帮”还得势时，她在编辑部就敢发质疑之声。周恩来逝世，音乐会上竟弹奏节奏欢快的《翻身的日子》，她当众愤而离

席。她在天安门纪念碑贴出的悼念诗词，直讥江青，被出版社的人抄录回来，有的就问她："怎么像你的口气啊？"她就微笑："仅仅是像吗？"但那以后形势的发展也出乎她的意料。那时候马自先正修改一部"广阔天地大有作为"的长篇小说，那一朵是抓这部长篇的责任编辑。那一朵曾说："这样的题材，永远是对的吧！"但有一天他们从出版社出来骑车走在长安街的时候，敏感的那一朵忽然对马自先说："总不会，连'上山下乡'也给否定掉吧？"那句话说完没几个月，就形成了"上山下乡"的回城潮。

25 马自先那部改来改去终于过审、可以由那一朵发稿付印的以"广阔天地炼红心"为主题的书稿，竟然泡了汤。后来出现了"知青作家"写"知青生活"的小说，竟把"上山下乡"那段生活称为"蹉跎岁月"，且留下"孽债"……文随时转，那以后马自先成为最早玩"现代派"的作家，那一朵为他编辑出版了一本以"你读不懂我就对了"为创作宗旨的小说集，居然首印了一万册。

26 "3号家庭！"领队呼唤，他们并不答"到"，只是男方举手。那对夫妇似乎天聋地哑。丈夫叫龙秉谦。当年没有上山下乡，而是到了工厂。好多同龄人羡慕。他爸早去世了。妈跟爸一样，算民主人士吧，平平稳稳活过来，改革开放后才去世，不容易。妈去世后，哥哥姐姐妹妹跟他聚在妈妈遗留下的单元房里，分妈的遗产。妈留下的单元房没有厅，进门只有一大一小两间屋，靠一边的厕所小小的，亚式蹲坑，只有通气孔，关门就得开灯，厨房不仅小，而且没有地漏。哥哥姐姐都已成家有房住，他和当售货员的妹妹原来都住集体宿舍，现在可以住进这个单元房了。那么，谁住大间，谁住小间呢？他表现得非常通达，主动表态：妹妹住大间，他住小间。妈留下的现金和存款大家平分，一共也没有多少。妈留下的遗物里稍微值点钱的有金银首饰、珍珠项链、手表、小古玩，以及早年从国外带回的一些工艺品，还有几幅算不得大名家但也还有名气的人士的画作和书法作品，他表态这些一样也不要，令哥哥姐姐妹妹诧异。他说他只要妈的老照片留作永久的纪念。爸妈原来留有许多的老照片，后来被抄走许多，自己烧掉许多，所剩无几了。哥姐妹听了不免有几分惭愧，人家的心思多正啊！但他提出，老照片要由他先挑，那当然没得说啊！结果他只挑出一张，挑出后立即夹入一本书里。大家散开前，他把那书紧紧攥在手里，哥姐妹也没在意，把剩余的老照片均分了。

27 这就是龙秉谦的厉害之处了。哥姐妹以往都没大注意，他却早就发现，妈存下了一张很了不起的老照片。这张照片抄家的人没有没收，妈自己也大可不必销毁。照片上两个

人，一个是妈，一个分明是位跨越几个历史时期，而且在改革开放初期仍健在的、始终属于正面的政治人物。他们家后来居住的那座城市，离全国政治中心远，城里的那些官员，根本够不着照片上的那个政治人物，又都知道，那个政治人物的后代，又是当下的重要官员，因此，当某机构的领导们见到那张照片以后，都觉得龙秉谦很了不起，想象中他必是通天。龙秉谦究竟是怎么自我运作、相关的官员究竟是怎么去奉承他的，殊难解密。总而言之，龙秉谦从工厂调入了机关，没多久有了官位，从低而高，到他原来所在的工厂解体，众多原来的工友纷纷下岗时，他已升至单位第二把手，分到了大单元房。来给他装修的，就有原来一个车间的师傅。他对他们很客气，准备了很多冷饮和糕点款待，但相互间已经完全没有了当年的那种感觉。付装修款时他额外多添了些，满脸带笑把他们送出门。但掩上门的那一刻，脸上的笑纹立即谢落，转身望着客厅墙上挂的、放大又经加工到二十几英寸的妈和那位政治人物的大照片，忽然又泪涌眼眶，口中不禁喃喃："谢谢，谢谢。"他是谢妈，是谢那位政治人物，还是谢那张照片呢？

28 发现是一张老照片令龙秉谦的人生大转折大升腾后，哥哥非常鄙夷和愤懑。姐姐却表示一百二十万分理解与同情："他老早瞄准妈的那张老照片有什么错？他抓住机遇，改善自己生活境遇何错之有？"龙秉谦搬出妈留下的单元房，娶妻生子，住进领导干部规格的大单元房，妹妹开头并不嫉妒，甚至还为他高兴。他还给妹妹出主意：“当年爸是在中国驻美国大使馆任参赞的，妈是在华盛顿生下你的，只要找到你当年的出生纸，你就可以到美国驻北京领事馆落实你的美国籍！你到美国去发展，岂不是比我更开心吗？”这话如醍醐灌顶，妹妹就托已经移民美国的闺蜜，帮她去寻觅那张出生纸。

29 妹妹的闺蜜在华盛顿一家医院，找到了她的出生纸，并且给她寄了过来。她到北京，设法进入了美国领事馆，递上那张出生纸。人家热情地接待了她，让她回去等消息。是呀，三十多年过去了，人家要验证那出生纸的真伪，理所当然。妹妹那之前有过一次失败的婚姻，谁知前夫竟然得到消息，找上门来，要求复婚。是想跟那张出生纸复婚吧？没门儿！给轰走了。妹妹那时候已经是商场部门经理，忍不住跟个别人透露，她在等消息，结果闹得同事们几乎个个皆知。有天连总经理遇上她也问：“去了打算先落脚哪儿呀？西海岸还是东海岸？”她说：“话都不会说，人家能要么？”总经理说：“我倒会英文，那不是先决条件。落生在那儿，哑巴也天然美国籍。瞧瞧人家法律！”没等太久，北京的美国领事馆就联系了她。

30 妹妹一腔欢喜地进入美国领事馆，人家对她的接

待依然热情。但是当人家把话说明白以后，妹妹就觉得是堕入了冰桶之中。那张出生纸货真价实，但那时她父母是外交官，外交官享有外交豁免权，就是美国的法律搁到他们身上不适用，他们的子女，也随之不受美国法律约束，因之她虽然生在美国医院，但她仍是中国人。她不能凭那张出生纸获得美国国籍。“瞧瞧人家法律！”

31 妹妹的美国梦破灭，也随之跟龙秉谦交恶。哥哥不管。姐姐劝和不成功。从那以后龙秉谦跟妹妹成了两条平行线，再无交集。现在龙秉谦从领导岗位退休，和夫人一起乘邮轮旅游。这位夫人登上邮轮，率先奔向五楼的商品街，回到舱房就抱怨，怎么这商品街这么贫瘠？根本就没什么像样的商品！更抱怨这内舱房蹩脚憋气。龙秉谦就劝她知足。如今他那样级别的官员，退休了也要把因私护照上交，领出来挺费劲的，以前出游都有秘书办理一切，如今自己去门店选购旅游产品；选这条邮轮，是因为可以补上以前因公出国未去过的几个地方，但去时阳台房都已售罄，只有内舱房有位。那妇人在舱房里吵吵闹闹，出了舱房，特别是见到一个团的同胞，却缄默不语。她何尝不知，如今不仅在位官员需要低调，退了休，也需闷声享受，万不可招摇生事。

32 同样住内舱房的另一对夫妇，被编为“5号家庭”，他们是从河南一个地级城市在网上报名加入这个旅游团的。虽然通过网络可以完成绝大部分手续，包括划款及获得收据，但临到发团前一周，旅行社却通知必须先到北京，去登邮轮的那国在北京的领事馆录入指纹。为此他们奔波一番，而路费、住宿费还需自理。回到家里没几天，又再到北京，提前一晚到，自费住一晚，第二天再到机场集合，随团出发。丈夫是当地最好医院的专家，前数年退休返聘，如今索性全退。妻子秦淑蕙原是医院护士，退休多年了。两个人当年都是“知青”，都当过“赤脚医生”。丈夫是改革开放后的第一批大学生，妻子也参加过考试但没有考上，最后都到了同一所医院，结为伉俪。他们当然早去过北京。秦淑蕙在内舱房里对丈夫说：“这房间虽然没有窗户，但是空调系统很得力，供氧很足啊。麻雀虽小，五脏俱全。而且，出了舱房，所有待遇是一样的。真是何必追求阳台房呢？贵四千！”她很知足，对这次邮轮旅游充满感恩之心。感恩时代，感恩生活。特别是，感恩自己，头一条是选择对了丈夫。她又对丈夫说：“都知道北京有三条长队。一条排在天安门毛主席纪念堂前，咱们二十年前就排过，不必再排了。一条排在信访局门前，虽说如今干医生护士大不如以前，医患矛盾会激化到发生暴力行为，但咱们功成身退，不会卷入了……信访局前排长队的，理解，同情，但那多半是无用功。第三条呢，据说是美国领事馆签证处那里，天天一大早排成长蛇阵，咱们家又不移民，费那功夫干什么？”他们教中学的女儿嫁了个卫生局的公务员，给他们生下小外孙，过得比他们还滋润。

33 但是从出发前开始，秦淑蕙就开始焦虑。那是好事引起的焦虑，可谓甜蜜的焦虑吧。旅行社提前把一厚摞打印材料快递给他们。材料上说不能自带电热壶，而且西方国家时兴直接喝自来水。他们两口子是整天离不了热茶水的啊！又提醒那边窃贼很多，专偷中国游客，因此下船游览最好把包包挂到胸前。更有获得了在那边旅游经验的老朋友形容，当旅游巴士停住时，司机打开车门，同时也打开巴士底部装行李箱的舱门，就会有窃贼明目张胆地抢先一步，从那巴士行李舱中抓出箱子就跑。材料上又说邮轮房间不提供拖鞋、牙膏牙刷，但过关安检时又规定不能带超过100ml的液体或膏体，那怎么准备牙膏？难道带儿童牙膏去吗？邮轮上没有免费Wi-Fi，而购买邮轮提供的海事卫星Wi-Fi需要以美元计价，报价极为昂贵，若不买，如何实时与女儿一家及其他亲朋好友交流？……至于如何带衣服，要不要自备雨伞，诸如此类，都让她焦虑。丈夫就笑她："庸人自扰！"

34 上了邮轮以后，刚进舱房，确实有如何饮用热茶之虞。领队及时打来电话，告知他们在自助餐厅可以打到热开水，没有容器？可以打一个号码，请服务台送装有热水的水壶到房间；如果没有自备茶叶，那么自助餐厅的英式袋泡茶可以拿几包回房。船上Wi-Fi确实太贵，但第一站是法国戛纳，就发现在咖啡厅快餐店都是有免费Wi-Fi的，在那里跟国内亲友微信联络，也很方便的。游了几地，也没有哪位团友被盗，像马自先先生，全程双肩背包就一直不放在胸前，嘻嘻哈哈，没丢东西。不少女士，也并不像她那样总把包包拥在胸前，只不过斜背着多加些注意罢了。

35 秦淑蕙珍惜这次地中海邮轮旅游。她从网上搜集到不少相关资料，在旅行社提供的资料上，密密麻麻添加了许多说明。每天晚上和老公去船上各处闲逛，总是让老公多逛些时候，自己提前回舱房里，对停靠的下一站要去的景点做足功课。这样，到达那些向往已久的景点，再认真听导游的讲解，就觉得眼睛亮了，心里充实了。

36 邮轮整日整晚海上巡游的那两天，有的午餐到点餐的餐厅去吃，是在指定的座位就座，刚好马自先也在那一桌。秦淑蕙喜欢听马自先神侃。马自先说，这次的旅游路线，是对欧洲文明的“逆袭”，就是说，等于反着欧洲文明的发展轨迹去游。欧洲文明的摇篮是希腊，他们最后才去。古希腊文明后来没落，但在意大利，出现了文艺复兴，说是把没落的古希腊文明复苏，其实创造出了以人为本位的新文明。这场文艺复兴运动最后从意大利传到法国，在那里达到高潮，再后来，这种文明所创造的文学艺术虽然辉煌，却似乎发展到了极致，因此有现代派的崛起，就是反古典、反传统，标新立异。咱们首先参观的西班牙巴塞罗那的高迪的那些建筑作品，古埃尔公园啦，米拉公寓啦，特别是那座神圣家族大教堂，就是反古典、反传统、反规范的，乍看吓一跳不是？其实，如果先去希腊看有爱奥尼亚、多立克、科林斯柱的古典殿堂，再到意大利佛罗伦萨去看大圆顶的圣母百花大教堂，再看梵蒂冈的圣彼得大教堂，末后再看法国蓝色海岸的浪漫主义建筑，最后到西班牙，也不忙先看高迪搞怪，且先参观几座哥特式和巴洛克式的建筑，那就顺着欧洲文明发展的轨迹了！秦淑蕙听到这些，如聆佛音，很后悔此前没有去注意哥特式和巴洛克式的建筑……

37 各人点的头盆菜服务员都送上来了。秦淑蕙想请教马自先一个关于米开朗琪罗的问题，但根本没有机会，因为那个被唤作若瑟的女士腻在马自先身边，跟他争论一个听来颇深奥的问题。只见马自先也不顾吃餐，提高声调回应："至于罗兰·巴特……还有米歇尔·福柯……倒都不如苏珊·桑塔格说得明快！……"秦淑蕙自觉形秽，就低头喝那道有芒果味的肉汤。

38 秦淑蕙讨厌若瑟，还有她的那个同室旅伴，始终也没听清若瑟称呼她的是个什么名字。那位女士对她倒蛮客

气。在罗马一家小店吃冰激凌，那位女士坐她旁边，那一刻她先生和若瑟以及马自先几个人，站到店外抓紧吸口香烟，那女士忽然跟她说："你先生胸肌轮廓线好棒啊！"她好吃惊。后来大家上巴士回码头，一路上她心里好不是滋味。有这么说话的吗？好不正经！

39 那晚上秦淑蕙一直想把若瑟同伙的话告诉老公，但不知怎么搞的，就是说不出口。老公胸肌轮廓线好棒！大夏天的，老公穿的那件T恤出行前洗晒后缩水了，有些个箍在身上。她本来并没特别注意。实际上她嫁老公那么多年了，当然以老公身体好为荣，但从未像观看佛罗伦萨那尊大卫像般品鉴过老公的酮体。他们做爱，生育，双方应该熟悉得不能再熟悉了，但直到这次邮轮旅游，才忽然有人提醒她，她的老公具有阳刚之美，也就是说，很性感！老公脱下T恤衫，要去卫生间洗澡，她下死眼看老公，呀，确实，过花甲了，肌肉线条还那么棒！老公发现她眼光异常，问："怎么啦？"自己低头扭身考察身体，以为是哪里出现了问题。她叹口气说："你这件T恤小啦！这邮轮商品街有大号的，明天买件吧！"

40 她和若瑟，总有人怀疑，甚至认定是一对拉拉。其实真不是。她们自嘲：人类分为三种，第一种男人，第二种女人，第三种呢，就是女博士。她们中学同窗，后来分别在不同的大学先学士再硕士再博士，再后来都在大学任教。难得的是她们几十年一直保持着联系。她们都是老处女。她们从来没有宣布过要终生独身。但她们也都没有过真正称得上是恋爱的经历。她们在一起的时候会以谈论男人为乐，有时也会刻意接近某些激发起自己兴趣的男人，获得片时的隐性快感，但却至今没有真正尝到过男人的滋味。

41 或许有人会说，她和若瑟意淫男人。她们自己慎用这个词语。她熟读《红楼梦》，而且熟读带脂砚斋批语的古本《红楼梦》，知道在曹雪芹笔下，意淫是个正面词语。按脂砚斋的说法，意淫就是对所喜欢的生命给予一种审美关照，给予体贴与呵护。若瑟吸烟，她不吸烟，但她容忍若瑟在她面前吸烟。翡冷翠游完归船，在舱房里，若瑟靠在床上吸烟，吞云吐雾的，她没有躲到阳台，而是蜷腿缩在沙发一角。两个人你一言，我一语，聊男体，感叹中国古典文化里，把潘安那样的女性化外貌的男子奉作楷模，真是阴柔之风肆虐。这种审美观甚至一直延续到当今，电影电视剧里小鲜肉当道，即使有的小鲜肉脱了衣服也颇具肌肉线条，却总缺乏阳刚之气。又讨论到健身房里出来的壮男，若瑟认为多少有些像天福号生产的酱肉，味虽美却缺乏麻辣烫般的诱惑。她就指出，像马自先那样的男子，若脱尽了衣服会像蚯蚓般吓人。两个人倒没有抬起杠来，颇有共识，就是那些通过体力劳动自然形成的肌肉男，最具诱惑力，问题是，那样的男人，有几个能进入中产阶级，成为邮轮旅客呢？她就跟若瑟说，那个河南来的男子，胸肌线条很有霸气，看得出有过“上山下乡”的经历，应该是体力劳动中练就的，但只是隔衣欣赏，不知脱掉衣服究竟如何？若瑟笑，这几天多去游泳池吧，他应该是喜欢游泳的，不过，你只注意到其一，没有注意到其二，我就注意到，他总戴着旅游帽，下船戴不稀奇，在船上各处也总戴着，用餐时也戴着，我推敲，他不是一般的谢顶或秃头，也许他是伤寒头……你还会喜欢那样一个男人吗？她就摆手，不说男人了，咱们聊聊老电影吧！

42 “1号家庭”那老两口小两口，乍看真是上慈下孝，完美家庭。但导游就注意到，那大孝子总搀扶着老头，那大孝子夫人却并不怎么搀扶老太太，而且，那老头和老太太之间，严重缺乏互动，不仅不相互搀扶，而且参观景点时一前一后，并行的时候都很少。导游是出于工作习惯，注意到这些。马自先呢，写小说手法上绕了一大圈，先严格写实，后浪漫写实，再全凭想象，又极端到只以形式出新咋呼人，弄过荒诞与魔幻，玩腻意识流和时空错乱，却又回归讲故事，如今更宣称还是要严格写实，因此观察生活、琢磨人生、探索人性又成为必修的功课，故而他从旁冷眼觑定后，回到船上舱房也就跟那二朵说：“那两个老人原来并非夫妻，应该一个是孝子父亲，一个是孝子岳母，而且，那老太太性格古怪，跟她女儿也不怎么和谐。这次邮轮旅游，应该是孝子发起，本意是在母亲亡故后，通过安排邮轮旅游，报答父亲养育之恩，其岳父应该也已亡故，所以又带上岳母，孝子媳妇看起来对带公公旅游欣然接受，但并不那么愿意把自己母亲一起带上。从某些细节就可以看出，那老太太很难伺候，老太太对女婿倒不刁难，对女儿却频频龇牙……”还没议论完，就惹得那二朵笑：“我说您这是逛风景呢，还是探隐私呢？”

43 马自先就得意地给那二朵举例，在岸上旅游纪念品商店，女儿分明是好意，举起一个小摆设，问老太太：“妈，您带它回去搁着看吧！”老太太毫无喜色，那语气实实在在是恶狠狠：“难看！”女儿无奈，只好讪讪地自己挑丝巾，把丝巾围在脖子上照镜子，老太太一旁竟也愤愤然地说：“就知道臭美！”那二朵就说：“那些小摆设呀，丝巾呀，无非是made in China，多半是义乌产的，确实不值得万里外买下带回去！”马自先说：“那老太太恐怕不是你这样的思维，她就是不喜欢自己的女儿。可是也怪了，我注意观察，那大孝子在细心照顾他老父亲——领队说都80岁了——也会插空来照应岳母。那岳母大概不到80岁，孝子问：‘您累了吗？要不要坐下歇歇？’及时递上饮品。有次还买下一个冰箱贴，孝敬岳母说：‘贴您冰箱上，作个念想。’那岳母脸露笑容，欣然接受。”那

二朵就猜："那老太太，不是那媳妇亲妈吧？"

44 只有那大孝子的媳妇，她叫罗玉兰，才知道母亲是怎么回事。她父亲早年在北京一家工厂教夜校，35岁才娶了小他9岁的妻子。父亲天性温和，与人为善，也吃过苦头，但终究还算太平，离世前已经改革开放，有当年撤到台湾的同窗，早已经商，找到他，而他也就算为那几个工厂合并成的企业招商引资有功，获得很体面的待遇。罗玉兰1961年出生，中学毕业后到农村插队两年，回城在街道工厂当工人，后来考上大学，毕业后进入一个科研机构实验室当助理实验员，也就在那里，认识了大孝子，结为夫妻，生儿育女。按说丈夫女儿后来的处境都日渐美好，生活质量也随之提升，老太太应该高兴才是，但她却依然阴郁，甚至阴鸷。

45 罗玉兰上小学的时候，父亲下放农村，放学回家，家里就母亲和她。那时候住平房，冬天要烧煤球炉子取暖，那炉子也兼做饭的功能。母亲来自湖北，对照应煤球炉子很不在行。院里其他人家的煤球炉子生火一次可以维系很久，关键是封火、捅火得当，她家的煤球炉子却会灭火，火灭了，需要用废纸和发火煤重新生火。有天晚上，母亲搞得满屋是烟，也没生火成功。罗玉兰帮着点发火煤底下的废报纸，报纸燃完了，发火煤还没有变红，母亲就抓起罗玉兰摊在饭桌上的作业本，要往炉子里当废纸烧。罗玉兰就抢，母亲歇斯底里大发作，扔下作业本，操起捅炉子的火筷子，就往罗玉兰屁股上抽。罗玉兰大声号哭，惊动了同院的陈大妈。陈大妈来了，很快帮她们把煤球炉子生好。第二天罗玉兰放学回来，在院门外遇上陈大妈，陈大妈怜惜地问她："屁股还疼吗？"她含泪点头，陈大妈附在她耳边再问："是后妈吗？"她使劲摇头，大声回答："不是，不是。"

46 确实不是。父亲十年前去世，住院时，母亲竟没有去探望过一次。父亲辞世前，卧在病床上，握着罗玉兰的手，断断续续跟她讲出跟她母亲结婚的情况。原来父亲家庭成分不好，长期找不到对象，到35岁的时候，工厂里才有位老大姐，祖籍湖北，牵线让他娶上了罗玉兰的母亲。罗玉兰母亲是湖北武汉城市贫民出身，成分比父亲好，但身世很不堪。母亲的母亲，就是罗玉兰的姥姥，前夫得病死了，带着两个女儿，嫁给了一个老光棍。这老光棍成分虽好，品行却很坏。那时候，带着儿女出嫁的寡妇，所带去的女儿，被叫作"拖油瓶"，罗玉兰的母亲，就是"拖油瓶"之一。罗玉兰姥姥所嫁的，是运输合作社拉板车的，酗酒，家暴，有次发酒疯，竟当着姥姥面搂过罗玉兰母亲的姐姐，也就是她大姨，进行猥亵，姥姥于是急着把两个女儿嫁人，到处托人介绍，说是只要有碗饭吃，就肯给。罗玉兰大姨草率嫁人没多久，就难产死去了。

罗玉兰母亲能嫁到北京，姥姥喜出望外，那一年她才20岁。父亲工资虽然微薄，维持一家人生活还不算太吃力，母亲那时候也经过同院陈大妈招纳，成为街道补花合作社的成员，每月领些出口的补花床单、桌布的活计在家里做，多少也挣点钱。父亲是厂里院里公认的老好人，按说嫁给这么个人，就算不能高兴，也不该整日怨恨啊。

47 父亲跟罗玉兰说，你母亲，青春期受到刺激，特别是你大姨的遭遇，让她心里就种下了对男人的恐惧，当然也就恐惧结婚，恐惧夫妻生活，恐惧生育。我跟你母亲做爱，坦白地说，她就总是抗拒强奸似的，让我好难过。怀上你以后，她就仿佛肚子里来了个孽障，恨不得爬到五屉柜上跳下，流产掉。生你的时候，难产，她一定就联想到你大姨，认为都是男人害女人。你是她亲生的，她却并不爱你，甚至认为你是她痛苦的根源。这就解释了为什么你拼命要孝顺她，她总是要扫你的兴，败你的喜，堵你的心。孩子，原谅她吧！这就是她的命，也是你的命啊！无论她怎么折磨你，你要赡养她到底，好吗？父亲说到这里，罗玉兰放声大哭。

48 近二十年来，罗玉兰的生活品质不断提升。老公评上了研究员，她也获得副研究员职称。公公婆婆自有住宅，罗玉兰夫妇分到单元房，后又在房改中买下，房子面积大，设

施全。罗玉兰父亲去世后，母亲一直跟他们合住，自有一间窗户朝南的卧室，为她方便，给她屋子里摆放了独享的电视机和冰箱。罗玉兰母亲不喜欢光亮，大好的南窗，却一年四季总拉满窗帘，仿佛一只缩在壳里的螺蛳，极少把身子伸出螺壳。罗玉兰有时去她屋里问安，她总马着一张脸；征求她晚上吃什么好，她会冷冷地说：“我一个黄土埋半截的人，吃不吃有什么要紧？”外孙子曾经兴冲冲地进她屋，要跟她一起看电视，她不耐烦地往外轰：“去去去，厅里看去！”从此外孙子再不去她那屋。对外孙女儿态度要柔和些，有次外孙女儿进她屋，她慈蔼有加，抓着外孙女儿的手嘱咐：“你以后不必嫁人！”外孙女儿莫名其妙，后来对罗玉兰学舌，罗玉兰就跟女儿说：“以后别去打扰姥姥。姥姥有病。”

49 每天晚上有阿姨来家烧晚饭。饭做好了，会请姥姥出屋到餐厅进餐，姥姥便慢慢踱步走到餐桌边坐下。那天吃饺子，罗玉兰夹了几个放她碗里，她搛起一个只咬了一口，立刻吐出：“硬！”只好让阿姨再另给她包十来个软的。有时她会嫌菜太淡，就另给她增咸。罗玉兰逛商场回来，给全家人都买了衣服，也给姥姥买了，但刚把给姥姥带回的衣服抖开，还没把“您试试”说出口，倚在床上的那位立即皱眉：“什么色儿啊！吓人！我要藕荷色的！”罗玉兰就一跺脚，立刻返回老远的商场，去换藕荷色的，换来再让她试，她只说：“撂下吧，

我要眯一会儿。”这位母亲，就这么折磨亲生的女儿。

50 但是奇怪的是，罗玉兰母亲从不跟女婿冲突。女婿搛给她的菜，她一定吃，不挑咸淡。女婿出差给她带回的东西，不论是什么，她总是蔼然致谢。这次女婿邀请她一起邮轮旅游，她也就来了。亲家跟她，互相以礼相待，但构不成交流。这位老太太还有一个特点，就是在对女儿苛酷的同时，对外人会刻意友善，而且一旦那外人能跟她交谈，她的话题，就一定是跟外人倾诉女儿的不是。

51 在梵蒂冈圣彼得大教堂前的广场一侧，坐在长椅上等候集合的时候，罗玉兰母亲和秦淑蕙正好挨坐一起，不免有所攀谈。那时罗玉兰正在广场方尖碑下，让老公给她拍照，秦淑蕙就听老太太跟她唠叨说：“嘚瑟吧！就知道瞎摆姿势！上船就乱花钱！……”秦淑蕙很是惊诧。秦淑蕙哪里知道，那老太太对女儿的忌恨里，是不喜欢看见女儿幸福，见不得女儿女婿快乐的样子。人性是怎样的复杂深幽啊。那马自先自称要探究人性，他探究得到这样的层面么？

52 马自先和那二朵又议论起那一朵新一兵。这两个人都去世了，但这两个人对他们来说都很重要。他们是那二朵的姐姐和姐夫，是马自先的老朋友，而且，那一朵算得上是把马自先带进文艺圈的引路人。新一兵离休以后，心情抑郁，无所事事，查出几种慢性病，先是找民间医生扎耳针，后来自己扎。那二朵和马自先到他家去，总见他耳朵上，从耳廓到耳垂，有不少扎针后贴上去的小片医用胶布。他有时候极为缄默，马自先那二朵跟那一朵聊天，他一旁只闭目养神，仿佛根本不去听他们的聒噪。但有时候他也会亢奋地加入议论。那回大概是那二朵提起，那十年里，是“一个作家八个样板戏”，新一兵突然爆发，激动得脖子上青筋暴起直抖，几乎是吼着说：“不是要实事求是吗？这话是实事求是吗？文艺创作因为调整，是稍微停顿了三四年，但起码从1972年以后，就又活跃起来了不是吗？”脸朝着那一朵质问，“你不就到北京人民出版社文艺编辑室编文艺书了吗？光你当责任编辑编出印出的长篇小说、小说集、诗集、儿童文学，样书不就塞满了咱们家一柜子吗？到今天也还没当废纸处理，还跟那儿搁着是不是？怎么是只有《金光大道》，只有一个浩然？”那一朵只是微笑。新一兵又脸朝着马自先质问：“你虽然那时候没成气候，不也在写作，也等着出书吗？《人民文学》《诗刊》是什么时候复刊的？是1976年10月以后才复刊的吗？是后来的人让复刊的吗？分明是毛主席还健在的时候，他老人家亲自安排复刊的嘛！怎么会是只有一个作家？我记得，1976年春节，一朵请了三个外地来北京改稿子的作家到我家吃饭，不也请你来作陪吗？那三位那时候已经出了长篇小说，其中两部还拍成了电影，他们不是作家？那小说、那电影不是文艺？”马自先只得微微颔首。

53 新一兵对那二朵更不客气，逼近她质问：“八个样板戏？就八个吗？最早，确实是八个：京剧《红灯记》《沙家浜》《智取威虎山》《奇袭白虎团》，芭蕾舞剧《红色娘子军》《白毛女》，加上钢琴伴唱《红灯记》和交响音乐《沙家浜》，精雕细刻，到今天仍然充满魅力是不是？但是，很快就又定稿了京剧《龙江颂》《海港》《杜鹃山》《平原作战》《节振国》《磐石湾》《红云岗》《六号门》《红色娘子军》……还有芭蕾舞剧《沂蒙颂》，钢琴协奏曲《黄河》，对不对？加起来是多少？”那二朵只得喃喃地说：“一个作家八个戏，这话又不是我发明的。”新一兵怒斥：“你为什么要鹦鹉学舌？你还有良心吗？记得那时候文化部搞全国汇演的时候吗？你成天缠着我，兵哥长兵哥短，让我给你票。光你一个人，就看了多少台戏？那时候新拍出来的电影，没等公映，内部放映的时候，你就通过我尝了鲜，《艳阳天》《金光大道》《激战无名川》《沸腾的群山》《欢腾的小凉河》《芒果之歌》《春苗》《难忘的战斗》《山村新人》《决裂》《火红的年代》《闪闪的红星》《创业》《海霞》……哪部你错过了？那时候是‘文艺沙漠’？你可能不喜欢那时候栽种出的花草，但那绝不是沙漠！如今总有人说什么遮蔽了历史，是历史虚无主义，但是，难道他们就没有遮蔽历史吗？对1972至

1976年的文艺状况的描述，就客观公正吗？”

54 新一兵在落寞中去世。他弥留时，已经定居美国的儿子辛勤赶回到了他病床边，只见母亲坐在一旁，满脸悲戚，却并无泪水。办完后事，母亲对辛勤说：“告别他，对我来说，实际上是告别了一个时代。”儿子飞回去没几个月，母亲就告知他已经再婚。那一朵青春期爱革命、爱党员、爱干部，所以爱新一兵。新一兵去世前她就已经转向，爱新潮、爱公知、爱专家，所以新一兵离世不久，她就和一位建筑大师共营爱巢。而马自先，也仍然是座上客。在他们家里，预测诺贝尔文学奖和奥斯卡奖的归属，听马勒的交响乐，相约去看宋庄画家的展览，和新潮电影导演聚餐，去小剧场看《恋爱的犀牛》，一起唱老的英文歌……但万没想到，那一朵查出了结肠癌，手术、化疗、放疗，照例无效，溘然而逝。那一朵离世前，又调到报社任职，那报社在东长安街。合算她一生供职的机构，全在长安街，所以马自先称她“长安街女子”，觉得她的人生轨迹，和共和国的文化变迁密切相连，其间的雨丝风片、惊风骇浪、乱花迷眼、暗流涌荡，随手拈来，皆有意趣，有以她为原型写一部长篇小说的冲动。

55 那二朵比那一朵小8岁，姐俩当中，原有一男，早年夭折。马自先因那一朵而结识那二朵，喜欢她天真活泼的性格。马自先丧妻以后，那二朵离婚已经两年，两个人很快聚到一起。这次邮轮旅游，算得上是蜜月旅行吧。那二朵觉得马自先样样都好，就是总琢磨写《长安街女子》令她生厌。那晚在邮轮甲板漫步，满天星斗，如梦如幻，见马自先犹是构思小说的神态，那二朵就推他，嗔怪道："又'长安街女子'了不是？其实，我姐还真算不上典型，那石可菀，才真值得你一写哩！"一下子提起马自先兴致："是呀！石可菀，那可是个人物！你跟我说说她的事儿好吗？"那二朵就用拳头捶他胸脯："你真鬼迷心窍了！把她们两个亡灵都忘到这地中海深处，好不好？你答应带我去六层酒吧喝鸡尾酒的，快！"他们就往那酒吧而去。

56 酒吧里光影朦胧。马自先点了杯曼哈顿，那二朵点了杯红色玛丽，两人坐在一角的皮沙发里，彻底放松，享受微醺。酒吧一角，一个洋乐手吹萨克斯，蓝调，忽急忽缓，如诉如泣。一个西服革履的胖大男子，来到马自先座位边，弯腰招呼他："您是马先生吧？"马自先醉眼蒙眬，看不真对方，问："您是——？我们认识吗？"那人掏出张名片递给他，根本无法查看，且收下。只听那人说："我们见过的。那次为尼罗募捐的活动，您不是也光临了吗？好，好，打扰，打扰，抽空联系，愿为您效劳。"弯腰倒退两步，站直转身，悄然消失。

57 没想到在邮轮上，跟滕亦萝邂逅。第二天邮轮海上巡游时，在舱房阳台上喝下午茶，马自先把滕亦萝的故事讲给那二朵听。这位滕先生，是个活动策划人。原来似乎没有成立公司，逮着机会策划一次，挣一笔。从头晚递来的名片看，是有自己的公司了。马自先告诉那二朵，其实，他只见过滕某一次，而且并不是单独见面，是在一次大型活动中。马自先问那二朵，知不知道诗人尼罗？那二朵承认，还真没听说过，因为她从不读当代中国诗人的诗。马自先说，不知道，没读过，都没关系。总而言之，尼罗在文化圈里，还是有一定名气的。不去说他的诗，说他的诗化生活。他老大不小，考了个驾照，买了辆二手车，就敢在闹市里开。都说他开车往往是S形前进。说来也怪，开了两三个月，居然没跟别的车剐蹭追尾，他就很得意。其实，那绝非他车技高超，而是路上其他的司机见了都尽量避让。他那样开车，不出事故则罢，一出，绝对是大事故。结果有天他就撞了个骑自行车的高中生，造成人家一腿截肢的后果。高中生的家长痛不欲生。痛定之后，倒没让他进监狱，而是到法院进行民事诉讼，要他负责承担孩子今后七十年的进口假肢的费用，法院最后判他赔偿80万元。一个写诗的，哪里挣得到那么多稿费？不得已，就要卖掉住房，一个两居室的单元房。那年头房价还没如今这么邪乎，他那两居室当时至多卖个40万。于是文化圈就有人倡议为尼罗搞募捐。众人拾柴火焰高嘛，大家凑一凑，也许能给他帮补个10万8万的。

马自先从那一朵那里听到募捐的消息，也就打算捐上500元。通知募捐的地点，是在一个五星级酒店的多功能厅。他去的时候，以为是那酒店赞助。到了酒店大堂，就见有很醒目的易拉宝，标识出为诗人尼罗募捐，下面还有不小的字，注明活动策划人是滕亦萝。

58 进入那多功能厅，就听到柔曼的弦乐四重奏，不是音响放送，是真有四位穿长裙女士非常专业地坐在那里认真演奏。像酒会一样，有铺着雪白桌布的长桌，上面排满高脚玻璃杯，供应可乐、雪碧、依云矿泉水以外，竟然还有葡萄酒甚至威士忌，还有陆续放上去的各色小点心……大厅深处，是装饰得非常雅致的一个细高的募捐箱，一旁的桌子上，有各种来宾奉献的礼品，标识说明是：捐款100元的，可以获得一件小手工艺品；捐款300元的，可以获得一本作家的签名书；捐款500元以上的，可以获得一张明星的签名照；捐款1000元以上的，可以获得一幅名家的书法作品……滕亦萝呢，身着一身蓝黑色的晚礼服，扎着海蓝色的领结，彬彬有礼地迎接着一个又一个的来宾。那天还真去了不少人。偏偏尼罗自己到得晚。马自先注意到，几份都市报纸娱乐版的记者都去了。甚至还有些金发碧眼的洋人。可见滕亦萝人脉极宽广，手笔很大。忽然厅内临门签到的地方有些不和谐的声音。原来是一位姓刘的作家到了，他是尼罗的老朋友，尼罗写诗，他写小说，还搞建筑评论。那姓刘的怎么高声抗议似的？他有什么了不起？这样的场合发什么火？

59 刘作家提来一个大旅行袋，装的全是他的书。其中有20本最新出版的建筑评论集，大16开，里面有许多精美的建筑摄影，而且装帧设计得十分典雅。马自先从晚报上看到过关于这本新书的报道，强调为这本书搞装帧设计的是曾经家喻户晓的影星的儿子，这也成了一个吸人眼球的因素。那二朵就说，她还知道那影星是谁，渣渣那一代，连写《艳阳天》的浩然都不知道，对那影星恐怕就更隔膜了。上世纪60年代初，各处电影院统一悬挂22位中国当代电影明星的照片，那影星是其中一位。她的故事很多，颇神秘，结局却很凄惨。且说刘作家带了20本由那影星儿子装帧设计的新书，各本都签了名，盖了章。他是应滕亦萝要求这样带来的，当然还带了另外一些作品，也都签了名盖了章。他希望这些书能切实有助于带动募捐。他自己还打算往募捐箱里投入2000元。他在签到处怎么就气急败坏了？

60 负责签到的不知是滕亦萝从哪里请来的一拨小哥们儿。其实签到用不着那么多人，但那一群小哥们儿嘻嘻哈哈聚在那里，人浮于事。刘作家把旅行袋递给他们，说明是让他们放到募捐箱边的。他们其中一个抓出书来，嚷：“签名本嘿!”其余的就一哄而上，把那新出的建筑评论集瓜分光。刘作家因此动怒。滕亦萝忙过去灭火。后来只索回一小半刘作家的签名书，搁到了募捐箱边。

61 滕亦萝请到电视台三线主持人当司仪，二线演员朗诵尼罗的诗，又点名请嘉宾讲话。一位年轻女诗人说，她来到现场才知道她所仰慕的前辈惹了车祸官司，万分遗憾的是她没有带现金来，她愿给尼罗一个拥抱，安慰他那受惊的诗魂。一位洋人，被滕亦萝称为汉学家，他的发言更好笑，他似乎直到发言时仍然闹不清那是场什么活动，只是说这个诗歌party非常高雅，他很高兴。一位据说是音乐学院声乐教授的双下巴女士，献上一首花腔女高音《水仙女》……滕亦萝点到刘作家，刘作家发言说：“今天应该不是一个party，不是诗歌朗诵会或者音乐会，今天大家聚到这里，是为了帮助诗人尼罗！能不能帮他到不必卖掉唯一住宅的程度？我真的很焦急！……”但是最后尼罗发言的时候，还是真诚地感谢滕亦萝先生，感谢所有到场的朋友。那二朵问：“那么，那天究竟募到了多少钱呢？”

62 第二天晚报上刊出了报道，形容了盛况，当然不便公布善款数额。车祸受害者一家看到后，第三天所委托的律师就找到尼罗，要他付清赔款。其实，最后交到尼罗手里的，只有两万多元。尼罗的开销明细，精确到个位数，减去开销，确实只剩两万几千几百几十几元几角几分。原来，不仅租借布置场地、供应酒水点心要给酒店付钱，所有所谓的志愿者，包括签到处的那些小哥们，以及弦乐四重奏、司仪、诗朗诵……全都要付劳务费的。活动结束后，在酒店餐厅，这些人还吃了工作餐，费用当然也从善款里出。至于滕亦萝呢，他称分文未取，只是从这场募捐活动中获得了极大的心灵愉悦。尼罗相信滕亦萝，他后来对人说，毕竟滕所组织的活动使他获得了安慰，钱不是最重要的，情才是支撑生命的根本。后来尼罗卖掉了住房，租小屋子住，分期把赔偿付清，再后来有国外邀请，就出国了。

63 那二朵和马自先就讨论：这位滕某人究竟算是个什么人？骗子吗？算不上啊。就是个成功的活动策划者。那次的募捐活动以后，经过传媒报道，滕的策划能力和水平获得口碑。他也就凭借这份能耐在社会上越混越好。他怎么也在这艘邮轮上？显然他早注意到马自先上邮轮了。他找到马自先，怀有怎样的目的？那二朵说：“是不是他听到风声，你们几个作家，打算开个画作书法联展，就想也给策划成有弦乐四重奏的档次呢？”马自先说：“管他的。”就把给他的那张名片，撕两半，要扔海里。那二朵拦住，给扔舱房垃圾桶里了。

64 旅游团各家庭的编号，是按第一次集合时，领队根据先来后到拟定的。1号家庭是大孝子一家，2号家庭呢，是一对来自贵州的男子，因为登记表上姓氏不同，领队知道他们并非兄弟，团里其他人却以为他们是兄弟，他们也确实以兄弟自居。他们面孔没什么相近处，但身材都矮胖，肚腩凸起，称兄道弟确也般配。他们每次出现，总穿颜色相近的T恤衫，铁红色的穿得最频繁。他们显然都是摄影发烧友，只要出舱房，脖子上一定挂着长镜头的高级单反相机，而且都是日产Nikon牌的。无论在邮轮上，还是在岸上旅游点，甚至在旅游巴士上，他们都可以说是在不停地疯狂拍照。在每一处旅游点，他们都埋怨领队兼导游给予的停留时间太短。他们的拍照起码两次惹出麻烦。一次是马自先发现其中一位逼近他拍，不禁挥手："嘿，哥儿们，不带这么玩的！"显然他们发现马自先多少有些个名气。还有一次是在罗马请愿池附近，其中一位凑近去拍肤色黝黑的小贩，那小贩发声抗议不算，还抢夺照相机，多亏附近警察过来，才算有惊无险。

65 哥叫陆向东，弟叫郝向阳。两个人原来都另有名字，是在什么年代，十来岁的他们把名字改成了这样，不言自明。改革开放以后，许多人又把名字还原，或者再另行改变，比如邓文革改成邓文迪之类，但他们都没有改回去或另取名。他们同在一个中等城市长大，居住的区域不一样，上的中学不同，但后来都到一个公社的农村插队。在公社集训待分配的短暂日子里，他们认识了，并各自都对对方产生了好感，但最后双方所插的队隔一座山，他们就经常翻山会面。那时候哪有手机，生产队队部有一台电话，轮不到他们使，因此，他们无法事先约定究竟谁去找谁。不止一次出过那样的情况，就是陆向东翻山去找郝向阳，郝向阳也翻山去找陆向东。山上没有明确的路，因此双双扑空，那苦闷，真是捶胸顿足也难消化。只有一次，郝向阳到了陆向东那个队，听说陆向东一早就去找他了，就立刻反身再翻山，一边爬一边吆喝："陆向东！向东！"而居然那边就有回应："郝向阳！向阳！"他们在山上相会，激动得拥抱在一起，由于脚底都不稳，一齐摔倒在草窠里，两个人一下子脸挨脸，都感觉到对方呼出的热辣辣的气息，本该快些爬起来，却都不忙，且享受那紧紧拥在一起的美妙感觉。

66 他们那时互相追求，是都觉得跟自己那边的插友聊不起来。他们视对方为最佳谈伴。多日不见，积攒的话很多，无法就近宣泄，就特别思念山那边的谈伴。一旦按规定到休息的日子，他们就巴不得插翅飞到对方身边，找个僻静地方，大饱谈福。他们聊什么？会聊世界革命，聊像日本那样的国家，革命武装力量是必得农村包围城市呢，还是可以直接发起城市暴动，一举夺得政权？当然更多是聊别的，聊不那么能当着别人说出口的话题。比如有回陆向东给郝向阳揣了本丢了封皮的翻译小说，美国杰克·伦敦写的《海狼》，郝向阳接过时，书上还带着陆向东的体温和体嗅。下一回见面，两个人就热聊那本属于“封资修”范畴的“坏书”，其间有共鸣，有争论，聊到兴奋时，手舞足蹈，甚至你捶我我推你。

67 后来赶上改革开放，都回了城，都考大学，本来想到同一所大学就读，放榜却一个被本省某大学录取，一个被北方某大学录取，有点遗憾地分别，都很欣悦地去就读。他们始终保持通信联系，在信上依然既有和鸣也有争鸣。陆向东在北方毕业后本想回原籍，好和多年的谈伴欢聚，但那城市刚组建的电视台到大学挑人才，选中了他，陆向东就给郝向阳去信，说宁愿放弃这个好工作，也要回原籍和他生活在一个城市。那时候还有电报这种业务，郝向阳读完信立即去拍电报，就仨字：报到去。郝向阳毕业后分配到当地报社，这样两个人都成传媒人了。

68 那晚当马自先、那二朵在皓月照耀下的甲板散步漫谈的时候，有一个人走过他们身边，偏那人耳尖，听那二朵口中吶出了“石可蒄”三字，不免有些吃惊。那人便放缓了脚步，没有停下来，继续听他们高谈阔论。那人本来并无偷听别人说话的动机，只是心中实在诧异，怎么他们嘴里分明说到他的姐姐石可蒄？心里痒得慌，不免侧目打量交谈的人。那女的

看不分明，那男的呢，似曾相识。交谈的男女停在扶栏前，那听到他们议论的人只好继续往前走，最后进入了船舱，立刻听到中庭传来的钢琴伴唱声。那女歌者的音色实在不敢恭维，但船客们也都不大在乎，那男士也就走到中庭，找个空沙发坐下。

69 坐下的男士叫石可尔，退休若干年了。中等身材，眉眼清俊，只胖肚子不胖别处，头已谢顶。他跟马自先、那二朵不是一个团的。他是散客，一个人花两个人的床位费，住一个内舱房。他到吧台买了杯健力士啤酒，把啤酒杯放在圆茶几上靠近自己，只观察那杯里泡沫的变化，并不急于啜饮。他在沉思。

70 他后来不喜欢姐姐石可莼，其实姐姐后来更不喜欢他。但是姐姐患癌症去世后，他哭得很凶。远的事懒得说了，就在前几年，姐姐打那个愚蠢电话的事情，传得很广。不是谣言，姐姐确实就那么打去了电话，对方的回应，应该是那边的秘书传出去的，人家也算不得泄密。他很后悔那天那一刻没有劝阻住冲动的姐姐。

71 姐姐的闺蜜叫那一朵。两人原来都是话剧演员，都没捞上过像样的角色，就更别说走红了。最后两个人都彻底离开了舞台，姐姐石可菀当了编剧，那一朵成了参与审剧本的人。石可菀编来编去只有一个独幕剧短暂地公演过，那一朵也没能为石可菀的好几个多幕剧过审帮上忙。但是这都不要紧。她们有共同语言，而且分享各自的部分隐私。那一朵热恋上一个叫新一兵的男子，先于石可菀结婚生子。石可菀追求一个高级记者，当时非常著名，不仅在报纸上会有他整版的文章隆重推出，他也出版纪实性的著作，比新一兵厉害多了。石可菀和那一朵当时都醉心于嫁革命，也就是嫁党员、嫁干部。这没什么毛病。但是那一朵顺利，石可菀坎坷。简而言之，新一兵于那一朵来说，是“得来全不费功夫”，而石可菀几次面临“可怜无补费精神”的窘境。在石可菀最苦闷的时候，那一朵是唯一听石可菀幽幽倾诉的人。那位高级记者一度患病住院，那一朵帮石可菀策划探视方案，煲鸡汤，直到石可菀把盛有鸡汤的保温瓶捧进病房，那一朵才默默地离开。

72 回想太多无趣，粗线条吧。新一兵后来仕途灰暗，石可菀嫁给那位高级记者后，非常旺夫，虽然其中也有波折，但到前些年，石可尔的姐夫已经升到了副部长。

73 那在甲板上见到的男子，石可尔倏地想起来，是个所谓作家，好像叫什么……啊，叫马自先吧，曾经出现在姐姐姐夫家，一脸谄笑。姐姐私下跟他说过："那马自先，真是自来洋！"那个时候，人们还很难出国，马自先也是几年后才第一次官派出国，但是马自先那个做派，就跟他刚从国外回来似的。初冬时候，围个围巾，那么特别地把两边斜着一交错，就透着十足的洋气。还记得他写给姐夫的便条，是求姐夫为他能出席作协的什么会议说句话，那末尾写下的日期，就写成先几日再几月再哪年。有次问到石可尔名字后，居然称呼他可尔·石。听别人讲到什么事情表达什么观点，马自先——应该说成自先·马——会耸肩摊手："My god!"（"我的上帝！"）以表示惊诧或赞赏。那是改革开放初期，喇叭裤传进中国，马自先制备了好几种颜色的，穿到姐姐姐夫家。那年头，姐姐也穿喇叭裤，不过只在家里穿，姐夫不让她穿出去。她自己似乎也不打算像马自先那么穿着喇叭裤招摇过市。

74 那时期真是"咸与改开"。姐姐家住了大房子，开派对，在邓丽君歌声伴奏下众人跳自创的新派舞。姐夫不跳，记得姐姐跟那自先·马还面对面双手拉住愉快地扭着腰身跳动，姐夫也不吃醋。但是，后来不知怎么的，姐夫名声不大好了，许多原来的座上客都销声匿迹了。石可尔后来去姐姐家，再没见到过自先·马，问姐姐，姐姐撇嘴："你问他做什么？"倒是那一朵夫妇还见到过，再后来，连那一朵也不来了，只有新一兵仍频繁造访。姐夫说公事闹得他头疼耳鸣，新一兵就给

他扎耳针。

75 石可尔不清楚姐夫姐姐那一界究竟是怎么回事。但远望耳听，就觉得，其实姐夫姐姐真的无所谓“极左”。不过是为了防止竞争者上位，就总是抓住对方的某些言行，向上面和社会批评其“右”。这样当然就难免被人指认为“极左”。

76 有回不知是哪里的记者，在姐夫家里采访他，姐姐陪同，石可尔在隔壁房间，也无心去听，只觉得那记者口音粤味很重。问答一阵，忽然听姐夫提高声音，呻吟似的对记者说：“其实我一直是挨整的啊，一直批判我‘右倾’的啊！”姐姐就忍不住插话，似乎在列举姐夫所遭受的种种被批“右倾”的事例。石可尔就糊涂了：究竟“右倾”好不好啊？不承认自己“极左”也罢，跟记者强调自己“其实也右”，甚至是“一贯右”，这是怎么个逻辑呢？

77 姐姐过世不久，姐夫就住进高干病房。石可尔原来比较频繁地去看望，后来，因为见外甥外甥女，以及姐夫家族的成员，都对他冷淡，也就不再多去。外甥外甥女后来都全家住到美国去了。三年前姐夫病危，住进了重症监护室，医院方不让进屋探视，去了也就只能问问护士情况如何。没想到身

上插满管子的姐夫，竟一直以植物人的状态存活，据说每天国家要花费约2万元。外甥外甥女会带着不怎么会说中文的子女，到医院意思一下，其实主要的目的，是来接收姐夫的离休金和级别津贴，已拿到不菲的数目；推测他们的心理，是希望父亲能继续坚持以植物状态存活。从推入重症监护室算起，姐夫已经通过植物状态，为儿女孙辈挣到了上百万。石可尔也就明白，人家对他冷淡，是必然的。他算个什么？他现在跟那个植物人已经毫无关系。偶尔想起姐姐，心里酸楚。

78 因为一个身影从那边掠过，石可尔对姐姐姐夫的回忆戛然而止。他这次登上邮轮，所来为何？就是奔着那身影而来的啊。那身影不是孤单的，还有另一个人陪伴着她。他们是参加旅游团的，那马自先及那议论到他姐姐的女士，跟这两位，是一个团的。

79 那是一对母女。母亲身材丰满，戴眼镜。女儿身材苗条，看得出是拼命采取措施，包括节食与健身，才从基因桎梏中获得了如此符合中产阶级潮流的体形。她们在那个旅游团里，被编为7号家庭。母女进入中庭，在圆形中庭的那一边寻了两张座椅就座。女儿去吧台买饮料，母亲坐下后，开始只聆听乐台上的演奏，彼时自弹自唱的女士已经下场休息，换了两位男士吉他协奏。但那母亲后来似乎发现了对面的石可尔，

扶着眼镜架，努力辨认。石可尔与那女士形成对视。女士还有些疑惑：是他吗？石可尔却早已判定：就是她。

80 她是石可尔的小学同学，同年级，不同班。他们两家住得比较近。石可尔家住在一条大胡同的机关宿舍院里。她叫林珊珊，住在大胡同里的一条小胡同里。那时候放学早，男孩子们常常不马上回家，而是在胡同中稍微开阔点的旷地，把书包扔在大槐树下，一起玩弹玻璃球。大胡同里反而缺大树旷地，小胡同里却偏偏有。石可尔和玩伴们玩耍的时候，会听到某个院子里弹钢琴的声音。后来知道，那是林珊珊在弹。林珊珊偶尔会走出院门，有的男孩跟她同班，就会叫她外号“来迟”，听起来跟“来吃”差不多。有次一个男孩子就举起一个已经起麻坑的玻璃弹子，怪模怪样地冲她叫唤：“来吃！来吃啊！”林珊珊不干，就瞪眼。那时候林珊珊已经戴眼镜了，但鼓起的眼珠还是让男孩子们看得很清楚。林珊珊说：“我告老师去！”那挑衅的男孩就叉腰叫嚷：“去呀！去呀！要不是老师教给‘姗姗来迟’这个词儿，我们还不这么让你‘来吃’哩！”林珊珊当时手里拿着个酱油瓶子，石可尔就跟欺负她的男孩子们说：“算了算了，让她打酱油去吧！”那为首的男孩就带头起哄：“心疼媳妇啊！”收紧嗓子学舌，“让她打酱油去吧！”林珊珊就举起瓶子，用瓶里剩下的酱油底子朝那男生泼去。那几个男生赶忙躲开，却不巧泼在了石可尔衬衫上。那些男生哄笑着逃跑了，石可尔十分狼狈，但是林珊珊凑近看他被污染了的衬衫，脸红得赛樱桃，怯怯地问他："你妈会说你吗？"石可尔后来判定，那一刻，他开始有了性别自我认同，就是，我是一个男的，林珊珊是一个女的。啊，怪不好意思的！

81 后来有一天，石可尔和一些男孩子在林珊珊家门外大槐树下嬉戏，是玩打仗，一方拿木棍之类当枪，嘴里"哒哒哒哒"表示射击，一方拿泥巴团当手榴弹，扔出去以后嘴里发出"嘭啪"的爆炸声。也怪，那时候玩打仗，最愉快的不是对方投降，反倒是自己装作中弹英勇牺牲。那天石可尔就非常快活地模仿电影里看到的，表示中弹仰面倒下，而且倒下后许久不动，就那么四脚八叉地把自己摆放在大槐树下，享受烈士的荣誉。恰巧林珊珊又出了院门，这次手里没拿瓶子，拿着一本借来要去还的乐谱，见石可尔躺在那里不动，几个男孩就跟她说"牺牲啦！""真死啦！"林珊珊迟疑了几秒钟，走到石可尔跟前，蹲下来，把脸逼到他脸前，几乎就要挨上，嘴里说："没死吧？"而就在这时候，石可尔睁开了眼睛。那一刻的情景无法复制，那一刻的感受无法淡忘。石可尔永远铭记，他睁眼看到的，是林珊珊那红润的嘴唇，那一声"没死吧"灌进他耳朵以后一辈子再取不出。

就在那一刻，石可尔后来判断，他的"性意识"觉醒了，爱上林珊珊了。那是他的初恋，是他终生不能舍弃的最纯真的爱。

82 没多久石可尔随父母搬家，搬到离原来那条胡同挺远的地方，当然也就转学，并且上初中了。他学会骑自行车以后，第一次远骑，就是骑到原来住过的胡同，更准确地说，是骑到那条小胡同，那棵大槐树下。他侧耳聆听，希望听到弹钢琴的声音，但是他手握车把矗立良久，只有树上鸟叫声，以及跑过的一群跟他当年那般大的小学生的乱叫。他等候了一个世纪吗？没人弹钢琴，没人出院门打酱油。他不甘心，世界不应该如此！最后，他鼓足勇气，朝门里喊叫："林珊珊！"没人应对，他觉得宇宙崩坍了，悻悻地骑车离开。

83 但是有一天，他偶然从家里收音机里听见，似乎是一个少年钢琴比赛的现场录音重播，播音员分明宣布："下面请听一等奖获得者，音乐学院附中林珊珊演奏瓦尔德退费尔作曲的《溜冰圆舞曲》。"啊，那是怎样的销魂一刻！从此，他牢牢记住了这个法国作曲家和这首曲子的名字，甭跟我扯别的什么作曲家，什么莫扎特、贝多芬、柴可夫斯基，全都一边去！此曲只应天上有，人间哪得几回闻！那天晚上，他梦遗了。是第一次。后来他懂得，那是他正式成为男子汉的隐秘仪式。可他到哪里去找林珊珊呢？

84 他骑车找到音乐学院附中。传达室不让他进。他在门口矗立多时，看人进人出。后来他鼓足勇气去问一位走出来的女生，也是戴眼镜的，“你认识林珊珊吗？”对方吓了一跳，没答他一个字，就跟躲避流氓般远去了。于是他决定写封信寄进去。

85 那时候姐姐已经出嫁，但经常回家看看。他写情书，父母不怎么注意，却被姐姐觑破。姐姐靠近他那书桌问：“写什么呢？”他就捂住信纸，佯称：“写诗。”可是姐姐已经看到了开头顶边写下的“珊珊”以及后面的冒号，就笑：“这算什么诗啊？”姐姐比他大太多，如同《红楼梦》里贾元春和贾宝玉的关系，半姊半师。他看西洋小说，就是受姐姐的影响。看小说不稀奇，看剧本的，在他同学里绝对是独一份，是姐姐把《雷雨》《上海屋檐下》等剧本拿给他看的。他就跟姐姐坦白了，他爱上一个女孩，弹钢琴的林珊珊，想娶她做妻子。姐姐没有嘲笑他，还给了他一些现在想来其实无用，但当时听来非常可信的建议。

86 一连三封情书都如泥牛入海。但是社会大动荡了，个人的小悲欢淹没在群体的大紊乱中了。他去农村插队了，一度连欲望都没有了。有回他被选去到县城听“讲用”，就是在一个破旧的礼堂里，有模范知青上台讲如何活学活用领袖的伟大思想。能上台是无比光荣的。能派到台下听讲，脸上也很有光。几个“讲用者”讲过去，噼噼啪啪的掌声迎来了另一位，主持“讲用”的领导报出的名字是林珊珊。他放眼一望，呀，正是那曾经贴近他的脸，口中呐出过“没死吧”的女子，已经完全发育成熟了，虽然穿的衣服跟大家无甚差别，发型也跟别的女知青千篇一律，那副眼镜也毫无特点，但他在台下望去，只觉得是一个仙女在那里发散出万道光芒……他不能细心听林珊珊的“讲用”，大体的意思，是通过学习领袖教导，灵魂深处爆发了革命，狠批自己的名利思想，原来一心盼着当个钢琴艺术家，现在决心扎根农村一辈子……他只痴痴地望着台上的林珊珊，她的脸庞，她的嘴唇，最后只觉得林珊珊是在持续地附在他耳边低语：“没死吧没死吧没死吧……”

87 林珊珊下台以后，他在热烈的掌声中想离开座位冲过去，但是，另一个“讲用者”上台了，他只能再坐在那里，心猿意马，魂不守舍。终于“讲用会”结束了，他赶紧在人头晃动中去寻觅那可爱的人儿，却完全不见踪影。而带队领他们来参加这一活动的公社领导，已经在招呼他们集合，他们将集体乘拖拉机返回插队的地点。那一晚他在炕上身体抽动，惹得两边的插友抱怨。

88　他打听到林珊珊插队的村子，费好大劲找到那地方，人家问他跟林珊珊什么关系？他只能说听了她的“讲用”，很受启发，希望能再当面求教。人家告诉他，林珊珊已经被推荐为工农兵大学生，回城上大学了。他打听林珊珊的通讯地址，人家连大学名字也没告诉他，说是回城后还要等待统一调配，究竟上哪所大学、学什么专业都要听从安排。那天下雨，他觉得是天在为他哭泣。

89　十多年过去，他从插队的农村回到城里，幸运地考上了大学，学的理工，毕业后分配到一家科技类杂志做编辑。原来好羡慕工农兵大学生，但是到评职称的时候，他们杂志社好几位工农兵学员都很费劲，他那样的正规大学生优先。于是想到林珊珊，她当年回城早，未必是幸事，如今评职称，是否也费劲呢？

90　始终希望，能在茫茫人海里，与林珊珊邂逅。有次乘地铁，他上了车，车门关闭了，瞥见站台上有个戴眼镜的女子匆匆跑来，为未能及时登车面露懊恼，那懊恼的神色，也让他觉得美丽动人。那女子分明就是林珊珊。他期盼能再次在地铁站或车厢里遇见，却再没有那样的缘分。

91　父母相继过世，好在姐姐在，而且嫁得很好，姐夫对他也不见外。一晃三十了，再不结婚单位同事就会怀疑他的性取向和性能力了，姐姐姐夫就给他介绍了对象，是部里一个打字员，后来享受科长待遇。但是婚后妻子身体一直不好，他们没有生育。前数年妻子去世，他成了鳏夫。

92　陆续有朋友、同仁给他介绍对象，劝他尽早续弦，争取生下自己的后代。他并不想单身。他生理上的冲动，导致他克制不住“打飞机”，而性幻想对象，就是林珊珊。他没有靠近过成年的林珊珊，就把那个蹲在他面前、脸庞几乎贴到他脸庞、红唇皓齿的小姑娘，糅进后来的几次偶遇捕捉到的形象，放大丰富为可信的成年林珊珊，耳边总响着“没死吧”，就喃喃回应：“没死，没死，没死……”

93　给他介绍续弦对象的人后来要么生他的气，要么对他生疑，私下里议论，判定他性无能，至少是性冷淡。他们哪里知道，对他来说，第一桩要事，是打听到林珊珊的下落。他从网络搜索，有许多林珊珊，但没有一位是跟钢琴有关系的，更别说年龄，都对不上号。曾经获得过钢琴比赛一等奖啊！他购买了多种含有瓦尔德退费尔《溜冰圆舞曲》的CD

盘，除了钢琴演奏的，连手风琴演奏的也买来听。“没死吧？”我没死，你呢？心爱的林珊珊，你当然更没有死。

94 姐姐石可菀临终前，在病房，他跟姐姐有次生离死别的对话。其中包括他的坦白：他要找到林珊珊，哪怕她已经嫁人。姐姐就跟他说：肯定嫁人了，而且肯定有子女了。你找到她，是插足别人家庭，那是不道德的。他就说，其实我的愿望很卑微，就是找到她。如果像你所说，我就请她全家到马克西姆餐厅吃顿法式大餐。如果她已经守寡，那太好了，我就跟她求婚！姐姐忍住疼痛，皱眉劝告他，不要痴心妄想，人家全家不会跟你聚餐的，其实，你想的只是，单请林珊珊一个人吃法式大餐……他就流泪了，为谁流泪？不为姐姐，不为林珊珊，只为自己。

95 他是一个独行侠。他旅游总不参团，一律自由行。这次他本来打算去美国自驾游，联系到了一位外甥女，是姐姐后代里唯一对他不那么冷漠的，定居洛杉矶多年，答应让他去她家里落脚几天。但是终于天缘凑巧，那天他在旅行社门店跟业务员讨论美国自由行事宜时，那边有另一位业务员接待一位年轻的女士，是参团邮轮旅游，已经进展到递交护照好统一办理签证的程度。那位业务员慎重地翻检护照，问那女士：“林珊珊是你母亲？”女士回答：“对。那本是我的，我叫陈佳佳。”这两句一入耳，石可尔就再听不进跟他对话的业务员的任何话语了。他凑到那边，先问那年轻女士：“您这是去哪儿？”那女士警惕地望他一眼，不搭理。那业务员就问他：“先生，您想咨询什么？”那女士就离开出屋了。他就问那业务员：“您在办理哪条线的业务？”原来跟他讨论美国自驾游的业务员就在那边招呼他：“先生，您还办不办美国自驾游？”他不回应，只是问这边。结果他就选择了跟林珊珊、陈佳佳一样的旅游产品——地中海邮轮六国游。业务员跟他说团队已经报满了，可散客呢，倒是还有两间内舱房，但有一间已经被一位滕先生订下了，申明不跟别人拼房，如果他也一人购买另一间，就需跟滕先生一样，也付两个床位的价钱。他说：“那太不是问题了。”

96 上邮轮后及下船游览的前几站，他都试图跟林珊珊、陈佳佳母女接触，但机会不多。在邮轮上，林珊珊、陈佳佳母女形影不离，他试图在接近她们时报以微笑，在自助餐厅总想跟她们同桌进餐，但是对方似乎根本没有注意他。在自助餐厅人家母女总拣只容二人对坐的那种座位就座，在点餐的餐厅，人家那个旅游团的人被指定在两个靠窗的长桌，他的座位却被派定在一盆散尾葵旁边，离得远不说，坐下连远望那对母女也不能。下船游览，旅游团单占一辆巴士，下巴士后，领队兼导游不住地提醒团队旅客注意安全，而随团的旅客们也都有警惕性，不和非同团的陌生人接触，他也不好意思总是装作无意地混在那个团里随行。但是他相信，总会找到机会，跟林珊珊密切接触的。

97 现在机会来了。陈佳佳只买了一杯软饮料，放在小圆桌上离林珊珊最近处，然后俯身好像跟她母亲说，她要去逛一逛，抽身走开了。机不可失，时不再来，石可尔端起那杯健力士啤酒，穿过中庭跳舞区，径直朝林珊珊那边走去。当时小舞台上的吉他协奏正激情洋溢地翻滚出浓郁的南美情调。

98 入夜后，邮轮上小赌场里的赌客多起来。那个旅游团的8号家庭，是一对衣冠楚楚的夫妇，一看就高雅脱俗，男士西服正装扎斜纹领带，女士晚礼服戴项链耳环。按说这样的人士应该坐到酒吧深处慢饮低酌，或到甲板上扶栏仰望璀璨星空，但他们却有着共同的爱好：玩老虎机，叫作“小赌怡情”。他们各自坐在一架老虎机前，悠闲地操作，忽然一阵强化的乐音，然后是一连串模拟钱币落罐的声响，那太太又赢钱了，就发出爽朗的笑声，而那老公却已把塞进去的10美元输光，就再塞10美元赌上一把。那女士的晚礼服，是巧克力色的。

99 同团的驴友，有的私下称那女士“巧克力女士”。不仅所穿晚礼服是巧克力色，白天在船上以及下船游览所穿的休闲装，也以巧克力色为主，甚至在船上泳池游泳，泳衣和泳帽也是巧克力色的。若瑟有次忍不住脱口而出：“纵享丝滑！”那是电视上一款巧克力广告里最后一句广告语。同团的两位摄影控，陆向东、郝向阳，船上船下趁她不注意，或者注意到了而表现出毫不在意，用单反相机给她拍下不少妩媚或造作的瞬间。

100 “巧克力女士”在大学任教，很早就评上了副教授。她讲授中国当代文学。她自称与新时期文学同步飞翔。她飞得欢腾。那一年她就跑到最有影响的文学杂志的编辑部，要求见主编。主编没有架子，在办公室接见了她，她单刀直入地跟主编说：“我读过你所有作品。我是世界上最理解你的人。你应该继续埋头写作，当主编是你的灾难。”主编就笑，跟她说：“身不由己啊。组织上派定的工作。其实我一再推辞，没推掉。”问她，“你找我什么事？”她直视着主编，掷地有声地说：“你应该跟我结合。我可以给你更直接有益的评论。你会写得更好。”主编没听懂她的意思：“您是说，您要追踪评论我的作品？希望从手稿起就阅读评论？”她就笑：“别那么憨。我是说不仅灵的结合，也有肉的结合。我要做你的妻子。”主编大惊失色：“呀！你怎么……我早结婚了啊！”她仍然笑容满面："那我当然知道！你至少有一个中篇、三篇散文都以她为素材，她也许确实不错，可是，我更适合于你！"主编不得不下逐客令："荒唐！我马上要开编辑部会议了，您请回吧！"

101 这件事在编辑部传开了。不是主编说出去的，是那位女士。当时正放暑假吧，她有大把的时间，就每天都去编辑部，当然第二次在传达室就被截住了，因为主编告知了传达室，如果是这位女士来，不要引进。她就宣称："他必须见我。我是他今后的妻子。"编辑部里有的人就认为她精神不正常，有位老大姐建议报警，把她送安定医院。但是没经主编同意，也不好报警。再说那女士不过是想嫁给主编，对他人对社会也没什么攻击性破坏性，更何况经查验证件，确实是位大学副教授。虽说文学编辑们见多识广，读过的小说里更不乏荒诞情节，但面对这样活生生的怪诞人物，也不免分神议论，那些天编稿子的精神都难以集中。

102 一连数天，那女士几乎都是9点准时到达编辑部。开头跟她说，主编很忙，无法见她，她就从容地说："他忙他的，我等他下班。"然后坐在椅子上，耐心地读一本加缪的小说《鼠疫》。她真的等到下班时间，站起来，堵在门口，检索每一位走出的人士。主编没有露面。她不灰心，宣称"反正我明天还来”。

103 编辑部有个小姑娘，是见习美术编辑，胖胖的，披肩发又黑又浓又长，非常同情主编的尴尬处境。当时编辑部在一所两层的旧楼里，跟另两家单位合用。有的老编辑也并不知悉，那座楼的背面有个后门，也通街。那小姑娘叫冯天鹭，她因为活泼好动，把那旧楼的每一处都逛得熟悉了，知道那后门，所以，从那位怪诞副教授第二次跑到编辑部来，到下班的时候，她就引着主编在那旧楼里上去下来下来上去再下去，找到那后门，从后门出去。主编笑说：“真跟逃难似的！”冯天鹭笑出两个酒窝：“多好玩呀！”

104 那女士再去，传达室的人告诉她，杂志主编出差了，问什么时候回来，答说不准，让她就不要跑来了，而且这么坐在传达室等候，也妨碍人家工作。那女士成为一景，另两个单位有的人也听说了这桩怪事，就借工休时间专门跑到传达室门外一睹芳容。那女士却总是端庄娴雅地坐在那里看书，细心的看热闹者发现，她穿一身巧克力色的衣服，很特别。

105 主编行政级别是正厅，上下班有司机开辆丰田轿车接送，那种款式的丰田轿车，后视镜安装在车头两侧，如今已经没有那么安装的了。有天那巧克力副教授终于找到后门，见主编正在上车，就扑过去喊："我跟你一起走！"吓得司机赶紧踩油门违规狂飙。

106　那以后许多天，"巧克力女士"不再出现。主编大松一口气，心里想恐怕确实是个病人，不算精神病，也属于严重的心理疾患。但这事倒没成为他主要的烦恼。没当那主编以前，以为不过是策划策划，审审稿子，当了以后，才知道原来要负责更多的事务。那时候没设社长，主编就是一把手。既是一把手，那什么事人家都要找到你。

107　那时候还没有商品房，实行福利分房。"改开"前欠账太多，"改开"后不断地盖房，仍然不够分配。杂志社有上级单位，上级单位盖好几栋楼，下属七八个机构都划拨到一定份额，这些房分给谁？上级单位和各下属机构抽人组成了分房委员会，拟定出一整套标准和方案，来回来去评分、讨论，最后才公布名单。得房者自然欣喜若狂，这一轮没份儿的呢？就有暴怒抓狂的。

108　那天忽然一个中年编辑冲进他的办公室。是冬天，那矮壮的男士穿着一袭军大衣，坐到他办公桌对面的椅子上，满面怒容。主编忙招呼："老庹，什么事？"那庹编辑就把大衣一掀，亮出一把刀来，拍到办公桌上，瞪着他咬着牙说："你看着办！"

109 原来是庹编辑闻知，他被从最终的得房名单里刷下来了，他不服！他自己来回来去算过，他是够格的！他都花钱找熟人给打制新居的沙发和立柜了。他气得想拼命！主编就柔和地劝他："老庹，冷静点儿。不是又在盖吗？听说都打好地基了呀。下一轮你不就排前头了吗？"又说，"我也帮你说了话的。可我毕竟不是分房委员会的啊。我特别特别同情你！可是我也没有办法呀！"庹编辑就开骂："你丫的少废话！冯天鹭是咱们杂志社唯一进入分房委员会的，她对你是百听百顺的，你就该给她下死命令！为什么不为我争取到底？"主编真的很无奈。

110 后来庹编辑终于把刀收回去掖起来，离开办公室的时候，跟主编说："我是实在气不忿，咽不下这口气！刚才我冲动的情况，你开窗户让风一吹空。我还编稿子去。"主编眼睛就潮湿了。主编是个人道主义者。

111 已经深更半夜了，忽然有人"咚咚咚"地敲门，主编和夫人都惊醒了。夫人害怕："别是老庹带刀闯来吧？"那几天分到房的人开始乔迁，庹编辑会不会因此又情绪沸腾起来？主编说："不会是他。"披上衣服走到单元房门前大声问："哪位？"外面回答："是我！"哦，不是庹编辑，是倪编辑。开门接待，让进一进门的小书房。倪编辑好多天不修边幅，胡子拉碴的。让座后，说去倒茶，倪编辑说："甭来虚的！"这又是怎么啦？倪编辑住房虽然也待改善，但居住困难度不如庹编辑那么大，这次没分到房似乎也还没有上火。倪编辑从羽绒服里也把掖着的东西拍到桌上，还好，不是刀。

112 原来，除了分房，评职称也牵动许多编辑的神经。倪编辑拍到主编书案上的，是三本他的著作。主编忙说："我都知道。这新的一本你不是前些时签赠我了吗？"指书架，"喏，我放在那儿了不是？"对方怒目："放那儿就齐了吗？你为什么不看？"主编承认："我赶紧看，赶紧看！"对方不依不饶："赶紧？你他妈小看了我，你为什么不及时看？难道我没水平？你为什么不支持我评上副编审？"主编慌忙解释："我支持的呀！可是，你也知道，我并不是职称评定委员会的成员，我并没有一票啊！""那你为什么不给评定委员会主任打电话推荐我？""我是愿意推荐的啊……""放屁！你打电话推荐了老庹，以为我不知道？""老庹这次没分到房，我看他精神都快崩溃了，倘若职称再打水漂，我怕他支撑不住啊！""我就支撑得住！他是一条命，我就不是吗？”“别激动……”“没法不激动！这职称评定都搞了些什么鬼？有人送礼，我就不说了，明显一碗水没端平嘛。就拿你来说，上次就评了编审，你有著作，你有职位，你有名气，你有头衔，但细看看评为编审的条件，有一条是什么？要求英语达标！你会英语吗？你不会英语，却得到编审职称，你不脸红吗？你他妈的不要脸！”说着就拿拳头捶书案。

113 主编夫人出现了，端来一杯茶，送到倪编辑跟前，责备主编说：“怎么人家送了你大作都不看看呢？打个电话费多大的事。水平摆在那儿。你就该打电话推荐。”主编忙说：“我一会儿就拜读。其实，你的编辑功力，足够当副编审了，何况你英语能翻译，还在《世界文学》上发表过译作。明天一上班我就打电话推荐你。”夫人微笑：“这就对啦。”请倪编辑喝茶。倪编辑一饮而尽，朝夫人抱拳：“多谢嫂夫人。”主编说：“不过，究竟能不能评上，毕竟还得他们委员会讨论后投票决定啊。”夫人就斜睨主编一眼：“画蛇添足。”主编无语。倪编辑告辞：“莫怪莽撞。实在是心里揣着个刺猬睡不着觉。”

114 倪编辑走后，主编真要读他那本新作，夫人劝：“临时抱什么佛脚啊。你明天不还要上班吗？到办公室为他打个电话吧。现在也真是，明明都达标，可名额限制，还要卡掉够水平的人。你反正尽心尽力帮了人家，最后他评不上，也不会怨恨你。”主编就长叹一声：“唉，早知道当主编还得管这些事，打死也不上任啊！”

115 凌晨4点，又有人“咚咚咚”捶门。刚睡着，又惊醒。开门，仍是倪编辑。再让进小书房。倪编辑说：“怎么也睡不着。心里不踏实。我来给你道歉。”主编惊诧：“道什么歉？”“不该骂你。像你这样的有成就有影响的，又当主编，当然该是编审。”“英语确实是我的软肋。你说得对。我真的很惭愧。”“你真的没生我的气？”“真没有。”倪编辑就抓过他的双手，握在自己双手里：“你真是好人。”“不敢当。当不起。我是说我这个主编不称职。不过，今天去办公室以后，我一定打电话为你据理力争。你是应该评上的！”

116 三天以后，评审结果公布，倪编辑评上了。主编夫人听到这消息后，当天晚餐给主编添了他最爱吃的软炸虾仁儿，两人还举起高脚玻璃杯碰杯，杯里的葡萄酒晃得如两朵玫瑰。主编说：“你可不知道我在电话里有多厉害，我说，如果英语这么棒的编辑，连个副编审都不给评，那我就辞掉编审！”夫人就说：“这下，不会再有古怪的来访了吧？”

117 但是，更荒谬的来访在前面等着他们。

那天，主编参加一个研讨会，散会后直接回家。刚在家里坐进小书房，门铃就响了。本来一直装着门铃的，但像倪编辑那样的造访者，总是情绪激动中直接捶门。能按门铃的来访者，肯定是心平气和的。就去开门。开门一看，愣住。是“巧克力女士”。这次不仅一身巧克力色连衣裙，而且头上系巧克力色发带，脚下蹬巧克力色高跟鞋，挎着个巧克力色坤包，右手拎着一把收拢的巧克力色雨伞，伞上似乎往下滴着巧克力色的雨滴。

主编没有请“巧克力女士”进去，她却很自然地越过主编身体闪进了单元房。她把雨伞和挎包挂到进门墙上的挂钩。用宾至如归来形容是不对的，她的自我感觉，根本不是宾，她说：“还是家里好啊。”主编请她进小书房，她只观望了一下，并不进去，而是悠然地沿过道朝里走。那时候主编的住房虽然除厨房卫生间外有三个房间，却无厅。进门左手一间小屋子布置成书房，往里，右手是间相当大带阳台的屋子，是卧室。那时候孩子小，卧室里双人床夫妻睡，一架屏风后小床闺女睡，也有闺女的书桌书架什么的。左手一间不大不小的屋子，则布置成起居室，有转角沙发、电视柜、餐桌什么的。“巧克力女士”都观望完以后，自动到起居室沙发落座。主编站在她面前，一时不知说什么好。她却命令主编：“坐呀，坐呀。”主编没有坐，她站起来，问：“咱们家的茶叶在哪儿？”就去找，在墙上多宝格里找到了茶叶罐，就再找茶杯，从热水瓶里倒开水沏茶，沏两杯，递主编一杯。

118 主编跟她说："我爱人要回来了。"她娴雅地坐在沙发上，把裙裾整理好，从容地吹开浮在茶杯表面的茶叶，小啜一口，微笑着说："那太好了。今天就把问题解决。"主编仍然站着，问："解决什么问题？"她脸上的笑容如花绽放："解决你跟她离婚、跟我结婚的问题呀！"主编怒了："岂有此理！你给我出去！"而也就在这时，单元房门钥匙孔响，主编夫人下班回来了。"巧克力女士"就迎上去，笑容满面："今天又累着了吧？"主编夫人莫名其妙。

119 主编是小说家，但主编始终没有利用这个素材写小说。编辑部都知道这件事情后，他笑说："倘若你们递上这种情节的稿子，到我这里肯定不过审，情节设置不合理嘛！我会认为，作者是因为脱离生活，向壁虚构。当然小说有很多种，有荒诞派，有魔幻现实主义，但是这样的情节，读来有趣吗？只让人反胃！"

120 主编夫人那天不仅很镇定，也很能化解事端。"巧克力女士"滔滔不绝地说，她精读过主编所有公开发表的文字，她编有详尽索引，还搜集了几乎所有对主编作品的评论，也编有索引，主编跟她结合，可以写出更多更好的文字。一个创作，一个评论，珠联璧合，不仅是个人的幸事，更是文学的福运。“巧克力女士”正亢奋地议论，门铃响了，原来是居委会的两位大妈来了。是主编夫人不动声色地趁“巧克力女士”对着主编狂轰滥炸时，到卧室用座机打去电话，叫来的援兵。

121　居委会大妈劝离，“巧克力女士”鄙夷地对她们说：“你们懂得什么？”但是大妈的法力是无敌的，到头来，“巧克力女士”落败而出。事后主编跟夫人说：“我是想到卧室打110报警。”那年头只有极个别大款有笨重的“大哥大”手机，主编家有座机电话已经属于高配，哪有如今手机普及的局面。夫人就说：“这个女人不正常，犯不上往派出所送。居委会能解决问题，又不给她留案底，大家都体面。”主编夫人仿佛并没有发生什么震撼家庭的事情，归于平静后，问：“今天你想吃什么？打卤面怎么样？”

122　要不要以机构的名义给那“巧克力女士”所在的大学联系，反映情况，以防后患？主编认为暂且不必。那以后“巧克力女士”也没有再出现，或以信件电话等方式来进一步骚扰。于主编来说，算是一个人生小插曲吧。

几年后那主编卸任，作品也不那么热门，整个儿边缘化了。“巧克力女士”暗中庆幸，亏得那时候没成事儿。但她本性难移，又以类似的怪诞方式去追求宙教授。宙教授那时候异军突起，红得发紫。宙教授叫宙玉鹏，笔名宙斯，她却从不称他玉鹏，只称他宙斯。宙斯是希腊神话里的众神之王啊。她的出现，令宙教授惊艳。宙教授和元配妻子离婚，娶了“巧克力女士”。后来大家都使用上了电脑，“巧克力女士”为宙教授的论文及随笔都编了电子索引，也搜集了几乎全部关于宙教授的采访、报道，以及对宙教授的评论、商榷、批评，她呢，凡宙教授参与学术活动，必定随行，内地香港，海峡两岸，美国西欧，日本韩国，马来西亚新加坡，真是风光无限。

123 当然也有过不愉快。嫁宙斯不久，随宙斯参加一个学术研讨会，到了下榻的五星级酒店，宙斯在浴室洗澡，她把从大堂报到处拎上来的一兜资料搁在身旁，倚在美人榻上翻检，忽然尖叫起来：“宙斯！他们怎么可以这样做！”就跳下美人榻，冲进浴室。宙斯除了头部整个淹没在大浴缸的白色泡沫里，正哼歌享受，被她吓了一跳，“怎么啦？”“岂有此理！让他们立刻补上！”原来，在打印的嘉宾名单里，没有把她列上。嫁给宙斯的时候她就跟宙斯约法三章：第一，所有邀请宙斯参加的活动，必须连同她一并邀请；第二，她不仅以夫人的名义与会，她本人也是学者，需列入嘉宾名单；第三，她的座

位前，也必须立标牌。那几年宙斯名气影响如日中天，各方都以邀请到他为幸为荣，宙斯提出的此种要求，都乐得应允。但不知这次是怎么回事，邀请方竟出现“巧克力女士”认定的难以宽恕的疏忽！

124 主办方的头目亲自到宙斯夫妇的客房中道歉，与会嘉宾名单也重新打印，把夫人列入。那次“巧克力女士”成了会花。但随着时间的流逝，宙斯的名气渐渐被后起之秀掩盖，来邀请的相关活动频率、档次都有所降低，种种新规范新规定推出，“巧克力女士”的高标准要求再难一一满足。但宙斯的固有待遇一直很好，名利比之业内其他人士仍属上乘，“巧克力女士”与他的婚姻关系也就延续了下来。“巧克力女士”前些时晚间卸妆，对镜自我细观，不免长叹一声：女人终有迟暮时！如今走红的文化人大都比自己小十几二十岁了，也只能守住宙斯这个“老帮菜”，快活一日是一日，就不做抱琵琶另上别船之想了。

125 宙斯和她都已有欧盟某国绿卡。他们中国外国两边住。这回报名参加一个中国旅游团，一是为了补足以往旅游之不足，二是基本上只花人民币，省去不少硬通货。团队集体活动时，他们基本上只跟领队兼导游过话，令同团成员感到凛然不可犯。那晚邮轮海上巡游，次日一早抵达希腊比雷埃夫斯港，“巧克力女士”跟丈夫说：“那是你的地盘啊。”他们打算在邮轮赌场消磨一夜。“不信宙斯不赢钱”。

126 偏偏宙斯不赢钱，已经断断续续输掉400美元了。“巧克力女士”却连连报捷，算下来已经赢到260美元。彼时赌场里赌客颇多，那边赌纸牌二十一点的、赌轮盘的围了好几桌，还有耐心投币搬动摇柄以求玻璃柜里硬币纸币跌落到接槽归己的，许多老虎机彩灯闪烁，屏幕滚动，乐音喧阗。

127 他们那个旅游团的退休医生夫人秦淑蕙，是头一次进入赌场，只觉得眼花缭乱。秦淑蕙说：“他们都在干吗呢？天上能掉馅饼吗？”老公就跟她说：“这是利用人性中的贪婪，以不劳而获来诱惑，在后台计算机编程设计上，一定会让你有赢的机会，甚至会让某个赌客大赢，但是，能赢点就收手的总是少数，结果，如同吸毒，勾你上瘾，赌客就会赢了还想赢，输了发狠要捞回来，不知不觉地，就输光完事。”他们发现同一团的马自先和那二朵伉俪在一个台面旁参与扑克牌赌博。马自先满脸通红，也不知是赢乐了还是输怒了，嘴里喊出听不懂的行话，露出长长的白牙。秦淑蕙就小声跟老公说：“哎呀，怎么那么个精神状态，红了眼了，就跟再过几分钟要杀人似的！”老公就引她穿过整个赌场，跟她说：“邮轮上的赌场规模也就这个样子，跟澳门、拉斯维加斯的赌场比，鸡窝罢了。这不是咱们这种人的乐园，看两眼够了，还是回房休息去吧。”

128 他们往外出，迎面同团的龙秉谦夫妇往里进。邮轮赌场是前后都有门的。龙夫人正生气，头天在船上购物街挑来挑去，买下一条有异国情调的纱巾，在甲板上让老公拍照，没想到船上有那无孔不入的摄影师，他们到处给游客拍照，打印出来以后，公布在邮轮上的好大一片照片展示板上，游客如果满意，可以取下来去付款归己。路过照片展示板，龙秉谦一眼看到人家偷拍下的他们两口子在一起望海的侧影，夫人那新买的丝巾在海风吹拂下飘动得好美，就取下那照片去付款。夫人觉得有自己手机拍的照片，还买那个干吗？伸手不及夺下，老公款已付出。本来买下这张照片应该是个小乐子，夫人却觉得是被骗了钱，一进赌场，老虎机的怪响扑耳，马上转身，龙秉谦拉住她：“咱们又不赌，穿过去观光一下嘛。”夫人挣脱他：“你穿过去吧，这地方骗钱更厉害！我另找路绕那边去。”

129 龙秉谦夫人从另外通道往那边去，路过美术品拍卖区。参与拍卖的游客不多。拍卖师卷动三寸不烂之舌，鼓动参与者购下一幅油画。龙夫人看见同团那个被唤作若瑟的女子跟她身旁的闺蜜说：“你还别说，这幅《普罗旺斯夕阳》真心不错，大有米勒的韵味。”龙夫人心中诧异：西洋油画怎么会有弥勒佛的味道？她不知道，十九世纪法国有个画家让·佛朗索瓦·米勒，其画作《拾穗》《晚钟》是世界绘画史上必提的经典。

130 且说那晚石可尔右手举着啤酒杯朝林珊珊走去。他心跳得厉害。走到林珊珊坐的地方，他用左手示意：“这个座位有人吗？”林珊珊犹豫了一下，回答他：“您先坐吧。”那本是留给陈佳佳的。石可尔坐下后，林珊珊并没有看着他，而是朝小舞台望去。小舞台上暂无人表演，但音响放出柔曼的音乐，一位女士出现在中庭活动区，带领自愿参加的游客练习简单的瑜伽功，还提供一摞软垫，供参与者拿来练功。那额间化妆出个大红点的女士，皮肤黝黑，身着淡绿薄纱衣，也不知究竟是否是真的印度人，用简单英语开始动员，也就陆续有游客自取练功垫，在她指导下盘腿打坐。那个中国旅游团的龙秉谦夫妇和秦淑蕙夫妇，都参与其中。

131 石可尔盯着林珊珊，林珊珊不搭理他，令他气闷。趁林珊珊拿起那杯女儿给她买的软饮料小试几口，石可尔开始搭讪：“是番石榴汁吧？习惯吗？”林珊珊这才朝他望一眼，礼貌地回答：“味道怪怪的。不过听说好处很多。”石可尔单刀直入了：“您不认识我了吗？”林珊珊盯住他，忍不住扶扶眼镜架，反问："我们……原来认识吗？"石可尔心寒了。前几刻，我坐那边时，您不是还隔空扶着眼镜架推敲过我吗？其实，林珊珊那样观察他，只不过是因为，旅途前半程，总有这么个散客，下船游览时，混在他们旅游团里。当然，本也不是太稀奇，总有些别的旅客，来蹭听导游讲解，但现在坐到面前的这位男士，似乎总时不时斜睨她几眼，偶尔还似乎是不经意地站到她的身旁。林珊珊心想，这位谁啊？看上去，倒不像是个坏人。

132　石可尔就说："咱们是小学同学啊！也算邻居哩！"林珊珊眉毛往上挑："是吗？"石可尔就报出小学名称，以及那条大胡同和那条小胡同的名称。林珊珊明显觉出兴趣了，问他："您当时是几年级，哪班的？"他一一报出，说："可惜咱们不是一个班的。""可惜？为什么？"他脸有点发热，啜口啤酒，语无伦次地说："后来……中学不一样……咱们下乡插队，在一个县里……听过你'讲用'……"林珊珊明显不愿提起插队那段，把话题弯回小学来："那您还记得小学的老师吗？"石可尔就说："怎么不记得？您也没忘吧？那个绿粉笔老师……"林珊珊笑了："绿粉笔……对呀！对呀！教咱们自然的，他好怪，只用绿粉笔写板书！"两个人的记忆汇聚到了一个点上，双方的矜持就都化解不少。

12
11
1
10
2
9

133 石可尔就回忆起林珊珊弹琴的乐音，如何流淌到院外，他们男孩子如何在那院门外的旷地上玩耍，那里有株好老好老的大槐树，应该比彼此的祖爷爷祖奶奶年纪都大……林珊珊饶有兴味地听着，也明显地被引入了回忆。石可尔就讲到那关键的一幕：他“中弹牺牲”，仰倒在大槐树下，玩伴们起哄，说他死了，于是，刚好走出院门的林珊珊，就到他跟前，蹲下，几乎贴到他脸上，天真地问：“没死吧？”

134 那是最最关键的时刻。林珊珊如何回应他？时间仿佛凝固了。瑜伽教练的话音如同邈远天空里拖长的呻吟。他问：“您还记得吗？”林珊珊都没有犹豫几秒，立刻回答他：“有这回事吗？我怎么一点印象也没有了？”林珊珊毫无记忆！邮轮天井仿佛在坍塌，整个邮轮如同泰坦尼克号在迅速沉没，那可恨的瑜伽教练“商女不知亡国恨”，竟还在那里数数：“nine,ten...”

135 他于是悟出，人生的悲苦之一，是你觉得能伴随自己一生的甜美的瞬间记忆，那涉事的人，却是并无恶意地早就从记忆藤筐的缝隙，将其筛掉了。石可尔面对如此回应，还如何以甜美记忆与无限憧憬支撑他的残生？

136 林珊珊并不了解石可尔的内心。她不记得那天那一刻有那样的行为、说过那样的话，并不等于她丝毫没有怀旧的情愫。石可尔两眼愣愣地望着瑜伽教练，林珊珊主动回忆起一些情景："那时候你们好讨厌，会在我们家墙根儿'拿大顶'，把我们家白墙蹭出好些个黑脚印！那里头肯定也有你！""拿大顶"就是双手撑地把身子甩起来，用脚去贴在墙壁上。肯定有他吗？石可尔却完全不记得在林珊珊家墙外"拿大顶"的事儿。

137 石可尔铭心刻骨地意识到，自己现在是一个失败的、可笑的鳏夫，但是他不想就那么沮丧地离去。还有稻草可捞。他就提起《溜冰圆舞曲》，问："那是您最喜爱的曲子吧？"没想到林珊珊闻曲名色变，也就在这个时候，陈佳佳回来了，手里拿着几张照片，显然是从那边照相展示板上取下付了款的。林珊珊也就站起来，跟石可尔颔首致个意，女儿挽着她胳膊离去，一边跟她说："船上摄影师给我们拍得真不错，到底是专业的……"

138 宙斯夫人，那"巧克力女士"，老虎机玩得开心，有赢有输，屏幕显示有360元，累了，就点结束键。结算的纸条退出来，就打算拿到柜台去兑现美金，这时候才招呼宙斯，却不见他身影。玩老虎机的都不会老守着一台玩，每台的起点赌资也不一样，最低有5美分起算的，最高的则5美元起算。她也是换了好几台，基本上玩50美分或1美元起算的，来来回回刨去最初塞入的100美元，最后赢下260元，很不错的战绩啊！她从柜台兑完钱，就唤着宙斯找老公，咦，怎么到处的老虎机都不见有宙斯，那些围桌而赌的人里也没有，奇怪，难道他一个人回舱房了？或者去洗手间了？于是想起，似乎在她酣战正烈的当口，宙斯到她身边说了句“去趟洗手间”，但从那时算起，也有半个小时了吧，怎么不见回还？忽然警惕起来，莫不是，偷腥去了？就想起来旅游团里若瑟和她那闺蜜，对男士色眯眯的，宙斯虽然老了，毕竟人高马大，仪表堂堂，别是那方有意，宙斯心有鬼胎，趁她赌得入迷，跑哪儿三P去了！他妈的，老娘可不是好惹的！“巧克力女士”匆匆离开了赌场。

139 出赌场后伸腕看表，是一只浪琴坤表，显示已经近凌晨两点，从香奈儿坤包里找出手机，给宙斯拨电话，拨通了，但一直不接听。奇了怪了。乘电梯到达舱房那层，小跑着去他们舱房，用卡片刷开舱门，开灯，大喊“宙斯！”，没有影儿；打开卫生间的门，也不在里面；到阳台，圆桌、休闲椅俨然，桌上的书页被海风吹得“噗噗”作响，扶栏望海，邮轮前行掀起浪纹“哗哗”作响。再打手机，依然无人接听。难道宙斯投海了？他一贯把手机搁外套兜里，如果落海手机应该没有回应，而且舱房里也没有他那手机的彩铃声。“巧克力女士”陷入空前的惶惑与慌乱。

140 应该打什么电话、向谁报警？她想了想，就给旅游团的领队打去电话，好一阵以后，领队才接，显然是从睡梦中被叫醒，而且，很多句话过去之后，领队还是没有明白她的意思，直到她几乎吼破喉咙，领队才终于彻底清醒：“啊，您先生宙斯找不到了？不会失踪的吧，是不是在24小时营业的酒吧里呢？……报警？呀，船上好像没有警察，现在应该是在公海上，真不知道该向谁报警……邮轮上倒是有安保机构，但据我所知，他们主要是做安全检查，以及万一出了事故负责组织疏散，寻找失踪人员好像不归他们管……您是不是自己再各处转转、找找？”抓狂中，她就要求领队把若瑟她们的舱房号告诉她，领队说：“为什么？我不能这样做，就像我不能把您的舱房号公开一样。”最后，领队答应设法找到值班的邮轮负责人，反映这个情况，又安慰她：“宙斯先生身体很好，精神很正常，对不对？没有抑郁症，对不对？他不会自己跳海，对不对？”“巧克力女士”就说：“那要是有坏人把他推到海里呢？”领队再安慰：“我带队多次了，不要说从没遇到过这样的事情，听也没听说过。您放心，听我的，到头来宙斯先生会回到您身边的，这一切都不过是一出喜剧的过场罢了。这样吧，我一会儿往船头那边找，您呢，往船尾那边找，咱们最后到中庭集合。”

141 邮轮最高一层，挨着健身房，有个美容按摩店。按摩师里，有个来自中国上海的男子华瑞生。华瑞生在上海旅游职业学校接受过正式培训，后来又在一家五星级酒店跟经验丰富的师傅进修过按摩。他应聘到这艘邮轮当按摩师，是从八个竞争者中脱颖而出的。美容按摩店的生意，美容部分生意比按摩好，来按摩的游客，几乎都是西洋人，中国游客几乎没有进店的，连来咨询一下的也非常罕见。华瑞生身高只有一米六五，但很精壮，游客多半起先会以疑惑的眼光看他，但一躺下经他按摩，就会觉得他既有力气又很适度，正所谓刚柔相济、张弛得宜，令人通体舒泰、活力倍增。老板开的工资不低，更重要的是客人的小费，遇到对他满意的富人，给的小费之丰厚，他都不好意思跟亲友讲出去。他英语口语的水平，足可应付客人，何况所来的客人往往也并非来自英语国家，所以他也能讲一点法语、意大利语和西班牙语。

142 美容按摩店的营业时间是16点到24点。生意最旺的时间段是20点前后。那晚生意非常好，直到打烊前还有顾客进来要求享受全套日式手压按摩。华瑞生给那人按摩完，已

经近午夜1点了，顾客很满意，除正式费用外，还给他100欧元小费。100欧啊，在上海，这笔钱可不能算小啊，是一笔“大费”。华瑞生是最后一个离开店面的。他先清扫整理了一下，然后坐到供顾客休息的沙发上，用微信跟妻子罗菱娜视频通话。那时候上海已经是早晨7点半左右，罗菱娜正和儿子华杰吃早点。那也是他们惯常的通话时间。他照例报告罗菱娜他一切都好，罗菱娜就说还想给华杰报班，算起来上小学四年级的华杰已经报了五个课外班了，按说也就差不多了，但是罗菱娜提起跟华杰同班也是邻居的一个同学，其妈妈又给他报了游泳班，罗菱娜攀比之心立即被点燃，这次不说“不能让小杰输在起跑线上”，而是这样的逻辑：“以后我跟你落到水里，谁来救？人家儿子就能救！还不说上中学加分的事！”他就说：“你觉得必要就报吧！”妻子那边声音提高音量：“那很贵的啊！学跳水更贵！”他就回应：“钱不是问题！我今天挣的小费，够你……”说到这儿改口，“啊，我这几天挣的小费，就比当年我在酒店一个月的工资还多！”妻子立刻不高兴：“啊，你是嫌我工资低对吧？漂在海上捞了点小费，你就傲得要飞上天去了！”他看见儿子把脸凑近视频，跟他喊：“我不要再报班！”他就安抚：“听妈妈的，你妈妈总是对的！”儿子就跟他扮鬼脸。

143 华瑞生把罗菱娜追到手，很不容易。罗菱娜是酒店公认的美女，真是人见人爱。华瑞生没有什么优势，父亲早逝，母亲早从工厂退休，住在一套两间的石库门宅子里。家境一般甚至可以说是偏下，已经很难追到女子了，何况更有无法更改的缺陷：个子矮。但是华瑞生不灰心。在更衣室里照镜子，他会下意识地把自己头发往上捋，耸起一个尖，然后双手互握，左右摆姿势，把自己那穿衣显瘦、脱衣有肉的精壮身体之美展示到极致，会自己鼓励自己：我自成比例啊！那甄子丹、李连杰，无非也这个高度，难道我这不是荷尔蒙爆棚、不是雄性的魅力吗？

144 罗菱娜是客房部的，华瑞生跟泳池救生员、健身房教练等都划归保安部，他们交集的机会不多。罗菱娜很长时间都没有注意过华瑞生，华瑞生却早就觊觎她了。那年夏天，酒店共青团组织团员到老城隍庙那边豫园，参观小刀会聚义旧址，看相关展览，算是一次爱国主义教育活动。参观完了，三三两两，免不了在城隍庙里逛游，罗菱娜和几个姐妹，就进入老凤祥金银店。

女性，特别是年轻女孩，鲜有不爱金银首饰的，俯身看那玻璃柜里闪闪发光的东西，好向往，好艳羡，指指点点，叽叽喳喳议论，有的就忍不住请售货员取出来细品品。开头售货员也还取出几件让她们看，后来就不耐烦了，告诉她们“不可以白看的”，有一位更说出那样的话：“看什么看，反正你们也买不起咯!”

没想到，华瑞生一直尾随着这几个女子，因为其中有美丽动人的罗菱娜。罗菱娜她们看首饰的时候，他就站在旁边，当罗菱娜遭到白眼的时候，他就挺身而出了。他看见罗菱娜让售货员拿出来看的，是一条水波纹金项链。售货员只在罗菱娜眼前一晃，就收进去了，意思是“看了你也不买，别看了”。华瑞生就跟售货员说：“拿来给我看。好我就买下!”售货员白他一眼：“这是女用的。”华瑞生就说：“当然啦。我买给女朋友。”罗菱娜她们几个就都愣住了，认出是华瑞生，都知道华瑞生那时候还没有女朋友，都惊讶，都好奇，都没有离开。

售货员只好取出那条项链，但是嘴里道出：“很贵啊。”华瑞生一看标价，8000元，心中暗喜，他准备的钱，刚刚够！就拎起来，很自然地举起，放到罗菱娜领口那里比试。售货员只觉得华瑞生是胡闹，她在三尺柜台里，看尽人生百态。她一眼看出这些女子小伙都不过是蓝领，你们起个什么哄啊！就跟华瑞生说：“你还回来！你哪有什么女朋友，人家是你女朋友吗?”这下把罗菱娜惹火了，跟售货员说：“你怎么这么说话?”

华瑞生倒心平气和，掏出钱包，让售货员用首饰盒把那金项链装起来，从钱包里取出银联卡，表示刷卡付账，售货员只好照办。华瑞生就把那条金项链，帮罗菱娜戴上。售货员眼里不禁流露羡慕之光，酒店里那些女子惊呼：“什么时候你们好上的啊？一点风都不透，到今天把我们晾起来!”事后罗菱娜说，要不是那售货员那样的态度，她不会接受华瑞生的赠予的，论起来，那售货员算是他们的红娘。

145 罗菱娜父母得知酒店的华瑞生死追他们女儿，都坚决要求女儿冷淡掉华瑞生。罗菱娜却不能不对华瑞生动心。酒店里追求她的，不乏经理级白领，长得高长得帅的，也有个别住客对她发生兴趣，要求互留手机号码的。父母更动员她参与了几场相亲。但是到头来，一对比，那些家境好、身材高的，乃至于高富帅的，看中她的，主要是她美貌，对她的呵护关爱，往往都不及格。她可以举出无数的细节，来证明这一点。华瑞生就是不一样。她病了，在家休养，华瑞生去她家看望，她父母不让华瑞生进门，华瑞生一点没有生气的样子，每次只是默默地把他为罗菱娜买的东西，递给罗菱娜妈妈。罗妈妈接过去没跟他道谢，他却连连称谢。有天大降温，他又来，递上的东西除给罗菱娜温脚的热宝，还有给罗爸爸的护膝和给罗妈妈的围巾，他和善地说："大家都要注意保暖啊。"罗妈妈那次就把他让进屋里去了，罗家住得也并不怎么宽敞，罗爸爸罗妈妈也都只是退休职工，华瑞生进去环顾，就说："家里没有年轻男子啊，好多小问题，其实，男子汉一动手，就都迎刃而解了。"罗菱娜恢复上班了，华瑞生也能更多地进入罗家了。他每次去，都带着工具，这天固定松脱的马桶座，那天粘牢脱胶的地脚板，再天清洗抽油烟机，最后用节日长假帮罗家重新粉刷了墙壁，罗家因他而变得光鲜。

146 酒店商务处有个胖嘟嘟的管扫描复印打印的小谭，同事都叫他谭胖。有天他给罗菱娜送上一束价值数百元的鲜花，递给她的时候告诉她花里有封信。那当然是一封情书。酒店里别的小伙子就告诉谭胖：“华瑞生早追上菱娜了。”谭胖就自信地说：“瑞生有什么竞争力？我一米七八，他一米六几。我家是中产阶级，有房有车，他家有什么？”消息传到华瑞生耳中，那天傍晚，在酒店男员工更衣室里，当时上下班更衣的小伙子很多，华瑞生脱得精光，边更衣边大声宣示：“谁敢跟我争罗菱娜？谁敢？菱娜是我的！我的！谁活得不耐烦了？啊？”当时他身上的肌肉纤维根根像钢丝般抖动，整个人活像一只竖起鬃毛的雄狮，吼出的声音在更衣室里轰隆隆回响。他的阳刚、强悍、不妥协、不退让，惊得其他小伙子纷纷恨不得跟他表态：“我们不敢！”据说那时候谭胖恰好也在更衣室里，只不过在离华瑞生挺远的一角，吓得小便都失禁了。后来，就有人看见，罗菱娜把那一大束昂贵的鲜花，连同没有拆看的情书，果断扔进了大堂犄角的垃圾桶里，而换好一身运动装的华瑞生出现，就让罗菱娜挽着他的胳膊，气昂昂地走出了酒店大堂，钻进了一辆出租车。

147 华瑞生跟罗菱娜交往许久了，才把她带到自己家。华瑞生到厨房烧饭，华妈妈就跟罗菱娜说：“我们瑞生配不上你，真的，配不上。”罗菱娜很感动。这话其实也透露出，华妈妈害怕他们的关系不能长久。但是罗菱娜毅然决然把自己托付给了这个身高一米六五的男子。

148　酒店经理给他们操办了非常体面的婚礼。谭胖也参加了，那天喝得烂醉。他们把各自攒的钱凑一起，双方家长支援，首付买下一个二手小单元房，华瑞生利用整整一年里的休息日，逐步把那个原来破旧的单元房休整成一个小小的天堂。后来儿子华杰出生。去邮轮挣钱前，又付首付买下了一辆奇瑞小轿车。当然，比起那些嫁白领、金领，入住富家的女子，罗菱娜眼下的生活还是属于寒酸。但是那些嫁了高富帅的女子，就一定幸福吗？酒店里的闺蜜何姐，嫁了个外企白领，似乎可以傲视罗菱娜。她刚跟老公从澳大利亚旅游回来，开着沃尔沃轿车，拎个LV包，趁罗菱娜一个人在家来茶话，聊到最私密的话题，不禁流泪。她很不幸福，甚至可以说很不幸，因为她的老公阳痿，开头还能半勃起，现在只像一把鼻涕。身高一米八，西装革履，提个高级公文包，今天飞纽约，明天飞巴黎，那又怎么样，她却是守活寡的状态，对外总笑嘻嘻地宣称，他们是自愿选择了丁克，其实根本不是那么回事儿……罗菱娜就说，不是有伟哥吗，不是可以找好医生治疗吗，你们又不是付不起钱。何姐竟泣不成声，说都试过，都不奏效，就问罗菱娜幸福不幸福，其实就是问性福不性福。好姐妹，道实情，罗菱娜就告诉何姐，华瑞生在床上给予她的，实在是极乐，总是有充分的前戏，她现在也懂得欣赏瑞生的肌肉线条，瑞生虽然比她高一厘米，旁人看去总觉得她比老公高，他们拍婚纱照，瑞生总得踩个小板凳，好像挺丢人，但是两个人在一起，瑞生的阳刚、强悍，以及伴随的柔情，却令她销魂。他们做爱很有规律，配合默契，渐渐达到高潮，最后那份进入骨髓的快感，才让人懂得美好的婚姻里，那万不可缺失的究竟是什么……何姐听了，就爽性趴在她肩膀上痛哭个够。

149　但是，酒店里的人形成共识，就是华瑞生怕老婆。不是诬蔑，确实如此。那年夏天，华瑞生在弄堂里，坐小马扎跟几个邻居围小矮桌玩牌，玩着玩着不觉天色暗了下来，路灯都亮了，华瑞生还在兴头上。忽然旁边玩伴碰他胳膊肘，这才一抬头，是罗菱娜回来了，叉腰站在他们跟前，瞪着他，大概已经站了好几分钟了。华瑞生要扔牌，那几位不干，让他玩完这一盘。等终于收场，华瑞生赶回家，门反锁了，偏他那天钥匙不在身上，怎么恳求里面也不开，华瑞生居然就在弄堂里坐着小马扎靠着墙熬了一夜。天蒙蒙亮了，他才回家，敲门，其实门并没有反锁，罗菱娜穿着睡衣迎过来，他把为妻儿买的早点递过去，罗菱娜接了，他进屋，两口子也没过什么话，算和好了。

150 华瑞生自己说，他们家是个怪圈，他怕老婆，老婆怕儿子，而儿子怕他。他们这样一个小家庭就在连环怕中，实际是很和谐地生活。在邮轮上跟妻儿视频通话结束，他就出了美容按摩室，锁好门。他和船上的其他职工，都在底舱有宿舍，宿舍空间很小，两人合住，但有卫生间。他住的那间，还住了个国内旅游团的领队，那领队也就是晚上到舱里冲个澡睡个觉，跟他照面也就点个头，话都没有。华瑞生一般都是回到宿舍再方便、洗澡，但那天锁了门有点内急，就去那一层旮旯的公共卫生间去方便。那卫生间很少有游客使用。他推门进去，大吃一惊。

151 卫生间地面上躺着一个人。看上去个头不小，蛮魁梧的，西服革履，还扎领带，但衣衫已经凌乱。是醉汉吗？没什么酒气。睡着了？为什么睡到这儿？弯腰细观察，呀，似乎跟人搏斗过，更仔细观察推敲，应该是被人抓领子、薅头发，往墙面上撞过，怪不得额头有血印子，一边眉骨似乎都撞裂了，流出的血凝住；往墙上看，找到撞他时留下的血痕。好吓人！尿急，就先到小便器前撒尿。忽然手机彩铃声响，持续不停，几乎让华瑞生的尿倒流回去。应该是那男子衣兜里的手机在响。他死了吗？似乎还有气。应该是昏迷在那里。他是游客无疑，但游客一般只在下船的时候挂胸牌，这游客此时也没有胸牌。

152　踮着脚尖出得那卫生间，邮轮那一层没有别的人影，万籁俱寂，只有船体划开海面发出的均匀声响。华瑞生站住喘气，思忖应该怎么办。向值班船长报告去？自己在那卫生间里留下脚印，会不会惹火烧身，被怀疑是自己干的？迟疑一两分钟，还是决定去报告。一边乘电梯往底层，一边想，谁干的呢？抢劫？邮轮上的游客最没有抢劫价值，因为他们身上的现金很少，一般都是刷卡消费，而且，那人的手机还在身上，揍他的人并没有取走手机，说明不是谋财。那么，是害命？也并没有把他弄死啊，如果真要消灭他，可以把他扔进海里啊……越想越发毛。

153　第二天一早，邮轮抵达比雷埃夫斯港。众多游客纷纷下港，港口停车场停满旅游巴士，将把游客送往雅典游览。那个中国旅游团每次靠岸都约定在中庭一侧集合。领队兼导游点名：1号家庭！2号家庭！3号家庭！……各家庭纷纷答应，点到林珊珊母女7号家庭后，领队就引领大家下船。这时3号家庭的龙秉谦就提醒领队："人不齐呀，8号家庭，教授夫妇，他们还没到呢。"领队就说："他们不再参加岸上旅游了。咱们快走吧。"6号家庭的若瑟就和她那闺蜜耳语，仿佛知道点什么。又听见4号家庭马自先忽然提高声量，来了句："活该！"1号家庭的大孝子就跟领队商量："本来，两位老人不打算去雅典的，因为参观那卫城要爬阶梯。可是，早上吃自助的时候，听到一个谎信儿，说船上发生了抢劫案。原来总觉得下船有风险，船上最安全，没想到，船上竟然比岸上还凶险！所以，决定还是带上老人去雅典。您看，能不能去了他们就留在巴士上，等我们游完了一块儿回船？”领队就说：“别信什么谎信儿。船上当然安全。巴士到了卫城，司机还要接送别的人，只能是让老人在卫城底下找个能坐的地方休息。”领队边说边领大家下楼往船外去。

154 每次上下船，都要例行安检。这天似乎比以往严格，耽搁的时间颇久。通过安检出了船，往巴士去时，7号家庭的陈佳佳眼尖，就注意到停车坪接近船体最近的地方，停了两辆顶上红灯闪烁的特殊汽车，一辆应该是救护车，一辆应该是警车，有人正往救护车里送担架。担架上躺着个人看不清面目，但旁边有个妇女，一身巧克力色服装，满脸焦急。担架送进去以后，她也跟着上了车。陈佳佳跟母亲林珊珊指点着，有所议论。2号家庭的陆向东、郝向阳，就拿起单反相机一顿抓拍，林珊珊便忍不住劝他们：“这种情况，拍它干什么啊！”

155 按摩师华瑞生在高层卫生间发现的那个男子，就是宙玉鹏教授。他被打晕了，出了血，但没有死。他的夫人，那位“巧克力女士”，坐在救护车上，靠在担架旁边，握住丈夫一只手，那只汗毛很重的手软塌塌的，不能给予她用力的回应。“巧克力女士”就想，谁干的呢？为个什么呢？宙斯虽遭人嫉妒，甚至嫉恨，但似乎并没有死仇，怎么会在邮轮上遭此毒手？

156 好在宙斯夫妇都有欧盟护照，可以先在希腊报警，在雅典治疗，中断邮轮旅游对他们来说算不上多大的损失。但“巧克力女士”发誓要捉拿凶手，报仇雪恨。找到宙斯以后，她大声问过：“你看清凶手了吗？”“你的仇家怎么会就在这船上？”“他是不是还想弄死我？”宙斯已经不能清晰地表达。邮轮到岸前先送往底舱医务室，那里有两名医生两名护士，采取了一些保护性措施。医生跟她说，宙教授应该是颅内有了淤血，这种情况下不要问他问题，不要让他表达，一切要等到在雅典送入医院，经过彻底检查，给他去除淤血，有所康复后，在医生允许下，再询问，再对话。“巧克力女士”就暴躁不堪，恨恨有声：“哼，这家伙原来一直瞒着我某项秘密，瞒得好紧！”

157 这个宙玉鹏，宙斯教授，究竟是怎么个来历？没人能说清楚。“巧克力女士”也是只知他成名后的情况，此前的情况也并不清楚。反正她要嫁的是名气地位头衔待遇，之前的寒微乃至卑琐不问也罢。宙教授自己就清楚自己吗？其实，他把以往那些对自己不利的因素，都努力加以隐瞒、掩盖、粉饰、曲解，以至到如今，他真诚地觉得自己不仅是杰出的，而且是几乎没有瑕疵的。大体而言，上世纪八十年代，他是一个十足的新派弄潮儿，他的言论及社会活动，覆盖许多领域，他会今天出现在一个文学论坛，大谈文体革新；明天又出现在一个画展上，以十九世纪末俄罗斯巡回展览派为例，强调现实主义绘画的已经落伍；甚至某一天他上午会在某场合推介一本关于后殖民主义的著作，下午又会在某座谈中跟另一位名人唇枪舌剑，讨论究竟应该如何评价明末的钱谦益。不过他给人留下最深刻印象的，是发表过《论私有制的历史意义》论文，据说那成为九十年代后经济体制变革的理论基础之一，因此获得过“改革志士”的美誉。

九十年代后他一度旅居海外，周游欧美名校，结识无数人文科学方面的名流。进入二十一世纪，他又被国内大学邀为客座教授，他的言论莫测高深，但如新鲜水果，汁液丰富，味道醇厚，听来令人陶醉。他原本说的比写的多，近年来，更加述而不作，但被一些人崇拜有加，是许多民间书店话语空间的常客。有时他的论点令人觉得非常大胆，一些人由于自己胆怯，因此需要通过他那样的高谈阔论，在鼓掌中获得“咸与勇敢”的快感。但就在有人担心他会不会因言得咎时，忽然网上又有他接受记者采访的新闻，在访谈中涉及经济问题，他又旗帜鲜明地提出“回归计划的必要性”，以至当他和夫人到某地讲学时，当地的官员就放心地接见他，视他为“春江水暖鸭先知”

的那只“鸭”。

158　从网上查他的资料，连出生年代都不明示，劈头便是他在国内国外大学获得过的学位、教职，以及种种社会荣誉。他的籍贯，以及大学前的情况，也都略而不提。似乎也都不值得提，检索他的言论，那就十几页也打印不尽。“改革志士”“与时俱进”是对他重复得最多的评价。这样一个人，怎么会在邮轮上突遭横祸呢？

159　旅游巴士朝雅典开去。马自先放声议论，既是跟那二朵叨唠，也有意让同车的人听见。他跟那二朵说，那宙某人我早就认识，宙某人自然也认识我，但是到团以后，宙某人装作不认识我，我也就绝不搭理。怎么认识的？在你姐姐的闺蜜石可莞他们家，也就是一度炙手可热的那位副部长家认识的。那时候他对副部长和夫人十分谦卑，对其他在座的人，包括我，就非常地狂傲。那时候北京人艺复排重演了老舍的《茶馆》，我们看了都非常兴奋，他就泼冷水：“见识宽广点好不！这种从细节上也去还原现实的戏剧，陈旧得掉渣儿了！你们虽然看不到《等待戈多》《秃头歌女》的演出，至少该读读剧本，那才叫真正的戏剧！”其实他那时也没有看到那些荒诞派戏剧的演出，看到的也无非是刚翻过来的译文。但在石可莞家里听到副部长斥责“现代派”的言论后，有次去拜访，又大赞小说家柳青了不起，在《创业史》第一部结尾，直接把党的决议写进去，真是把革命现实主义体现到了极致，如果再进一步，能与革命浪漫主义相结合，就更够经典了！

他曾在一次座谈会上高声宣布："小说要什么故事！要什么人物形象！小说就是展示作家驾驭文字的能力，小说的要义第一是文字，第二是文字，第三还是文字！弗吉尼亚·吴尔夫的《海浪》，詹姆斯·乔伊斯的《尤利西斯》，看看去，那才叫小说！"那时段若干文学杂志的编辑对他所言如聆佛音，他推荐的新锐作者的新锐文本纷纷被编辑如获至宝地刊登出来，虽然多有读者反映看不懂，却也成一时之盛。但是前些时，我从网上看到，他虽然脸上褶子不少了，底气还是那么足实。据报道，在一家新潮书屋的名家对话中，他仿佛上帝发声："小说就得写故事！不讲故事还能叫小说吗？"估计在座的年轻写作者，有的就会觉得震撼，呀，要写故事啊！其实就在几年前，在一个文化活动场合，我们还照过面，也随意聊了几句，我就告诉他，石可薨去世了。他起头仿佛完全没听说过这么个人，后来以贵人虽然多忘事却也毕竟记性好的姿态，回应我说，啊，你说的，是那个没落文艺官僚的胖老婆吗？她死了，官僚还没死吗？

160 那二朵就跟马自先说，人的观念、观点是允许改变的嘛。马自先说，当然，我原来不也按"三突出"的规矩写作品，也以阶级斗争、上山下乡、割资本主义尾巴什么的为主题嘛，但是进入改革开放新时期，觉醒了，就稳定下来了，会有适当的调整，却不会在左右极端间跳来跳去。宙某人怎么回事儿？其实，他没有自己的观念，也没有自己的观点，他总是察言观色，左顾右盼。什么时髦，他就吆喝什么，而且，明明是人家掀起的潮头，他却总一屁股坐到那浪尖上，成为领军人物。他什么时候都要拔尖，什么时候都要占强，他常在水边却不湿鞋，偷摸虎须却没遭虎咬，八面玲珑，左右逢源，名利双收，进退裕如，风风光光蹦跶到现在……不过，人算不如天算，人有九乘，天有一除，昨天午夜，哼，哼，哼……

161　跟马自先、那二朵坐在一排只隔过道的若瑟，跟她的闺蜜边听马自先发泄，边窃窃私语。马自先连哼几声以后，若瑟就望着他，问出一句："你干的吧？"马自先瞟她一眼，不再言语。

162　坐在马自先、那二朵前排的是林珊珊、陈佳佳母女。林珊珊对身后马先生的言论只觉得聒噪。她虽然对宙教授所出的意外也很震惊，但毕竟也还有自己的心事。巴士朝前开，窗外的景色无甚特色，她就闭目养神，只管琢磨与自己切切相关的事情。昨晚那个小学同学，打破了她内心的平静。她惊异那男子记得那么多小学及胡同里的往事。看来那男子也没有什么恶意。别的都还没什么，硬说她当年凑拢躺在地上的他说了句什么话，哪有那回事？她会那么轻浮吗？但那男子居然记得她弹奏过《溜冰圆舞曲》，这很是刺痛了她。她因那首曲子得过奖，也因此被音乐学院看中，如果不是整个社会发生了震荡，她一定会被保送进音乐学院，最后有希望成为一名钢琴艺术家。但是后来这一切都泡汤了。她后来的人生轨迹离钢琴演奏相当遥远。尽管改革开放后又购置了钢琴，业余也还弹琴自娱，但她从此不再弹奏《溜冰圆舞曲》。“一个人一生至少要掌握一种乐器”，这话她不否定，但她不让女儿陈佳佳学钢琴，她女儿后来学的什么乐器？估计这满车的团友都猜不出来，陈佳佳最后学的是法国圆号。

163 佳佳这姑娘可真不省心。一直想方设法让她上重点学校，从小学、初中一路上到了重点高中，却在有一天，忽然发现佳佳逃学。逃学多久了？竟然已一周有余。去学校找老师，责备老师的话没说出口，老师先责备家长。原来佳佳填写父母手机号码时，故意都填错一位。老师见佳佳不来上学，给家长狂打手机，回应的全是“对不起，您拨打的是空号”。老师为什么不找到家来？回答是正要找到家里去。在家里问佳佳：“你为什么逃学？”佳佳不吵不闹，不哭不笑，只是淡淡地说：“懒得再去。”带去看心理医生，判定佳佳是自闭症。难道就这么废了？发现佳佳还看得下书，有求知的欲望，跟老师商量，就是佳佳可以在家里自学，期末来参加考试，考试能过，可以升级，但升到毕业班，就必须来学校上课，否则不能参加高考。

164 在家里自学，就必须请辅导老师，一般的，便宜的，请来不如不请。经朋友介绍，请到有经验的，圈内有名气的，当然报价也就很贵的，各科价格还不一样，语文、英语、数学是最贵的。佳佳对来家的老师居然相当配合，几次以后，再来就有说有笑的。烧钱培养啊，家长不仅成了月光族，还动用了多年积蓄，有时候还不得不兼职挣些钱，就这么将就佳佳，让她成了一个古怪的高中生。林珊珊记得，每次上完课，要付老师现金。有回是期末考试特殊辅导课，两个小时要付1200元，那时候没有手机微信转款的方便，就是数出现金来现付，又没有很多百元大钞，最后以五十、二十、十块、五块乃至一块零钞凑齐，她把手指头都数麻了，腱鞘炎都发作了。

165 在家自学，到校参考，佳佳居然名列前茅。以至有的家长听闻后，设法跟林珊珊联系，打算也照此路数自学。不用林珊珊阻拦，校方强硬表态，陈佳佳只是个案，不可效尤。如果家长自行如此这般安排，则视为自动退学。放暑假了，学校管弦乐队通知佳佳，要她带圆号去合练。佳佳答应去，果然那天提着装圆号的大黑盒子去了。林珊珊要陪佳佳去，佳佳耸起眉毛：“你去干什么？我又不是去幼儿园！”那天合练回来脸庞红扑扑，自豪地说：“肺活量还那么大，就是有些个跑调！”啊，孩子合群了，不自闭了。林珊珊把煲好的靓汤捧到女儿面前，自己眼睛潮湿了。

166 佳佳高三一切恢复正常，但请优质家教的甜头，促使家长仍烧钱请人给她吃小灶。高考顺利上线。但佳佳选择的专业一般人都想不到，她学暖通技术。毕业后求职不难。现在佳佳在一家著名的跨国管理公司仲量联行任职，待遇不错。只是还没有男朋友。是不是让她去报名参加那个很热火的相亲节目《非诚勿扰》呢？林珊珊思绪又转回昨天晚上，那个小学同学似乎不是偶然出现，前些天似乎就有点跟踪自己的意味，究竟是不是别有用心？昨天半夜宙教授遭袭击，是个提醒，如今社会复杂啊，知人知面不知心，看去是笑脸，说不定就胸揣虎狼心！不能不把警惕的心弦绷紧啊！正胡思乱想中，巴士已经停住，从车窗就可以看见，那边山岗上，矗立着照片上、荧屏上看熟的剪影，正是卫城的雅典娜神庙。领队兼导游就再不厌其烦地宣示安全注意事项，组织大家下车前往参观。

167 石可尔没有上岸。他无心去观赏雅典娜神庙。他窝在自己的内舱房里，灯都不开，黑魆魆的，把枕头垫得高高，躺在床上胡思乱想。林珊珊果真不记得那次几乎贴脸跟他说话的事吗？竟没有套出她老公是否存在的信息。如果老公还在，为什么不一起来邮轮旅游？她和陈佳佳母女两个，很像是单亲家庭……下一次接触应该采取怎样的攻略？说到底，自己不过是寻梦，只要林珊珊应允一起进餐，就算圆了梦……邮轮上有两家自费餐厅，高层的那家日本料理，主打铁板烧，用料应该是新鲜稳妥的，味道林珊珊应该能够接受……中层有一家西餐扒房，菲力、肉眼、西冷、T骨，哪种适合林珊珊呢？要八分熟肯定会遭白眼，因为牛排熟度只有一分、三分、五分、九分、全熟这几级，要五分熟似乎也不内行，但三分熟，又确实吃不惯吧……陈佳佳多余，却又难以排除，她是否缺乏父爱？……其实，那痴心妄想，也不是绝对不能实现，事在人为啊……忽然，手机彩铃响，谁啊？

168 手机屏幕显示，是温豪。中学同学，后来一起插队。温豪、庄有德、莫大能，还有石可尔，曾被称为“四剑客”。温豪现在是一家中高档餐厅的老板。石可尔没有接电话，很快来了短信：“窝在哪儿呢？怎么微信联系不到你？快来微信视频聊天！老庄、老莫都来了，就缺你！”石可尔翻身起床，开灯，披衣，立即去往邮轮中庭附近发售海上Wi-Fi的地方，去购买。本来他觉得在船上要成就一个私密的梦想，Wi-Fi可以不必买。船上发售的海上Wi-Fi是很昂贵的，且必须美元支付。现在他忽然感到，爱情既然渺茫，友情实可慰心，所以赶紧去买海上Wi-Fi。如果不使用海上Wi-Fi，那无论直接通话还是发送短信，都近乎天价。

169 到了发售海上Wi-Fi的柜台，却空空的没有发售人员。可能是因为大多数游客都下船游雅典去了，邮轮各处冷冷清清，一些柜台也就呈现暂停营业的状态。但是发售Wi-Fi的柜台上并没有竖起暂停营业的牌子，应该是柜员暂时离开，会回来值班的。石可尔就坐到柜台旁的沙发上，等候。那柜台旁有一组沙发，沙发前茶几上有一盘免费糖果，石可尔就拈了一枚剥开糖纸放入口中，留兰香味，可以接受。

170 忽然一位西服革履的胖子，走来坐到石可尔对面的沙发上，彬彬有礼地跟他打招呼，递过一张名片。石可尔接过，草草一睃，那人叫滕亦萝，是一家什么文化传媒公司的副总裁兼总策划。石可尔了无兴趣，倘若那人离开，他会马上把那名片扔垃圾桶，但人家既然笑眯眯地望着自己，也就只好把那名片收进衣袋。那人主动搭讪："先生一看就是旅游达人。雅典想必早就观光过，所以留在船上。"其实石可尔以前并没去过雅典，本来今天也还是去一游为快的，都只为昨晚的事情扫了兴致。那滕亦萝不怕石可尔冷淡他，接着笑眯眯地说："但我也就猜出来，先生这次选这班邮轮，是因为线路上有的地方，先生以前未去过，这次要补上一课。比如，马耳他。”石可尔就回应一句：“马耳他确实向往已久。”滕亦萝便单刀直入地说：“我们想在马耳他搞一个诗歌颁奖活动，就利用邮轮停靠马耳他的那个下午，至多二十分钟。先生看来很有诗人气质，不知到时能否赏光捧场？”石可尔觉得，简直是匪夷所思，哪儿跟哪儿呀，懒得理他。但滕亦萝接着说：“是一个华人为主的活动。已经有船上华人旅游团的游客应邀参与，像若瑟女士，陈佳佳女士，摄影家陆向东、郝向阳先生，都慨然允诺……”原来陈佳佳喜欢诗歌？石可尔就说：“诗嘛，我还是感兴趣的。”随口道出，“卑鄙是卑鄙者的通行证，高尚是高尚者的墓志铭。”滕亦萝如获至宝：“哎呀，好呀。这诗的作者，我跟他很熟的！”石可尔又道出：“面朝大海，春暖花开。”滕亦萝一个夸张的表示悲哀的表情：“海子啊！他生前，我们一起喝过威士忌，喝一夜啊！”正在这时，那卖海上Wi-Fi的金发碧眼的男子回柜台了，立刻向沙发上的两位道sorry。

171 石可尔购好海上Wi-Fi，发现滕亦萝并没有离去，而且凑拢他要求：“加一下吧。您或许有用得着我的时候。我是绝对不会骚扰您的。”石可尔犹豫一下，就让滕亦萝加了。

172 石可尔就到甲板上去，大排的躺椅空空的，他

就选一个躺下，启动Wi-Fi，跟温豪视频通话。温豪一张线条硬朗的壮士之脸先显现，开口就骂："你丫的颠哪儿去了？"接着庄有德的瘦脸凑过来："嗨！实践什么伟大计划去啦？"再就是莫大能的一张胖脸，眼镜框好宽："跟哪儿逍遥呢？也不约上哥儿们，有什么不可告人的秘密？"他原来冰凉的胸臆，就旋出丝丝暖意，笑着对骂："你们他妈的掖着什么阴谋？大欢聚也不提前通知一声，欺负我正派人是不是？"因为三个哥儿们的名字，跟姓氏连起来，都似乎不正派，你豪吧，就该热辣辣地豪，可是，温豪！你有德，就该真有德，可你是装的！你有大能耐，不是很好嘛，怎么又莫大能？也就石可尔的姓名，不产生反义。当然他们在以往的调侃中，也都议论到，过去一些名人，家长给取名字，更不吝，比如邹韬奋，你家的孩子掏粪？至今，有人说"去韬奋图书中心"，还有调侃他的：到什么书店不成啊，偏去掏粪！石可尔跟三位发小一耍贫嘴，烦恼就随海风飘逝了。虽然这时邮轮甲板上人影寥落，但这么着视频聊天毕竟不妥，石可尔就边继续笑骂，边往自己舱房而去。

173 石可尔和那三位哥儿们，是那个历史时期最后一批到农村插队的知识青年。他比那三位大好几岁，机缘凑巧，同时插队到一个叫留驾泉的北方山村。他们后来都回了城，除了庄有德，都上了大学。庄有德不是考不上大学，用他自己的话说，是"懒得去考"。在农村的时候，庄有德就常有怪异的想法以及行为，但大家都不以为意。回城以后，他那怪异，就越来越厉害。他闷在家里好久，说是研究立体思维，见到哥儿们，侃侃而谈，三位也都不耐烦听。给石可尔留下的印象是，他那立体思维，大意是一个人可以同时思考两个方面以上的问题，比如在同一时间，一方面解一道微积分的数学题，一方面分析鲁迅小说《伤逝》的人物描写，而且，据庄有德自己言道，他曾经同时思考三方面的问题，比如除了以上的两个思维方向外，还要同步思考两岸统一问题。庄有德的怪异，初始不但得到亲友的包容，甚至有女子因此疯狂地爱上他，他也就成为除石可尔外，那三位同龄人当中第一个娶媳妇的人。

174 庄有德父母那时候还在，都是被落实政策的老干部，经济上强大，觉得孩子因受家长牵连受了苦，现在暂时不工作也无所谓。落实政策中主要的一环是落实了挺大的住宅，庄有德娶媳妇以后完全住得下。那媳妇本来有工作，公婆准备让她安心生养后代，就让她把工作辞了，成为全职太太。庄有德研究立体思维，要看很多参考书，满足这个条件不难。他还想拜访一些著名学者，拉出一个名单，这要是别人难度就太大了，但庄有德父母面子大，就帮他去联系，因此他那时居然和许多著名的人物，也不光是学者，包括作家、画家、音乐家、表演艺术家等等，都见了面。那时候那些人物也大都是刚落实政策，没什么架子，接待他时大都蔼然可亲，能耐心听他

解释所发明（或叫发现、创立）的立体思维。他说如果将他那立体思维的方法加以推广，那么一个人可以发散出至少两三个人的能量，对实现祖国的“四个现代化”，绝对是巨大的推动力。据他说那些接待他的名人，几乎是众口一词地鼓励他解放思想，勇于创新，继续钻研。当然，他也承认，也有指出他学识上疏漏的，建议他读什么思想史、逻辑学书籍的，更有跟他平等讨论的。

175 庄有德显然有些吹牛，才不是都支持鼓励他呢。石可尔那时候已经到杂志社当编辑，有回去姐姐姐夫家，姐夫偶然提起，有个叫庄有德的青年，死磨硬泡要来拜访，接待了，啊呀，好笑，自称创立了什么立体思维，那就跟在自然科学方面研究永动机一样，浪费生命，不会有收获的！石可尔心想，亏得不是我把庄有德引荐的，庄有德知道那人是我姐夫，却并不走我的后门，体现出他的倨傲。他说过，以他过人的聪明才智，没有什么门槛是他凭借自己的力量迈不过去的。

176 庄有德的人生轨迹好怪异。他父母先后辞世，追悼会规模都不小，备极哀荣，但实际上是死不瞑目，因为他和媳妇没有生育。后来让他和媳妇搬出了大宅子，迁到了一栋新楼的一个三居室单元房。那时候石可尔及其他两个哥儿们的居住条件都比不上他。有次庄有德媳妇独自来到石可尔家，叫完石大哥，再叫石大嫂，然后就和所叫的石大嫂，躲到一边屋里叽叽咕咕去了。事后石可尔媳妇告诉他，是来吐苦水的，总而言之，跟庄有德过得不好，究竟怎么个不好？石可尔媳妇说：“人家让我保守秘密。你自己去想象吧。”石可尔觉得不难想象。

177 但是庄有德的生命史有了一个事先谁也没有想到的转机。他忽然不再纠缠立体思维了。他从媳妇亲戚那边弄来了一辆快餐车。这种快餐车如今已经绝迹，但在上世纪九十年代一度非常流行，就等于是一个流动厨房，开到一处地方停下来，从车窗往外卖吃的，主要是卖烤串，以羊肉串为主。庄有德的快餐车居然得到了一处闹市区的停留权，本来那地方就是烤串质量一般，也能卖动，何况很快有了口碑。都说那辆快餐车的烤串味道异常鲜美，非别处的烤串可比，结果往往一天就能卖出两千多串，每天流水六千多元，一个月下来，就有二十万左右的收入，扣除成本，怎么也有十七八万元的收入。庄有德发了。

178 那段时间，温豪辞了职，全心全意帮助庄有德做快餐车生意。莫大能早已到美国留学，读了博士学位，找到个不错的工作，买了中国人嘴里的所谓别墅房，后院有游泳池的那种，但回国探亲，也曾登上那闹市区的快餐车，戴上个高高的厨师白帽子，从窗口往外卖烤串。石可尔呢，周末也曾跑去凑趣，主要是扮演食客，装作从车外买烤串，边吃边赞："哎，大老远地赶来，好的就是这一口啊！"引得一些路人跟着买来啃吃。

179 那快餐车的烤串何以那么可口，其实秘诀很简单，就是庄有德经过一番实验，往炸串的锅里洒了些花露水。当然不能是有灭蚊的药物成分的那种，必须是没有药物成分的老式花露水。另外，庄有德很快发现，来买串的年轻人，不管来自东西南北中哪里，都喜欢麻辣味道，因此加重了孜然和辣椒粉的用量，而且，越是刚出锅的越卖得欢，就是越烫嘴的越受追捧。据温豪后来总结，从那时期起，京城的饭馆，不管原来主打是哪种菜系，无辣不成菜，无辣不成馆，麻辣烫成了最辉煌的招徕词，这当中，庄有德功不可没，大概是他那立体思维的一个具体成果吧。

180 庄有德发财了，气粗了。在某胡同租了一个四合院，庭院部分搭建了玻璃棚，玻璃棚下设置些框架，用白色布匹搭在上面，形成波浪形，这体现出他不俗的审美趣味。不但三位在留驾泉跟他同过甘苦的哥儿们在那院里都有了自己的铺位，随来随住，还养了些亲友，包括他上过的那所中学的对他好的两位老师，都在他那里获得一个名目，按月领到千元劳

务费，每天在东厢房开三顿饭，几张饭桌常常坐满，来访者也可随到随吃。

181　庄有德一般情况下不再躬亲快餐车，又雇了两个人在车上干活，每天只是让回来的人给他报账，交他一铁盒现金。那时候北边那大国解体，某小有名气的俄罗斯画家落魄，其八幅油画在中国拍卖会上参拍，他亲临现场，最后以高价收购了其五幅画作，轰动现场。第二天晚报上就有报道，然后各地市民小报也都转报，庄有德的艺术家保护者名气渐渐传开，也就有国内画家主动上门售画。他也确有眼光，凡他笑而不纳的，最后证明都二流以下，凡他留下的，都属上品。

182　庄有德还设法把当年仰慕却够不着的某些社会知名人士，请到他那个四合院，礼数周到地加以接待。那些人士有的笃信高人在民间，有的把礼贤下士作为心理满足，有的仅是出于好奇，来前对庄有德心存疑惑，交谈后大都印象颇佳。庄有德少不得标榜自己："其实做生意也好，收藏艺术品也好，都不是我的最大乐趣，我最不能忘怀的，还是对立体思维的发明。"

183　一段时间里，庄有德自我膨胀到离奇的程度。

他买了辆桑塔纳小汽车，让司机开着去了贵宾楼饭店，到了就让司机兼秘书雷富定去前台，问李嘉诚住哪间客房，他要拜访。自然碰了钉子。但直到落败而回，进入他那四合院的独立王国的正房，盘坐在红木骨架黄缎靠枕的罗汉榻，他还不能承认事实。他的消息明明是准确的，李嘉诚入住了贵宾楼，怎么会见不成？他觉得，自己应该和李嘉诚、霍英东、马万祺什么的平起平坐了嘛！

184 回忆起来，那段时间里，石可尔、莫大能对庄有德的精神异常没感觉，只模糊觉得跟他在插队时以及回城初期无太大区别。他们爱这个朋友，一贯能包容他，何况石可尔有自己编辑部的事务，莫大能在美国每年仅回来探亲一次，都只是偶尔到发了财的庄氏四合院去随喜一下罢了，来了就说说笑笑，吃吃喝喝，哪里管得庄有德的心理卫生。可是，温豪就觉得，再不能容忍下去，必须跟庄有德摊牌。

185 温豪大学考在外地，是一种吃苦的专业，所以取得学士学位后，先是到一个专业对口的单位，后辞职跑回京城另觅事业。庄有德见他回来，欣喜莫名，立即邀他一起参与快餐车经营。那时候个体商业还在试水阶段，经营者幼稚，相关法律法规也不健全，就那么乌乌涂涂地自我发展。当时在快餐车上，庄有德夫妇齐上阵，加上温豪，还有庄有德的大舅子

小舅子，五个人轮流备料、炸串、售卖，收来的钱，就都扔到一个大铁匣子里。那外壳红亮、有牡丹花图样的大铁匣子，据说是有德媳妇家的一件传家宝，也不知道多年前究竟装过什么。后来温豪做出判断，最早应该是装鸦片烟泡的。虽然论起来有德媳妇也算是干部家庭出身，但父母以上的一辈，绝非工农，因此比如说姥姥家把这么个东西传给有德媳妇母亲，她用来装正常的日用品，再后来又给了女儿，也不奇怪。

186 温豪那天没喝酒，趁庄有德喝酒也不多，就在人们散尽，连有德媳妇也回他们楼房里的那个家歇息去了，坐到有德用红木家具布置得古香古色的卧室里，跟他恳谈。有德斜倚在有明黄幔帐的棚架式红木床的高枕上，笑眯眯地望着温豪，问他："哥儿们，今儿个咋严肃成这样？"温豪就跟他进言："不能总乌涂着了。"有德蔼然地问他："怎么乌涂了？"温豪就问："我在快餐这事儿上，算个什么角色？"有德说："我早当着大家伙说过呀，你总经理啊！"温豪就说："总经理的权力和权利是什么？第一个力，是力量的力，第二个利，是利益的利。你有立体思维，你该明明白白地告诉我。"有德从斜倚改成背靠的姿势，有点吃惊似的，问："你是对每月按总收入的百分之二分红不满？"温豪说："是不满足。不过，这还不是最主要的。"

有德就问："什么最主要？"温豪就说："总经理，就该有让买卖稳当发展的权力。现在，这快餐车你是从亲戚家盘来的，虽然有个营业执照，但手续其实还很不完善。现在其实是一种漏税的局面。这样下去，早晚有一天会翻车。应该主动完税。然后要用赚来的钱，谋进一步的发展，从一辆，到两辆，到很多辆，从一处，到多处。要有完善的用人制度。现在你用的，除了我，几乎全是亲戚。你媳妇才是真正的总经理，因为她管账。说实在的，你难道真的一直不知道吗？自从你不再亲上快餐车，你那两个舅子，从窗口卖出烤串，收来的钱，趁你媳妇眼错不见，有时候就往自己裤兜里塞。那红铁盒子里的钱，他们得便也掀盖就抓，其实你媳妇也未必都没看见，我呢，看见了也只好装看不见。这算是个什么买卖？”

有德离开枕头，坐到床边上，脸上没了笑容。温豪继续跟他说：“你才挣了几个钱？现在一串卖五元，也不过月入三十万左右，一年下来就算四百万吧，算多大的富翁？你就膨胀起来，觉得跟霍英东、李嘉诚、马万祺、何鸿燊可以平起平坐了！”有德的脸色难看起来。但也许是立体思维的法力吧，忽然又微笑：“你说，你说，你尽管跟我说。”“那我就继续说，”温豪把太师椅搬得离有德近些，爽性淋漓尽致地一吐为快，“你该醒醒了。这个四合院，并不是买的，只是租的。人家房东现在要提高租金哩。听说现在有些个台湾来的，愿拿大把银子买这种院子，动辄就一两千万，你吧，现在还买不起，房东不租给你了，卖给人家，你在这儿的土皇帝生活，也就只能结束。这屋子里的这些红木家具，人家看好你的发财的势头，先赊给你用着，说是明年年底清账，你那时候真有财力清这笔账吗？不要再干打肿脸充胖子的事了。你现在有点小名声，艺术家的保护神什么的，瞧你眯眼乐的，别人不知道，你自己不清楚吗？像那俄罗斯画家的画，你哪里真有钱买下来？有的记者来了要看你买回来的画，只能撒谎搁自己单元楼房里珍藏了，其实你是拍卖成交后牺牲了预付金，根本没钱交付全款把画取回来。你在这个院子里当孟尝君，成日几大桌地开饭，两位原来的老师，你给他们顾问虚职，其实来了也就是陪你聊天，每月给他们开的那点钱，倒不多，我也不计较，只是你究竟何苦来？那天老师问你，你这公司究竟取了个什么名儿？你只是傻笑，说实在的，应该去正式注册一个公司了！"

187 那天恳谈到最后，温豪就跟庄有德挑明："感谢你在我失业的时候接纳我上了快餐车。快餐车也是座学校，我学到了不少东西。不过我真的不愿意就这么乌乌涂涂地干下去。我打算辞了你这里，自己再找别的营生。我祝愿你一直发财、幸福，并且能安全地沉浸在你那超好的自我感觉里！"说完就握住有德的双手，有德就反过来，抽出自己的手，去握温豪的双手。两个人的手温互相浸润。有德问："我们还是哥儿们吗？"温豪就又从有德的手里抽出自己的双手，反握有德的双手，摇晃着发誓："我们永远是哥儿们，铁哥儿们！你以后有什么事，需要我的时候，招呼一声，我马上过来！"两个人就都眼睛湿润了。

188　其实没过多久，庄有德就跟温豪紧急联系了。那时候只有极少数富翁持有又大又笨又重的被称作“大哥大”的手机，而且即使你有钱，也不一定买得到。庄有德却弄到了那么一个“大哥大”，确实也给他脸面增添了更多光彩。但是他联系温豪，温豪那边却并没有“大哥大”，只有个BP机。庄有德通过一个BP机平台呼叫，温豪的BP机便发出蛐蛐鸣叫般的声音，并显示出希望他回电话的那个号码。温豪第一时间用公用电话打通了庄有德的“大哥大”，虽然庄有德的语气并不那么急迫，温豪还是骑个自行车，一个小时内赶到了庄有德的那个四合院。院里的那些具有艺术气息的帘幔都已撤掉，正房、客厅、卧室里的红木家具也都被搬走，据说还要走了不菲的使用费。见温豪来了，庄有德笑成一朵花：“果然是哥儿们！”院子里冷清清。媳妇呢？庄有德告诉温豪，去娘家那边斡旋去了，当年盘来那快餐车，出手的亲戚只觉得是他们接过了一个烫手山芋，没想到一直赔钱的玩意儿，到了庄有德夫妇手里，竟然成了摇钱树，人家不干了，要回收。那两个舅子呢？原来并非庄有德媳妇的亲兄弟，只是老家来的堂兄弟，也都暂回老家去了。这家族矛盾也算不得什么大事，泼天大事是，税务部门已经在查那快餐车漏税的事情。倘若补税，可能是个很大的数字。现在快餐车已经停业，几年来赚到的钱，毛算一下，浪费惊人，更何况大量收入，已经被媳妇挪到娘家，现在庄有德即使能立体思维，也难以应付眼下的困境。好在庄有德毕竟非等闲之人，处此困境，仍能嬉笑自若，院子里还有他雇的那个远郊来的司机兼厨师也兼秘书保镖的小伙子，就让他备酒烧菜，说要跟哥儿们一醉方休。温豪先来一步，随即回国探亲的莫大能到，天擦黑，下了班的石可尔也来了，于是都顿感是回到了留驾泉村。青春啊青春，哪管天塌地陷，咱们是发小，是异姓弟兄，先一醉，再讨论！

189 居然是，醉醺醺之中，讨论出了一个绝佳的方案，后来酒都醒了，再细推敲那方案。石可尔记得当时自己摸着头说："哎呀，若不是仗着酒劲儿，集思广益，哪能天上掉下个大妙招！"什么妙招？就是在这个四合院里，接待过一位书法家，名气虽不到一流程度，那楷书却是中规中矩，看上去非常舒服的。就请他用金粉，在上好的纸张上，抄写一部《金刚经》。好在《金刚经》字数不多，耗费的金粉也用不到多少，给他的酬金，可以丰厚到令他心满意足，抄好装裱起来，总投资至多不过两三万，对于彼时的庄有德来说，小菜一碟。那么抄那《金刚经》做什么呢？就给美国洛杉矶的西华寺的住持星云法师写信，表示要献给西华寺，莫大能在美国那边活动，只要能说动西华寺表示接收，给庄有德发来一个邀请函，那么，庄有德就拿着那邀请函去申请赴美签证，签证到手，便飞往美国，这边有石可尔、温豪送机，那边有莫大能接机，而且莫大能还能充当翻译，庄有德的人生，岂不就翻开了崭新的一页？那时候税务部门来让补税，找谁？按计划，是让西华寺邀请庄氏伉俪两位居士，联袂赴美送《金刚经》。快餐车的税务问题，也就不了了之。庄有德坚信自己到了美国，可以开辟一片新天地，他的哥儿们，也都对他寄予厚望。这是多么了不起的一步棋啊！

190 四合院退租，快餐车还给了庄太太娘家人，两口子就在自己的三居室单元房里，兴奋地整理行装。太太也就给了庄有德财务透明度，到那时，他们的人民币存款加现金，还约有一千万，透过明路暗路的渠道，兑出了十万美元，先暗度陈仓一多半划到莫大能的美国账户，其余的再自带出去。庄有德的立体思维，竟令他觉得到了美国也还是个富翁，飘飘然起来。但是出师不利，去美国签证处，庄太太竟然被拒签。石可尔也大鸣不平，不是西方最注重夫妻关系，不能让夫妻分离吗？怎么竟只给男方签证？那时莫大能已经回到美国，就打长途电话跟庄有德分析，可能美方认为是以佛教信徒名义申请到西华寺去，佛教是主张清心寡欲的，而去往的理由只是送《金刚经》，所以不必夫妻同往，同往就有移民倾向了。庄有德就决定一人先去，到美国立一番事业，不仅把太太接去，还要把石可尔、温豪两家也给移过去。

191 庄有德飞美国后，顺利抵达西华寺，人家接收了他献上的金字精抄《金刚经》，星云大师接见他约十分钟，拍了照。那时候手机还没普及，更没有微信，莫大能帮庄有德买了可以往中国座机打越洋电话的卡，把划到他银行账户的美金也还给了庄有德，但是莫大能不能总陪着庄有德当翻译，帮他应付方方面面。西华寺在东海岸洛杉矶，莫大能是在西海岸波士顿那边一家公司任职，飞回波士顿之前，为了让庄有德签证过期后能黑在美国，莫大能通过关系，把庄有德介绍给洛杉矶一家中文书店，让他暂且放下身段，且当店员。西华寺确实也不能久住，在书店只能白天做事，晚上打开个折叠床睡觉，庄有德只觉得是虎落平阳、蛟龙离海。他那时的立体思维究竟给他形成了怎样的思路，直到今天，三个哥儿们也还是闹不清。

192 庄有德给媳妇来过两封信，第一封信里夹带和星云大师的合影，字里行间都是春风得意马蹄疾的气息。第二封信并没说落脚在书店，只是预告媳妇他将有大作为。期间往石可尔、温豪家里座机各打过一次电话，因为算不清时差，电话铃响，都在午夜，把两家夫妻都惊得够呛。但后来就失联了。这边也联系不上莫大能。立体思维发明者究竟是怎么啦？

193 莫大能后来说，他把庄有德安顿在洛杉矶一家中文书店，飞回波士顿以后，因为公司裁员，他被裁了，心情很不好，又不愿让亲友知道，就没有及时跟庄有德联系。等他提起精神联系时，书店的人只是简单地告诉他，庄有德不辞而别，听说是去纽约了，跟纽约那边的熟人联系、询问，人家根本不知道庄有德何许人也。异国他乡，茫茫人海，何处捞针？

194 大约两年以后，那时莫大能在田纳西州孟菲斯谋到了大学教职，状况回黄转绿，在一次假期飞到纽约后，一个极其偶然的机缘，终于打听到了庄有德的下落。他后来粗线条地跟石可尔、温豪讲过，大概情况是，庄有德到了美国，自我感觉上，应该是与美国那些大富豪可以平起平坐的。在洛杉矶，就有人发现了他的炫富与自傲，投其所好，连蒙带骗，把他带到纽约，在法拉盛中国人聚居区，怂恿他用所带去的那些美元，盘下一家中餐馆。庄有德就如同当年租那四合院一样，把那中餐馆布置得很有艺术气息，趾高气扬地当起了老板，但他一不会英文，二不懂美国法律，三也并不会经营管理，结果餐馆只开了七个来月，生意惨淡，税务难当，骗他来的被他封为经理的那位，拍屁股不知所踪，他那点美元，悉数荡光，餐馆被封。他呢，沉沦到什么地步？莫大能最后是在纽约一个被烟火熏得黑黢黢的狭窄不堪的所谓道观里，找到了他。那道观里有一个瞎了一只眼的老道士，还有就是被老道士收留的一文不名的庄有德，他成了侍奉老道士的超龄道童！

莫大能找到庄有德时，庄有德留长的头发已经盘到头顶，满脸胡须，身上穿着被蜡火熏得臭烘烘的脏兮兮的道服，底下的绑腿和道靴倒还过得去。莫大能开头都不敢认他，他却一眼认出了莫大能，笑嘻嘻望着莫大能，露出灰黄的牙齿，莫大能开头想哭，后来却跟他对笑，呵呵呵，嘿嘿嘿，哈哈哈……

195 莫大能帮庄有德到移民局办理了自愿遣返的手续，把他送上纽瓦克机场飞北京的航班，石可尔、温豪去接机，把他送回家中。虽然回国前他已经理发剃须，换了正常装束，到家媳妇见了他那落魄相，还是吓了一跳。媳妇知悉他不是衣锦荣归而是钱财荡尽被遣返回来，拒绝到机场接机。到家后不许他同床，实施分居。他昏睡几天以后，时而糊涂得不知对面何人，嘴里说些别人听不懂的话语，时而又清醒得一塌糊涂，回忆起快餐车发迹和四合院宾客满堂的情景，精微到细枝末节。后来带他去医院，医生说他是妄想型精神病。但媳妇也不忍把他送精神病院。他自己清醒时要画画，于是媳妇把他送往宋庄，物以类聚。给他租了房住，兼作画室，自然备齐生活用品及画具颜料等等，又给了他一张内有十万人民币的银行卡。安顿好以后，两个人就去办理离婚，临别时媳妇说："实在又没饭辙了，跟我联系，夫妻一场，还得管你。"

196 那以后庄有德就为宋庄又添一怪。他兴起时，拿稀释的油画颜料往画布上泼，再用画笔一顿打对勾、叉子和斜线，那样的画作，居然有人出钱买下。买的人给钱不多，却赞不绝口，又嘱咐他多养精神，不必多画，分明是希望他的怪画存世量不要太多，一旦死了，炒作起来，所收藏的幅幅升值，岂不快活。后来又有好事者、猎奇者得知他还是个立体思维的大师，跑来一探究竟，恰逢他精神好时，便有问必答，不问也讲，思绪如三股泉涌，语言如瀑布奔泻，金句频出，骇世惊俗。听者虽不知所云，却如痴如醉，也就有那美女，甘愿留宿他处。他也曾带过美女，去见石可尔、温豪，这次是丰满型的，下次是蜂腰型的，倒弄得石可尔、温豪反艳羡他桃花运旺。

197 温豪离开庄有德自起炉灶后，先是卖盒饭，然后开实体餐馆，踏踏实实，循序渐进，从小餐馆发展到大餐馆，又由一家发展成连锁，后来不仅京城有店，外地也开了店。温豪所开的旗舰店里，有一个单间挂着“留驾泉”的大匾，一般情况下不对外，是单为哥儿们几个聚会的空间。这天石可尔在邮轮上接到的信息，是莫大能又回国了。庄有德从宋庄前往，聚在“留驾泉”单间里，那庄有德彼时显然精神康健，微信视频里问石可尔的那句“嗨！实践什么伟大计划去啦?”即便不立体，口气也颇宏大，仍是其一贯的风格。好哥儿们啊！石可尔把林珊珊什么的都抛到了脑后，且视频神侃一番再说。

198 游客们在山顶的雅典娜神庙参观。龙秉谦妻子抱怨：“花大笔钱，出大力气，爬老高，累断腿，就为看这些个破石头柱子呀?”秦淑蕙在她身边不答言，手里拿着手机，看屏幕上搜出的关于雅典卫城雅典娜神庙的说明，心里却是另样的想法：“值得啊，庙虽残破，历史沧桑感十足啊！我得细细分辨，哪样柱头是爱奥尼亚式呢？……”那二朵在大立柱下，坐到石台上，跟马自先说：“我在这儿往下鸟瞰，乐趣无穷！实在腿酸，那后面，我就不去了，你多拍些照片给我看就好!”马自先就独自往另一面去观览、拍照。

199 若瑟的闺蜜也说腿酸，不往后头去了。其实她的腿何尝有多酸，是瞥见邮轮上那个健身的男士，站在大石柱下，T恤牛仔裤箍在身上，把雄健的肌肉线条勾勒得惊心动魄，活脱脱是当年希腊猛士复活在此，便凑过去，用英语搭讪。对方似乎很愿意跟她互动。如今网络上有两个词，一个是“撩”，多与“妹”构成一个语汇。她和若瑟讨论过，认为“撩妹”这语汇有性别歧视，为女权主义者不齿。但另一个网络词“盘”，多造成“把他盘了”的句式，则令女权主义者满意。她与那男子搭讪，就是去“盘”。闲聊几句后，她得到的信息是，对方来自大溪地，就是南太平洋一个属于法国管辖的岛上。她马上跟对方提到法国画家保罗·高更，中国介绍高更时，多说保罗·高更曾在塔希提岛上以那里的原住民为写生对象。塔希提这个译名当然不如大溪地生动传神……对方听她懂得保罗·高更，很是喜欢，虽然双方的英语都不怎么样，但她至少弄明白了，这位伟男是一个人来旅游的，而且，应该并非混血儿，人家的皮肤天然就是那么一种蜂蜜色，眉眼天然就是那么一种半西方半东方的味道……

200　若瑟是一定要去往那一面的。那一面有部分庙堂的立柱，是雕成女武士形状的，非常富有特色，不过去观看是重大损失。而且，若瑟看到，马自先独自前往那边，太太没有跟随，这是个接近他的绝佳机会。转到那一面，还需找准角度，才能看清那六根女神柱。只见同团的2号家庭的两位异姓兄弟，跑到比较远的地方，用长镜头反复吊拍女神柱，而马自先呢，所拿的单反相机似乎没有那二位高档，就还在离得不算远的位置拍照。若瑟凑到马自先身边，跟他搭讪：“能把所有美女收全吗？”马自先本能地来了句：“什么美女？”后来就笑，“啊，你是说那些特别的柱头？能，能。”若瑟就把自己的手机递给他：“麻烦您给我拍张到此一游吧！”马自先放下吊在自己脖颈上的单反相机，用若瑟的手机取景，告诉她：“你这

镜头可收不全，要么咱们都往后退、退、退……可那样，景全了，那些美女就很小了。”拍了两张，就建议：“要么，用我的相机给你拍吧，回国以后，我传给你。”若瑟心花怒放，那就意味着，他们要互加微信啰。马自先拿单反相机给若瑟拍照，顺便问：“咦，你们不是两个人吗，她怎么不过来？”若瑟就笑：“你们不也是两个人吗？不过来的理由，应该是一样的。”若瑟把脖子上的纱巾取下，让纱巾在风中展开飘荡，摆pose，让马自先拍。其实平时她和闺蜜闲聊，是见不得那些跳广场舞的大妈，动辄解丝巾、摆pose的，一路游下来，同团的龙太太、秦女士举纱巾摆pose拍照，她们总在心里撇嘴，现在，若瑟走下清高之塔，为自己的沦落感到兴奋。

201 随便那么一聊，就聊到了头晚的那桩神秘事件。若瑟再次笑问：“你干的？”马自先只是冷笑。若瑟就说：“他人高马大，你麻秆似的，谅你有那个心也无那个力。”马自先把腰杆一挺：“我，麻秆？”又把右臂使劲一弯，“这儿还跟钢球似的嘛！”若瑟就趁势拿拇指和食指去隔着衬衣按了一下，呀，那肱二头肌分明强健，其实用钢球形容并不得当，因为还富有弹性。马自先把那顶登船前买的草编礼帽摘下，嘿嘿笑着说：“你不光以为我弱，是不是也觉得我老了？”若瑟就说：“不老，怎么会有那些个老年斑？”马自先就更笑得露出长长白白的门牙：“这不是老年斑，是登山斑！”若瑟吃惊：“登山斑？”马自先就告诉她：“对呀！为了写那登山题材的小说，我跟随登山队登过贡嘎雪山，虽没登顶，也上了半个峰，好奇特！好过瘾！这些斑，就是在雪山上让紫外线印上的。有人劝我动手术去掉，为什么去掉？这是雪山奖给我的勋章！”说完，又一个优雅的姿势，把那顶旅游帽戴上。若瑟就在心里评价：“真真是个迷人的男子汉！”

202 在雅典医院病房里，那宙教授躺在病床上，似乎清醒了许多。他那“巧克力女士”急着要召开个记者招待会，如果再耽搁几天，就没有新闻效应了。但需急中生智，不能急中生蠢。她翻来覆去掂掇，究竟拟一个什么样的新闻稿，才能为宙斯，当然也就是为自己，通过这个突发事件，谋取到最大的利益？虽时间急迫，却需沉着细思。她此前已经跟《欧洲日报》的一位熟悉的记者通过电话，那边表示可以飞到雅典当面做个采访，再写篇深度报道。但《欧洲日报》的背景偏“右”，也得警惕闹不好把宙斯塑造成一个右翼角色，似乎是因为有自由主义言论，而被威权势力教训令其闭嘴，那样，在东方所获得的种种方便，就有可能被取消，甚至再入境都困难。那么，就该再与《欧洲时报》联系，两张报，报名仅一字之差，背景、立场却大相径庭。如果由《时报》刊发消息配合采访，则可将宙斯这一遭遇解读为西方反动势力的一大阴谋，此举暴露出西方标榜的民主、自由何等虚伪……但这样报道虽然可以在东方得分，甚至使他们回去时能有更多的礼遇，却又可能遭到西方学界的鄙夷，当然他们仍可在欧洲居住，却会失去了很多的虚荣……她试着给谋过面的《时报》人士打去电话，报告基本事态，对方大吃一惊："有这等事？在邮轮上？宙教授目前情况如何？"她很感激对方表现出的关怀，但对方并不想飞到雅典采访，只要求她写出稿件，他们加以改造后用于报道。"巧克力女士"思来想去，举棋不定。她所首选的这两份报纸，都是华文报纸。西文报纸呢？也还跟法国《世界报》、德国《法兰克福汇报》的人士有过接触，但是说实在的，在纯粹的西方学界，知道宙玉鹏的非常有限，认为他有新闻报道价值的，则恐怕为零。但宙斯既被打了，就不能白白地受这皮肉之苦、淤血之灾，就要认认真真地把这件事当作一笔资本，畅畅快快地做笔生意……忽然又想到，如果从恐怖袭击、文明冲突的角度加以解读，岂不左右逢源、更惹眼球？偏宙斯前数月在一次国内书店对话中，对某伊斯兰作家的著作提出了批评，且语惊四座，有的网站进行过报道，此事发生，会不会就是蝴蝶效应，报道出来，可提醒各方，都需进一步加强防恐呢？……想至此，"巧克力女士"就在笔记本电脑上，试着按此逻辑敲出一篇"通稿"……

203 头半个来小时，石可尔跟三位哥儿们的微信视频聊天是欢快忘忧的，后来，总盯着视频费眼，改为音频交谈，手机都不用拿在手里，省事多了。到底是一分钱一分货，美元买来的海事Wi-Fi，功能没挑，听那声音，就跟自己也在那“留驾泉”包间里一样。那包间的匾额两边，还有一副对联：“踏踏实实做事，高高兴兴生活”，是温豪自拟，请一位名气不大、水平不低的书画家，连匾带联一气呵成的。温豪也没给他润笔费，只给他无论自己还是带人来，都一律六折的特权，只要餐馆不倒闭，永远如此。当年插队的那个山村，确有一脉永不枯竭的山泉，据说某朝某皇帝征战时曾路过那里，饮山泉后赞不绝口，赐下此名。究竟是何朝？哪位皇帝？村里老人，也其说不一。哥儿们几个那时就感叹，历史这玩意儿，永远是朦胧的、暧昧的。庄有德更考证出，是庚子国变，也就是八国联军攻北京的时候，慈禧皇太后带着光绪皇帝一行人，匆忙逃窜路过这山下，山下村子里的人给他们煮了棒碴粥喝，慈禧甚觉可口，人家跪告他用的是山上的泉水煮的，当时也没有赐名，便匆匆再逃，后来先逃到太原，再逃到西安。是他们这个山上村子的人自作多情，从此把本来很猥琐的村名改成这么个堂皇称谓的。

204 后来就温豪和莫大能两个跟石可尔聊，那庄有德一旁画画去了。温豪在那包间里，专为有德预备了画具，不过不让他用湿颜料，给他准备的是干棒油画笔。石可尔就知道，庄有德又犯病了，或者说，他又回到他那立体思维的自我世界里去了。温豪、莫大能、石可尔对庄有德的包容，真是人间大爱啊。

205　温豪报告出来的事情，于石可尔是具有爆炸性的。他说他儿子马上6岁，该上小学了。温豪有儿子，而且已经长到6岁了？乖乖！

206　那个年龄的男子，有子女本是再正常不过的。莫大能的女儿都已经要上大学了。像石可尔这样的，直到妻子去世也无生育的，以及像庄有德那样，直到离婚也无生育的，倒应该视为不正常。后来知道，庄有德并非无性能力，或性冷淡，他跟媳妇在一起的时候，往往会性欲亢奋，做爱时近乎癫狂，让媳妇不但失却快感，甚至会感到恐怖，但是，虽然他们不避孕，也跟石可尔夫妇一样，就是生不出孩子。温豪呢，他是从初中起，就爱上了亲姑的女儿，表妹童若菊。都大学毕业以后，他们就不顾双方家长反对，去登记结婚。虽然婚姻法规定近亲不可通婚，但这主要依靠自身约束，民政部门，哪会仔细去调查呢？温豪和童若菊就成了合法夫妻，他们背叛了双方家长，也不求他们祝福，自行举办了热闹的婚礼，来宾都是双方的朋友，除了石可尔、庄有德、莫大能，没其他人知道他们血缘上的秘密。在中国古典文学中，戏曲舞台上，表兄妹恋爱婚配本不以为怪，因此温豪与童若菊的结合，三个哥儿们不以为意，当事夫妻更心安理得。不过毕竟作为现代受过高等教育的，不能不信近亲繁殖有可能生育弱智儿的科学判断，温豪和童若菊一方面爱得死去活来，一方面坚定地保持丁克，他们采取的避孕措施，十分周密严格。

207 温豪和童若菊一起白手起家，开起餐馆。吸取庄有德的失败教训，一是绝不能有虚幻的自我感觉与自我定位；二是要在法律法规的框架里行事，虽然有的事也难免甚至必须拉关系走门子，需要有技巧地打一些擦边球，但总不能离了大褶子；三是量体裁衣，蛇不能吞象，却一定可以吞蛙，该收敛时收敛，该扩张时扩张，一步一个脚印，逐步把饼摊大；四是不能苦了自己，不当冤大头也不做守财奴，他们把自己的生活安排得很好，买了大房子、好车子，生意稳定后，每年高端旅游一次，宅子里阳台上盆花四季轮流竞放，屋子里绿植点缀得当，更时时更换瓶里钵里的时鲜插花。温豪有自己专用的健身房，练出的八块腹肌、人鱼线令人惊叹。童若菊有自己的琴房，钢琴黑白键盘上十指弹奏，起码石可尔等听了觉得与专业的差距不大。有一次石可尔劳烦她演奏《溜冰圆舞曲》，听得掉泪，倒让温豪等诧异："有那么动听吗？"

208 四个把兄弟——虽没搞过拜把子仪式，但比那搞过仪式的更牢不可破——其中温豪可以说是最幸福的，却万

没想到，婚后二十年后，出了大问题。问题出在哪里？温豪不爱童若菊了吗？没有。童若菊不爱温豪了吗？更没有。问题出在，爱温豪的女子，一个接一个，甚至是叠加着出现。

209 温豪确实可爱。一米八的身高，四个把兄弟站一起，莫大能、石可尔、庄有德顺次比他矮。温豪练健美，就更把其余三位对比得平庸甚至猥琐了。温豪一笑，荷尔蒙爆棚，又有酒窝。不仅外貌帅，温豪做事，有将相派头，生意上芝麻开花节节高，人际上温润圆通个个爱。对于童若菊来说，她倒宁愿温豪不那么完美。有回温豪偶然说起小时候染上麻疹，开头以为是天花，童若菊就接话茬："要是当年你脸上落下些麻坑，如今倒能消停多了！"温豪乍听没悟出话里的深意，笑说："有点浅麻子，也许更性感。石可尔认得的那个作家，叫什么马自先的，说有篇文章里，《金瓶梅》中有个叫孟玉楼的，脸上就有白麻子，结果比潘金莲还美得有特色哩。"

210 餐馆发展趋于稳健以后，温豪和童若菊就不再每天都一起到店里盯着了，先是两个人轮流去，再后来甚至谁也不去，放心交给招聘的店面经理管理。特别是开分店以后，一而二，二而三，老子说三生万物，他们倒没开到一万家分店，但是到前三年，就可以用繁花满枝来形容了。新开的店，两人开始少不得频频巡视，后来也就都托付给店面经理，遥控抽查，长臂管理。本来形成共识，就是要汲取庄有德经营快餐车的教训，尽量别把亲戚牵扯进来，宁愿招聘原来陌生的能干人，疑人不用，用人不疑，虽说不必马上改成股份制，但一定要给重要岗位的雇员，特别是大厨、二厨、店面经理分红，月结月兑，这样就使得参与分红的雇员会把吸引顾客、加大利润也当成自己的事情来关注，这么发展下去，不是很好吗？但后来出现了两档子厨师与经理恶性跳槽的事情，童若菊就心思动摇了，跟温豪说，究竟还是亲戚可靠些，于是把她的一个表哥和一个堂弟请了来，参与整体管理。那时候童若菊父母已经原谅了她和温豪的结合，温豪的父母也不再那么顽固，因为他们都看到了事实，就是两口子确实严格实施丁克，不再有生下弱智后代的风险。是否抱养一个孩子？两辈人开始有了心平气和的对话。

211 童若菊对温豪一直是放心的。因为温豪真的爱她，从很多方面都体现出来，他们做爱很有规律，做爱时如果对方虚情假意，那是隐瞒不住的。温豪没有丝毫的破绽，每当做爱事毕，温豪说声“我先洗”，去往卫生间时，童若菊侧倚枕上，望着温豪那肌肉线条丰富而分明的后背，总是倍感幸福。她不用防范温豪去撩别的女子。但是有一天她就猛然憬悟，固然温豪不会去撩别的女子，别的女子却会来撩温豪。这种迹象渐渐多了起来。有个什么基金会的女会长，总在他们餐馆旗舰店订包间，公事公款也订，私事私款也订。这当然很好，欢迎这种回头豪客啊。可是，有一天晚餐时间，恰好温豪童若菊都在店里，温豪在厨房见证大厨炮制新菜品，童若菊在大堂跟店面经理交代一些事宜，忽然见那女会长从包间里出来，大声问店面副经理："咦，怎么又看不见你们温总啊？他再这么躲着我，我下次可就不来你们这儿啦！"童若菊不禁侧目。那女士怎么说也五十大几了，发型做得跟当红明星一样，一身豆绿色的白领衣裙，那副腔调让童若菊心生厌恶。恰好这时候温豪离开厨房，出现于众人视野，那女会长就满脸欢笑招呼："温总！小温！你可露面了，想死我了！快来跟我请的客人介绍你们的特色狮子头！"温豪也就微笑着进入那个包间，童若菊不免到那包间门口，且看会是何种情景，结果就亲眼看到，温豪倒是职业性地介绍他们餐馆的菜肴特色，那女会长呢，也不入座，只在温豪身边嗲声嗲气地帮腔，意思是他们的菜品就是可口，不信入口便知什么的。你帮助鼓吹菜品也罢，那女会长说着说着，竟连拍了温豪后背几下，大笑起来："菜好倒其次，小温你这口才也是一流的！"童若菊一转身离开了。

212 当晚在家，童若菊拉下脸，追究此事："那女妖精怎么对你那么亲呢？小温小温的，你是她的小温？也是我疏忽了，客人太多，没早把她发现出来。她说以后不来了，不来了才好！"温豪就笑："你这是怎么啦？《沙家浜》里怎么唱的？来的都是客，过后不思量……她都老太婆了，难道她能敌得过你？你吃她的醋，太不必了！据说她原来是个什么局的局长呢，年龄大了该退休了，就让出局长的座位，到相关的基金会挂会长的名儿，能混的，基金会会长不当了，再去什么相关的学会当个理事长，反正总能公费报销。实在公费不能报了，也会有别的什么商人帮她买单。她自己其实也买得起。这种客人，怎么能不敷衍呢？你可不要再这么敏感了，好不好？”童若菊也就消了醋意。当晚做爱的前戏阶段，童若菊特意抚摸亲吻了温豪背部肌肉，温豪也就有意将背部肌肉一张一弛形成表情，令她快意，于是他们和好如初。

213 从那以后，童若菊多了一个心眼儿。她暗中吩咐表哥、堂弟，替她提防着，如果有女子撩温豪，一定要把那情况向她汇报，特别是温豪的表现。她和温豪两个人同在旗舰店时，她暗中注意，无论是食客中还是店员中有女子跟温豪个别交谈超过三分钟，那她就必须亲自靠近观察。有回温豪坐到“留驾泉”包间里，吩咐女服务员为他跟石可尔几个哥儿们当晚聚会备餐，她疑惑怎么三五分钟还说不完，就进去站立一旁，听那女服务员在解释有个菜品食材欠缺，建议换另一种，温豪不干，下死命令，让采购的必须立刻出去买到。原来如此。那女服务员离开后，童若菊就跟温豪说：“今晚上我也参加。”温豪很高兴：“行呀，那你回家取趟咱们的私房好酒吧。”

214　童若菊娘家的堂弟，自然姓童，但她那表哥，也姓童，是随童若菊姑妈姓。温豪称呼他们，一个叫童哥，一个叫童弟。童哥、童弟头两年里表现很好，不越雷池，不见懈怠，对温豪童若菊两口子言听计从，执行得力。但是后来温豪就发现，二位在引进德国慕尼黑黑啤酒现酿设备的过程中，越权擅为，勾结贪污。而童若菊虽然也不满意，却觉得擅为与贪污的行径尺寸还不是太大，由她出面训斥处理也就是了，取一种容忍、偏袒的态度，夫妻间为此就有了裂隙。后来，童哥就提出来，把他的儿子，过继给温豪两口子。童若菊的母亲，是温豪姑妈，与温豪的父亲是亲兄妹，而那时候温豪的父亲和姑妈都已因病过世，温豪一想，若那孩子过继来，岂不是温家挣下的财产，全落入童家了吗？就不愿意，就考虑，能不能从温家亲戚里，找一个来过继。但温家这边，他们这一代的后代，闺女居多，有独生子的，也未必愿意过继给他，而且，不是说好丁克吗？就无子无女白头到老，不也挺好吗？童若菊就跟他说：“咱们总得有个养老送终的后代呀！”过继表哥儿子一事，她也犹豫，因为表哥提出来的，是一子双挑的格局。表哥表嫂也只有这么个独生子。她的态度是，要过继，就办正式手续，只算她和温豪的孩子，表哥表嫂无妨再生一个。为这事温豪童若菊龃龉多次，甚至还红了脸。温豪后来提出，去孤儿院抱养一个算了，童若菊坚决不同意，说不能要血统基因混沌的。由童哥、童弟以及过继事宜牵出的矛盾，越来越伤害温豪童若菊之间的感情。

215 虽说是形同一母同胞的铁哥儿们，石可尔他们四个把兄弟之间透明度颇高，但毕竟还是各有各的隐私。石可尔就不可能也没必要把他暗恋林珊珊到痴迷程度的事情告知兄弟们。若不是到了不能不曝光的地步，温豪也不会把他有个该上小学的亲儿子一事道出口。虽道出了口，甚至也告诉兄弟们其母亲是一度在他那旗舰店当店面副经理的叫安果的女子，但在童若菊的严防死守下，他怎么还能跟安果出了轨，生下一个宁馨儿？其间的隐秘，当然只是含混交代，石可尔要表述，也只能引用曹雪芹在《红楼梦》第十四回里的十六个字：未见真切，未曾记得，此系疑案，不敢纂创。

216 安果，那女子，石可尔仔细回忆，当时并不知其名，但印象还是鲜明的，举凡哥儿们在“留驾泉”包间聚会，指挥服务员并亲自动手布菜的，总是她。安果个头比童若菊小，容貌不属于美艳型，但是童若菊眉宇间有男人气，对比之下，安果女人味十足，而且她总给人一种安静、温婉的感觉。可以想见，她倚在温豪身上，正是“小鸟依人”一词的活解释。

217 庄有德在“留驾泉”包间里，自顾自作画，温豪和莫大能跟石可尔马拉松式地语音聊天。温豪说得多些，莫大能不时插话，多有调侃。于是石可尔了解到，事态已经发展到令他惊诧莫名的地步：童若菊决绝地要和温豪离婚。温豪显然已经度过最愧疚最痛苦最惶惑最纠结的心理震荡期，否则这天他不会召集哥儿们发布新闻，更不会依然能够幽默别人、自嘲自讽。他坚决否认自己是“包二奶”，他称安果跟他上床的次数有限，而且安果怀孕的事他确实一无所知，并且安果是真的爱他，愿意为他粉身碎骨并且保密到死。安果后来是主动辞职，回了她老家的省城，在那里的餐馆当店面经理，生下孩子后，完全依靠自己的力量，将其抚养到了这么大。她现在找到温豪，实在是因为孩子已经该上学了，不能再黑下去，需要上户口、进学校。温豪立即跟孩子做了DNA检测，结论是那就是他亲生的儿子。温豪说，把那孩子抱到怀里搂着，他的血脉就偾张起来，只觉得自己的体味，与那孩子的体味交融在一起。孩子叫他第一声“爸爸”的时候，他眼睛潮湿了。亲爱的！儿子！我的儿子！我的！他给孩子取名温迟。这亲儿子来得迟啊！莫大能说“迟”这个字眼不好，取名字哪有用迟、慢字样的！石可尔就立即指出，有位著名作家，写过有名的报告文学《哥德巴赫猜想》的，就叫徐迟，他那名字，不仅没有妨碍他的事业，而且四海传扬了啊！这位老作家去世前，在他姐夫家，他亲见过的啊！

218 尘埃已经落定。温豪和童若菊办理了协议离婚，稍后与安果办理了结婚手续。温豪近乎净身出户。所开的餐馆，只最早的那家旗舰店留给温豪，其余所有京城外地的店悉数归童若菊所有。他们最早购下的那个一直居住的大单元房，以及后来在京城和外地购置的几处房产，都归童若菊。温豪购买了一处学区房，与安果、温迟一起居住，温豪设法先为儿子落下了京城户口，并让他进入一所重点小学就读。这样的事态，最高兴的是童哥、童弟，而且童哥的儿子也办理了手续正式成为童若菊的过继子，恰好放开二胎政策了，童哥童嫂大可再生一个，不必一子双挑。温豪微信语音通话里，这些情况都粗线条交代，但最后道出一个细节，他身旁的莫大能不禁喟叹，远在地中海邮轮上的石可尔，也难免为之心酸。

219 那个细节是，温豪挎好双肩背，离开他和童若菊共同生活了二十多年的，曾经是那么温暖、温馨、温润的空间时，本来双方都已经归于平静，缘分尽，心已灰，与命运讲和，掀生活新页，终有一别，缄默即是原谅，也是祝福。当时童若菊坐在梳妆台前，手拿梳子，却并未立即梳理头发。温豪回头一瞥，倏地发现，童若菊头顶发旋冒出的一圈发根，雪白雪白，这是前所未见的，顿时有如万箭穿心，欲哭无泪，低沉地说了声："我走了。你保重。"出了门，进了电梯，紧咬嘴唇。温豪跟石可尔微信通话里说：“到了新家，搂着温迟那亲骨肉，我哭了。安果还只当我是为他们母子哭。”

220 上岸游雅典的游客陆续返回邮轮，有的去免费自助餐厅，有的到免费点餐餐厅，也有个别的去付费的高级餐厅。那个中国旅游团的成员，有大约一半到免费点餐餐厅吃晚餐。1号家庭的大孝子并未出现，他是陪岳母去自助餐厅了。大孝子的媳妇罗玉兰却陪公公来到点餐餐厅，点餐餐厅是固定桌位的。4号家庭马自先和那二朵对面坐，6号家庭若瑟坐到马自先旁边，若瑟的那个闺蜜不知为什么不来，其余几位是3号家庭的龙秉谦夫妇、5号家庭的退休医生和他的妻子秦淑蕙，后来被大家都唤作小张的领队兼导游，一个瘦高的小伙子，也来了。都按《今日特供》上的菜式点完以后，等上菜的工夫里，自然不免闲聊。龙秉谦问小张：“昨晚那个案子，破了没有啊？”小张说：“破没破，邮轮都不会公布的。大家放心吧，这是极端罕见的个案，邮轮是安全的。”马自先不知谁引的他，讲起了希腊神话里海神波塞冬跟智慧女神雅典娜斗法的故事，他们在岸上参观，最后一个看点，就是去爱琴海边看波塞冬海神庙的遗迹。马自先说，波塞冬拿个三叉戟，雅典娜拿根橄榄枝，最后民众选择了橄榄枝，波塞冬就此败北。秦淑蕙边听，边对照自己从手机上搜索出的资料，质疑说：“我怎么看到的图片，雅典娜是拿根长矛啊？”若瑟就维护马自先说：“马先生博学多识，见多识广，别看他表面上似乎瘦弱，身体棒着啦，登过贡嘎雪山，信不信？”这话让龙秉谦大为佩服，不由问：“哪年的事儿？”若瑟代为回答：“没几年啊。”马自先满脸红光，那二朵就拿眼瞟若瑟，心想马自先跟那若瑟一定有过私密交谈，什么时候聊到一起的呢？脸色难看起来。这时候服务员来送第一批汤菜了。

221 她不去理会若瑟，自己跟那大溪地的壮汉去了自费的高档西餐厅，AA制。她点了凯撒沙拉、奶油粟米汤、神户小牛排五分熟，最后甜点是双味冰激凌。那男子不吃红肉，点的是菠菜泥、英格兰蔬菜汤、柠檬鸭胸和双倍浓度的意大利力士烈特咖啡。吃东西的时候，双方都尽量优雅，不怎么说话。她忍不住欣赏对方那T恤箍出的胸肌轮廓线，和露出一半的肱二头肌，对方则毫不含糊地欣赏她卷领套头衫衬托出的乳房，以及她的头发、眼睛和嘴唇。吃完饭，又去酒吧，聊了会儿高更。但是双方都不再想抑制自己，鸡尾酒没喝完，她就随那男子去了他的舱房。

222 马自先高谈阔论，除了那二朵，很受其他人欢迎。聊到风景摄影，他也有一套，龙秉谦就说，可惜那两位摄影家去吃自助了，要也在这儿，你们一起切磋，我们听听也好。龙秉谦指的是2号家庭的陆向东、郝向阳两位。若瑟见缝插针，提醒马自先："你给我拍的照片，记得要传给我啊！"马自先就放下汤勺，拿起自己手机，让若瑟加他，若瑟心花怒放。

223 若瑟出得餐厅，去乘电梯。不知怎么的，马太太，也就是那二朵，忽然出现在她身边，毫不客气地跟她说："你大庭广众撩汉子，而且当着汉子老婆撩，你要不要脸？"若瑟只觉得霹雳轰顶，一时瞠目结舌。好在旁边都是些老外，听不懂。电梯来了，马太太转身走了，若瑟愣在那里，别人绕过她进了电梯，电梯升起，她才缓过劲来，转身去楼梯那边，爬到自己舱房那一层。

224 若瑟任舱房昏暗，也不开灯。自己和闺蜜一起聊男体，聊性爱，聊一夜情，聊"杯水主义"，聊女权，讨论《红楼梦》中"意淫"一语究竟是怎样的含义，引经据典，头头是道，可是一旦实践，不过是浅尝，却立即遭逢现实的硬钉子，可见纸上谈兵，多么缥缈！若瑟等她回来，迟迟没有动静。

225 仔细想来，那马自先，其实也就戴那顶旅游帽的肢体语言，是个亮点。自己有什么肢体语言上的亮点呢？挥动纱巾摆pose，属于龙太太、医生太太之类的中国大妈的恶俗之举。自己忙中出蠢，竟没有通过肢体语言，证明自己与凡俗之辈大相径庭，唉！正喟叹中，她划卡进舱房来了。

226 都回到舱房里，那二朵就没收马自先的手机，找出若瑟所加微信，立即拉黑删除。又把马自先的单反相机拿过来，找到给若瑟拍的照片，唰唰都给删掉。马自先就笑："好啊，证明你真的爱我。一个家庭里如果没有醋瓶子，只有酱油盐巴什么的，那就一定是个不够幸福的家庭。其实我哪里把那女子放在心上，以礼相待罢了！"那二朵不依："什么以礼相待！分明是拈花惹草！"马自先就模仿邓丽君唱歌："路边的野花你莫要采……"那二朵就说："我姐概括过你：色胆不大，虚荣爆棚！"马自先说："我要先洗了。"就脱个精光，边进卫生间边笑道："真是一朵胜二朵啊！"

227 她进了屋，按亮电灯，坐到若瑟对面，伸手，是要烟的意思。若瑟这才意识到自己一直在抽烟，烟碟里烟蒂已经很多了。观察她，衣衫还整洁，头发乱了，脸上汗渍渍的。递过烟，拿打火机给点燃，她猛吸一口，立刻呛咳起来。她先问若瑟："怎么样？"若瑟说："糟极了！"若瑟反问："你呢？"她试图吐烟圈，不成功，大声回答："恐怕比你更糟！"

228 石可尔晚上吃的自助餐。因为跟温豪、莫大能他们微信聊天，心情有所变化，所以看到林珊珊母女在那边一处四人餐桌吃餐，大可凑过去搭讪，犹豫了一下，就没有过去。温豪说见到童若菊头顶发根冒出的一圈白，给他留下深刻印象，仿佛他也一同看到。人生就是这样匆匆流逝，人际关系就是这样从极其亲密到转眼路人。以此衡量他对林珊珊的单相思，其实心灵倒没受到伤害，与其一旦因对方破脸排拒而坠入痛苦深渊，不如就这么朦朦胧胧地暧昧着，保持想象中的甜蜜。他占据的也是一张四人桌，两位摄影发烧友陆向东、郝向阳端着餐盘过来跟他同桌，双方脸熟，都点头打招呼。但陆、郝二位都不忙吃餐，从脖颈上取下他们的单反相机，检索起在雅典拍下的照片。石可尔礼节性地问："那些神庙好看吧？"陆向东反问："您没下船？"石可尔点头。郝向阳就说："您怎么能错过雅典美景呢？壮观啊！"陆向东就想起来问："对了，昨晚那桩事情，您一直在船上，想必知道点警方，或者邮轮方，他们调查的结果，或者听到了什么小道消息？"石可尔摇头："我其实在忙些自己的事情。没什么动静啊。你们不提我都不记得了。"郝向阳就把手里相机移到他眼前，让他看最得意的一张雅典娜神庙女武士立柱的照片，石可尔就赞："真棒，可以参加摄影大赛，得个金奖了！"

229　忽然听见有人客气地询问：“这个座位没人吧？”石可尔、陆向东、郝向阳都抬头，原来是滕亦萝拿着餐盘过来了，都忙说：“没人没人，请坐请坐。”滕亦萝坐下后，就跟他们提起将在马耳他举行的那个闪演活动。陆向东说：“闪演？其实不如说是飞行集会吧？”滕亦萝乐呵呵地回应：“那么叫也可以啦。现在全世界的诗人日子都不好过。中国诗人其实相比而言，还算好啦！这次的颁奖活动，搁在马耳他举办，别开生面啦。最特别的，是还要颁一个最佳诗歌评论奖，获奖者就是宙玉鹏教授啦。”郝向阳就说：“他还能领奖呀？”滕亦萝就说：“希望他还能呀。可是刚才跟他夫人通了电话，现在宙教授能开口说话了，思维似乎也还清楚，可是脑袋里的淤血，还有待进一步吸收。只能遵医嘱啦。但是奖还要颁。请人替他领好啦。其实，最好由你们团里的那位作家，很知名啦，至少二十年前名满全国嘛，可是，他不肯的呀。”陆向东说：“旅游巴士上，他一路都在抨击那位宙教授。他当然不肯。恐怕让他扇那姓宙的几耳光，他倒乐意。”滕亦萝叹气：“文化界难搞啦。这船上有人议论，说就是那马作家，昨晚把宙教授给揍啦。唉，都是文化人嘛，要文斗，不要武斗嘛。怎么就闹得脑袋里淤血呢？当然啦，哪可能呢？就是意见不合，马作家怎么会出此下策呢？姑妄听之啦。”端来的食物都快凉了，大家边吃边聊。

230 邮轮那天早上抵达米克洛斯岛，岛上成排的巨大风车是一大看点，那些风车的形态与色彩跟荷兰那边异趣，风车塔座粗壮，通体刷成白色，风车转翼细瘦，在碧蓝晴空映衬下，格外悦目。游客们纷纷下船去观赏。若瑟本来不想下船，她就跟若瑟说："你怕那马太太？她又能把你怎么样？像她丈夫对付宙教授那么对付你吗？我谅她今天回过味儿来，也后悔昨天的醋坛子摔得太早太猛了。我们不是一直在研究女性心理吗？女性的嫉妒心究竟是由哪些要素构成的？她是一个活标本嘛！再说了，躲着他们两口子就是，巴士上空座位很多，坐得离他们远点，到景点我们也不必跟导游走，准时集合就是了。剩下几天，各游各的，回到巴塞罗那，飞回北京，散掉后，谁还记得谁呢？"她拉着若瑟下了船。登上旅游巴士，马氏夫妇仍坐在老位置上，见每一组后来登车的，都照例礼节性招呼："早！早！"她拉着若瑟登上巴士，居然也赢得一声"早"。她们没坐到与马氏夫妇隔过道的同排位置，去坐到最后一排，离所有团友都远。导游小张开始清点人数："1号家庭！2号……"这天全团悉数出动。爱琴海上的希腊岛屿，谁舍得放弃亲近呢？

231 若瑟没想到，她昨晚虽然也"糟极了"，洗完澡上床后，竟然没有像自己那样失眠，早起洗漱后，还到阳台上去舒展身体，活动腰身后，坐到休闲椅上读了两首朗费罗的诗。起身去吃早餐时，她跟若瑟说：“重要的是，必须接受自己。”若瑟心里的回应却是：“重要的是，必须被人接受啊。”但没有跟她讨论。

232 那晚碾掉烟蒂后，她跟若瑟和盘托出，她如何鸳梦碎裂。她令那大溪地男子吃惊，她自己更是吃惊。大溪地男子简直不能相信，她竟然还是个处女！而更不可思议的是，直到试图做爱时，她也才发现，自己的处女膜竟那么肥厚，对方最后只好放弃，用法语问她：“你是石女吗？”若瑟问她：“你什么时候懂得法语？”她说：“心里懂。一定是那个意思。”

233 米克洛斯岛的那排最壮观的风车坡下，临海一侧有个占地不小的凉棚咖啡馆，也卖简餐，沿着海岸望去，不远处有一大排从海底砌起石头基座的三四层的古典风格楼房。那片景观，导游小张告诉大家，叫作“小威尼斯”，没去过威尼斯的，可以从那水中起楼的景象，想象到威尼斯的某些风貌。龙秉谦和太太坐在咖啡馆一隅。龙秉谦要点两罐可乐，太太说：“要一罐你喝。”太太是心疼欧元。龙秉谦果然只要了一罐。龙秉谦当年凭借一张母亲和政治要人的合影，从一个底层的工人，七搞八弄，成了个公务员，最后以副局级干部身份退休，很被他哥哥和妹妹不齿，但他姐姐不但在此事上挺他，更常向亲友们夸赞：“小弟品质好啊，糟糠之妻不下堂。改革开放以后，有几多改变了命运，升腾上去的，能做到这一条？有的，到现在都换三个妻子了！”此话不假。龙秉谦难说没有花心花事，但是他和妻子的婚姻，确实非常稳定。他满意于妻子的，就是永不改赤子之心。什么赤子之心？就是富裕以后，不丢掉贫贱时养成的节俭习惯。妻子买东西，总要买便宜的，打折的，乃至于处理的，买一送一的。记得他刚当公务员不久，有了出差机会，去的那地方，发现袜子挺好不算贵，就给妻子带回来两双，妻子细细检视那两双袜子，好生喜欢，问他多少钱一双？明明三块钱，他报一块钱，妻子大表扬，满脸如花绽放，第二天得意地穿一双上班去。那时候还没办法把妻子也弄到单位，妻子还是工人，没几天，刚好他又要出差到那个地方，临出发，妻子笑嘻嘻地递给他十块钱，跟他说："这次你买十双一样的袜子回来，我们车间里的李姐、阿红、小猫她们，看了我穿的，都说真好真便宜。她们把钱都给我了，你带回来我给她们，她们高兴，我多有面，你可千万别忘了啊！”当时他就傻了。如果硬着头皮充面子，那就要垫上二十块钱啊。那时候，普通工人一个月的工资才二十六块！只好道出一双三块的实情。他出差回来，妻子只好跟车间姐妹谎称那地方那种袜子全卖完了，把钱退给人家，回到家，跟他吵一架。但是，他从外再买回东西，再低报价格，妻子还信，不会细究。而每当妻子觉得东西便宜，节省了费用，就又会脸上开花，喜悦无比。龙秉谦就觉得，古人的诗句确实好，“贫贱夫妻百事哀”，跟这样的妻子相守一生，小悲欢，甚至小哀伤，都挺滋润的。他喝了几口可乐，冰得很好，天热，喝进喉咙好舒服，就递给妻子。妻子不嫌，也喝了几小口，问："一个牌子，怎么这儿喝起来，比国内的爽呢？"

234 秦淑蕙和她老公也进入了那凉棚咖啡馆，座位很多，空座不少，他们选了个离其他游客相对比较远的地方坐下。老公穿着在船上购物街买的T恤，XXXL的，上面有邮轮公司的LOGO，秦淑蕙帮他选了件蔚蓝色的，不那么箍身了，看去大方潇洒。他们要了两听雪碧。秦淑蕙发现老公表情十分严肃，觉得多少有些异常，就问："怎么，不大舒服吗？"老公说："心里头，不大舒服。"秦淑蕙就等着老公开口解释。他们相处之道，就是谁也不急，能够容忍长时间的停顿。老公停顿良久，才开口："今天上岛的，不止咱们一艘邮轮吧。"秦淑蕙说："可不。那艘比咱们这个还大的，也下来不少人，我看中国人比咱们这艘还多。"老公就说："可不。好几个中国团。你知道吗，我恰巧就看见他啦。"秦淑蕙问："谁呀？"老公道出名字，秦淑蕙还记得，就说："可见他现在也挺不错嘛。大家到头来都赶上了改革开放，都出头了，都幸福了。你应该高兴呀，干吗还好像做错了事似的？"老公说："当年是错了呀。"秦淑蕙说："不许乱说。不错，后来能遇上我？能今天一块儿来这岛上看大风车？"老公脸上才泛出些笑意。

235 当年插队的时候，秦淑蕙老公跟那位，在一起。后来推荐工农兵学员，村革委会推荐的是那人，那人都准备收拾行装去省会医学院报到了，忽然又宣布，还是现在秦淑蕙的老公更符合条件，换成了他，他后来才成了医生，而且成了一方专家，退休后邮轮旅游了。他取代那位插友，完全是他舅舅运作的结果，因为他舅舅那时候是省里知青办的副主任。事情很简单。他还记得，村里敲锣打鼓欢送他去参与“工农兵改造大学”时，那被他顶包的插友也不得不站在道旁人群中，他们有过短暂的目光交接。对方眼里喷涌出的情绪，难以用词语形容，一直烙在他的心中。岁月渐渐冲淡了那段时光，那双眼睛的喷涌也越来越模糊，但是淡而不褪，模糊而不消失。这天在异国他乡，在这米克洛斯岛上，忽然从游客流中，瞥见了那位当年的插友，秦淑蕙老公只觉得仿佛胸上被擂了一拳。老公很早就跟秦淑蕙讲到过这段故事，秦淑蕙其实也早就淡忘。老公问：“我是不是趁大家还都没有回到各自船上，找到他，走上前，跟他补一句‘对不起’？”秦淑蕙说：“你会吓着他的。现在人家心情正好，你那样不合适。再说，塞翁失马，焉知非福？说不定你把他那生命轨迹那么一变，他后来倒更比学医当医生更风光了。”老公就默默喝雪碧。秦淑蕙望着朴实的老公，微笑着说：“四十几年过去，你还有愧疚之心，很好。现在这样的人不多了啊。”

236 陆向东、郝向阳二位，每次下了船都是乐此不疲地拍照，几乎没有坐下来歇息过，但是在这米克洛斯岛上，拍完风车，郝向阳却提议："海边坐坐吧。"他们买了热咖啡，不坐咖啡馆的座位，拿着咖啡杯到海边，找块大石头，并排坐下了，边喝咖啡边聊天。郝向阳望着碧蓝的海水，沉吟地说："忽然想起来，当年江青有句话，说是：见鬼了，全国竟然有那么多京剧团！"陆向东不吱声。他懂得郝弟怎么会冒出这么一句，但他只知其一，不知其二。郝弟就告诉他："陆哥，今天是我爸的忌日。"陆向东"哦"了一声。

237 郝向阳的父亲只是一个卑微的中学教师，教物理，但是他一度有一个业余爱好，就是唱京剧。上个世纪五十年代和六十年代初，他们那个外地城市里，有当地地方剧种的剧团，但是，还有个京剧团，票房居然不错。郝向阳父亲就是一个京剧迷，作为票友，他唱小生，难度很大的《罗成叫关》里"勒马停蹄站城道"一段，二黄导板转二黄原板，再转西皮慢板，最后再转西皮快板，能够一气呵成，地道的叶盛兰叶派的风味，就是不懂京剧的，听了也叫绝。1964年学校春节联欢，以及城里教育系统大联欢，郝向阳父亲都登台献技，赢得热烈掌声。那时候北京已经开始京剧革命，当时像郝向阳父亲那样的京剧迷，都还不知道实际上是江青在领导，但是最早版本的现代戏《红灯记》《沙家浜》，中央人民广播电台有广播，有人听不惯，郝向阳父亲却连连赞好。郝向阳那时候刚上中学，就上的是父亲任教的那一所，记得父亲无论在家里还是学校，都真诚地欢呼过现代戏的成功。

238 郝弟告诉陆哥，他父亲死在1969年的这一天。死的时候，手里还紧紧捏着一本书，是一本革命样板戏的印本《红灯记》。陆哥说，听说有人在网上专门设置了江青纪念园，只是没有去搜索过，郝弟你也不要去搜。两个人就不再说话，默默地看大海，饮咖啡。那么待了好一阵，陆哥说："你父亲应该瞑目了。咱们去拍些逆光的照片吧。"两个人就起身，走到垃圾桶边把咖啡杯投进可回收类的桶里，朝小威尼斯那边走去。

239 在雅典城的医院病房里，"巧克力女士"在笔记本电脑上完成了一篇报道稿，把宙斯被袭往文明冲突上挂。她估计无论是《时报》还是《日报》，还是国内的某几个门户网站，都能接受，又觉得还可以投给香港和台湾的《苹果日报》，并且可以再改造成一篇杂文，也许香港《明报月刊》可以接纳。西方通讯社和报纸刊物难以打进去，毕竟她还不能用西方文字撰稿。宙斯此次不能白受皮肉之苦，以此为契机，巩固、扩大宙斯的影响，是必需的功课。宙斯彼时已经清醒许多，也有警方人士来询问，他是否记得凶手的人种、个头、身材、穿着、面貌及可能的年龄段？行凶时是否有话语？是否是此前认识或至少是照过面的人？宙斯都只是沉默。医生说宙斯不能再接受任何方面的任何询问，不能让他以点头表示yes，以摇头表示no，因为任何一种头部动作都可能导致淤血状态的恶化。但是在电脑上打出的文章，“巧克力女士”觉得还是应该念给宙斯听一下，也显示一下自己临危不乱、急中生智的水平。她就在病床边念起那篇报道稿来，刚念了不到一半，忽然发现宙斯伸过手来，他是想自己捧着笔记本电脑看？“巧克力女士”就把电脑送过去，企图帮他把电脑搁在他胸脯上，让他得以看清屏幕，万没想到，宙斯把电脑抓到右手里以后，使劲一甩，竟把那笔记本电脑掼到了地上。电脑翻了个筋斗，才静止下来。“巧克力女士”不禁惊呼，护士冲进病房，见那情景，目瞪口呆。

240 马自先和那二朵也到那凉棚咖啡馆里喝咖啡歇息。那二朵已经摆脱了昨天的醋意，心里多少有些后悔电梯旁的孟浪。那叫若瑟的女子，应该是“80后”，和她那个闺蜜，据说都是女博士。从年龄上说，当马自先女儿都有富余。固然有杨振宁爱上小自己54岁的翁帆的例子，但从马自先那不掖不藏、大大咧咧让若瑟加他微信的做派上，确实正如姐姐那一朵所言，并无色胆，只是虚荣心爆棚，最搁不住别人对他的追捧。两个人正呷着咖啡，忽然马自先搁在餐桌上的手机发出有微信到达的信号音，那二朵不得不有所警惕。马自先却并不马上拿起手机，说："咳，马驰循例问候罢了。"

241 马驰是马自先的独子。当年马自先名利熏心，整天写作、投稿，经历许多退稿的屈辱，直到遇上伯乐那一朵，才算挤入了文学圈。后来出了点名，人模狗样的，到处参加笔会，马驰的成长期里，他根本没怎么管。马驰在母亲的全力呵护下长大成人。马自先头婚，只在胡同杂院里有间小屋子，外头搭建个小厨房。他发现，马驰自小就有恋母情结，在家里，不管母亲移动到哪里，比如出屋子去厨房烧饭，马驰即使正趴在他们唯一的那张桌子上写作业，也一定会扭动脖颈，朝窗户望出去，望见母亲身体的哪怕一小部分，才露出一个放心的表情，才能继续写他的作业。

242 有回马自先和前妻带马驰去动物园，本来马驰高兴得活蹦乱跳，可是，分别上厕所，马自先和马驰出来好久了，马驰妈妈却总不从女厕所出来。马自先倒无所谓，马驰大声朝女厕所里嚷："妈！妈！"还不见人，就大哭起来，引得一些游人侧目。那时候，马驰都已经要上小学了，最后他妈妈终于从厕所里出来，马驰破涕为笑，扑到妈妈怀里，惹得妈妈把他推开："讨厌！"

243　马驰从小跟妈妈一个被窝睡觉。妈妈带他到小学报到回家后，马自先跟他妈妈说：“孩子大了，你们再不要一个被窝睡了。”可是那晚，他们同在一张大床上，马驰无论如何也不习惯自己裹一个被窝，半夜哭着钻进了妈妈被窝，妈妈就搂着他安慰：“做噩梦啦？别怕，别怕，有妈妈呢！”后来马自先分到新楼区单元房，搬进去以后，马驰有了自己的小房间，睡自己的床，在自己的小书桌上写作业，渐渐能够独立，但是遇到什么事情，还是先喊“妈”，学校里有的情况，不跟马自先说，只跟他妈说。

244　马驰进入反叛期，不跟他妈闹，只跟马自先死磕。有次马自先忽然发现马驰把寸头剃成了方形，说了句：“怪模怪样。”马驰就大怒，把出版社新给马自先寄来的样书从桌上薅到地下，嚷起来：“你写的都是垃圾！”父子二人冲突起来，几乎动手。马驰的妈把马自先拽开，马自先就跟妻子大吼：“你惯吧惯吧！他就是俄狄浦斯情结，他要弑父！”马驰和他妈都不懂什么叫作“俄狄浦斯情结”，其实是古希腊传说，俄狄浦斯恋母弑父，酿成泼天悲剧。

245　马驰考进大学，学热门的计算机专业。住校以后，只周末回家，后来周末也不回家，跟同学穷游，渐渐地独立起来。大学毕业以后，就职于一家门户网站，做后台技术工作，薪资不菲，但是很累。后来带个姑娘来家，父母才知道他恋爱已久。马驰结婚，也没让父母操持，很新派，是一起旅游，旅游回来，给父母带回来几个体现异国风情的冰箱贴。马自先判定那是中国义乌小商品作坊的产品，很不以为然，马驰他妈却如获至宝，按到冰箱门上，每次开合取东西，都要多看几眼，心里淌过暖流。马驰小两口开头租房，后来买下新楼盘大两居，马驰他妈也没跟马自先细商量，帮他们付了按揭首付的一多半，由他们自己去每月供楼。马驰和媳妇跟父母道了谢，马自先说："谢什么。你们供不上了，我供，我现在精力旺盛，文思泉涌，买方排队，青苗都来签约。"马驰他妈就斜眼看他爸，嗔怪地说："你供？"马自先赶忙纠正："是我们，我跟你妈，帮你们到底。我们是坚强后盾。"

246　马驰的父母当然就盼小两口快点生育。但是没等到媳妇怀孕的消息，马驰他妈就突发心梗去世了。遗体告别时，父子相拥痛哭。马自先这时才憬悟，他在文学圈混得这么风生水起，实实在在有马驰他妈的功劳。后来父子俩傍晚时在龙潭湖公园租了自划游船，在别人都不注意的情况下，按事先的策划，把马驰他妈的骨灰，撒进了湖水中。马驰一家曾长期在龙潭湖附近一处楼盘的单元房里生活，龙潭湖是他们经常去

散心的地方。马自先一直记得，马驰刚满6岁，在湖边居然用抄网抄到一只透明的小虾米，当时一家人高兴得，就仿佛脊背上生出了翅膀，手拉手一起飞向天空。

247 没等孙子落生，有天马自先把马驰约到咖啡馆，跟他说自己准备组建新的家庭，要跟那二朵登记结婚。马驰他妈在世时，那二朵和姐姐那一朵到马家做过客，马驰当年小孩子，叫过她们阿姨，没在意。马自先等儿子表态。马驰只是在咖啡杯里转动咖啡勺，既不说“好吧由你”，也不说“我不同意”。时间一秒一秒地过去，那勺子在咖啡杯里仍不紧不慢地转动。马自先熬不住，忍不住来了句：“你倒给我句话呀。”马驰把勺子猛地一摔，吼出一句：“你是不是爱过那娘儿们姐姐？”站起来，就冲出了咖啡馆。

248 马自先觉得很委屈，天知地知，他确实对那一朵只有好感而无非分之情。他只是一直想写长篇小说《长安街女子》，以那一朵为第一原型，绘制出长安风云下的文化变迁图，只是难度太大，因此至今只有些片段，尚整合不成“一棵菜”。他以为儿子就此跟他决绝，但有一天还是接到马驰电话，告诉他他有孙子了。他表示非常高兴，没想到儿子来了这么一句：“我们会把他抚养成人。不用你给取名字。”那几年里，常有人，包括读者中的粉丝，联系到马自先，请他给新生婴儿取名，他也确实挺会取名，比如有个晚辈先有一个女儿叫可馨，又生一女请他取名，他就给取个名字叫可绚，一个女儿芬芳，一个女儿绚丽，作为姊妹花，不是很体面吗？但是亲孙子，儿子却并不要他取名。后来知道，是随马驰妻子姓，叫唐笠。

249 儿子一家跟马自先的关系可谓以礼相待。每年春节会跟他团聚一次，不在马自先家中，也不在马驰家中，是在餐馆预订座位，在约定时间一起进餐。那二朵有时出席，有时马自先会代她“请假”：“回娘家啦。”唐笠虽然见他叫爷爷，但似乎并不懂得其血缘上的含义，因为父母教育他，对所有老头儿，都叫爷爷。马自先虽说身体不错，毕竟一天天地变老，马驰也就会每个月的中旬，循例打个电话问候，有了微信以后，就发个微信问候。

250 那二朵和前夫没有生育，离异后没什么枝蔓需要修理。她知道自己没有道理要从马驰那里获得孝顺，马驰能循例问候马自先，她心里对马驰还是有好感的，这个青年人很理性。理性是个好东西。

251 可是马自先拿起手机细看，不禁吃惊：“不是马驰吔!”那二朵就很好奇，甚至更加警惕：“那是谁呀？谁呀？”马自先一边看手机一边报告：“是渣渣……啊，不，是……现在人家叫查查啦!”那二朵一头雾水：“查查？谁是查查?”

252 马自先的堂侄孙，原来自称渣渣，现在说自己告别了“丧文化”，却又在参加一个葬礼，先发些照片短视频给叔公看，或许能作为写作的素材。他请叔公今后不要再叫他渣渣，要叫他查查，因为他现在打算取下颓废的眼镜，睁开眼睛查看社会，查看生活，还要查看民族性。那二朵从马自先手里抢过手机，不看则已，一看怪叫：“妈呀！怎么这么吓人呀！这不还是‘丧文化’吗?”

253 那手机里，查查通过微信传来的照片，里面是些披白孝服的陌生人，点开一个视频，立刻传出凄厉的唢呐声，画面不堪入目，因为设定的音量大，那与爱琴海米克洛斯岛风情格格不入的噪音猛然响起，吓得附近座位上的游客闻声色变，正在送餐饮的希腊服务员也不禁瞠目。马自先赶忙把手机收回，使其静音。渣渣，或者说查查，究竟搞的什么名堂?

254 查查大学学的工商管理，毕业后快速换了几个工作，后来进入一家外企，在高档写字楼里上班。查查其实也读文学书，不过他很少读当代中国作家的书。叔公的书在他父母书架上有签赠本，他粗略翻过，不合口味，但是他有一次偶然读到邱华栋的一篇小说，写从大都会郊外进入市区，只见一栋栋高楼大厦仿佛巍峨的钻石山，那视觉冲击令年轻的心怦怦然，他就觉得很好。现在查查每天进入的写字楼，晚上就是一座熠熠闪光的钻石山。在高层无廊柱的大办公区里，查查有自己一个工位，英文称作cube。办公区一侧，有茶水间，喷雾咖啡、立顿红茶、百事可乐、芳达、依云矿泉水，以及各种零食：饼干、曲奇、小面包、袋装什锦果仁、西梅脯，可随意取用。那天工休在茶水间里，恰好努努也去取饮品零食，努努问他，这个周末打算怎么过，他说完全没有去想，努努就邀请他："那你不如跟我去趟乡下。"

255 查查原来跟努努走得不近，恰巧两个人都又失恋，百无聊赖中，在那家以"丧文化"为卖点的咖啡馆里，情绪相同，近乎起来。那家咖啡馆后来被管理机构责令整改，有天努努就跟查查说，他现在不丧了，改入佛系了。查查也丧腻歪了，但是又懒得佛系，佛系就是看破红尘，心如静水，与世无争，清心寡欲。但是风闻公司下季度会裁员，工作并无乐趣，待遇可是一流，谁舍得被裁呢？明争暗斗，势所难免，查查无法置身事外，少不得参与些合纵连横，以保自己的cube，努努后来也脱佛入俗，跟查查同仇敌忾。他们那钻石山里的office政治不说也罢。

256 努努1992年生人，查查比努努小两岁。虽说都是在大都会里长大，努努的父母也早就城市化了，但是努努的根在农村，他爷爷还生活在村子里。查查则上头好几代就进城了。他们这一代，不仅跟马自先那种爷爷辈的有代沟，跟父母辈的也有代沟。有次马自先作为叔公偶然地跟查查——那时候他让叫他渣渣——聊几句天，马自先知道查查是不看他的书的，就推荐他看一本老书，就是美国塞林格的《麦田里的守望者》，查查说："看啦。虚有其名。哪有你们说的那么好啊！"马自先就叹气："你们只看韩寒、郭敬明的东西！"谁知查查问："你是说那两个作家叔叔吗？"马自先听了一惊，"作家叔叔"？啊，定神一想，可不，韩、郭二位都是1982年生人，比查查足足大一轮，自己混混沌沌把他们划归一代人，查查却觉得那二位也是老作家了。当然，查查说他也读老作家的书，比如日本东野圭吾，"他那本《解忧杂货店》还马马虎虎"。

257 努努要开车回老家，邀查查同往，查查欣然允诺。努努老家在华北大平原南部，从京城开过去需要三四个小时。这次回去，是去奔丧。谁死啦？是努努的一个大奶奶，就是努努大爷爷的妻子。查查开头不懂，那大奶奶对于努努有多大关系？努努就告诉他，他们老家，还有那样的风俗，就是这样一位长辈去世，其亲属一定要广泛通知到五服以内的每一个成员，而被通知到的，两服以内的必须到场，其余血缘稍远点的，至少要出个代表去参与丧事。那位大爷爷，跟努努的亲爷爷，是从堂兄弟，努努的父亲身体不好不能去，就让努努代表。搁在半年前，努努正入佛系，是要六根清净的，当然不会去，而且那时候查查还没完全脱离丧文化，哭丧着脸喝杯“老板脸色铁青”茶可以，跑乡下真去旁观一场发丧，那是绝无可能的。但努努、查查这一代里，他们这样的，犹如天上的云朵，心情思绪都飘忽不定，随风而变，喜怒无常。这个周末，他们就忽然都挺愿意换个观察点，去目击、感受一场农村土得掉渣的丧事活动。

258 努努开一辆SUV，查查坐副驾驶座，中途也没在服务区休息，一径开到努努老家那个村子。村里尽是些老旧的平房。努努告诉查查，平时村里只有些留守的老人，青壮年绝大多数都外出打工去了，剩下的一些中年人，要么是身体神智有毛病的，要么是脾气古怪的老光棍。但是这样一个破败的村子，却会因白喜事而热闹起来。红喜事一般都不在村里办了，或者在县城里的餐馆，甚至在市里的酒店，而且红喜事基本上只是两家人的聚集。白喜事呢，却依旧能把亲族和乡邻凝聚起来。查查睁大好奇的眼睛，要一查究竟。

259 进入眼帘的，是许许多多从外地开来的汽车，停靠在村里的街道上，只有一两条街道铺了柏油，其余的还是土路。无论柏油路还是土路，车位都有点不够了。努努好不容易在大爷爷家附近的胡同里，找到一个凹弯停下。下车后查查细查，少量小面包车，多数是小轿车，中低档的居多，但也有些价位不菲的高档车，入眼的有奥迪A6、沃尔沃XC90等，可见现在农村富起来，并不一定体现在乡村建设上，而是许多家庭的成员具有进城务工、买房，以及购置汽车开回来的实力。回村奔丧，识车辨人，实际也是一次在外混得如何的大比拼。

260 忽然听到极其刺耳的唢呐声。迎声而去，就是努努大爷爷家。只见门外有个请来的吹打班子，一个吹唢呐的，一个吹笙的，一个拉二胡的，一个敲小鼓的，一个敲钹打镲的，一个按电子琴的，还有两个妇女，后来大显身手，一个四十来岁的会唱梆子戏，一个三十来岁的会唱流行歌曲。唢呐声先引出笙来配合，然后其余的弦子响器跟进，是一种有点悲哀，更有些呼号感的混合音。有人迎进了努努和查查，啊呀，努努大爷爷家的院子里，满满是人。

261 院里乱糟糟，但是乱中又有序。有的人穿着整身的白布孝服，头上先盖一块大白布，然后再用长条白巾捆扎，后面飘带齐腰，鞋上也蒙扎一块白布，腰上、裤腿上用粗细不一的白布条捆扎。这样打扮的，是逝者血缘最近的亲属。有的乍看跟前者似乎一样，其实飘带有别，脑后飘带只长及肩后，这是一服外三服内亲戚的标志。再细看，有的两根飘带一边长，意味着父母已经双亡；有的一长一短，长短比例悬殊，意味着其父母都还健在；一边短的扎得靠下，则意味着父母中一方已经不在。有几个老太太专门负责给扎飘带，许多乡里乡邻一看扎出的飘带模样，就知道戴孝者的双亲状况。有不少人只戴白色的缝好的孝帽，这意味着是三服外五服内的族人。更有只把发给的白帽子折起，放在胸兜露出一截，或用别针别在胸前的，那是五服外沾亲带故的人士。原来风俗除了戴孝，还要披麻，那天查查却没看到披麻的。

262 努努进院，立刻有理事的长辈给他戴上白孝帽，引他往正房里去。努努大爷爷的大儿子——努努的堂伯一身孝服，在正房门外站立，双方打了招呼。努努进房前，先把手里预备好的一大沓纸钱——是在车子开进村口时，停下来让查查帮着买的，那天那个小卖部大赚——递给管烧的人。那人就放在一个火盆里烧，用铁钳子翻动，飘出好多黑蝴蝶般的碎屑。这时努努已经进得房去，到大奶奶的灵柩前，先弯腰鞠躬，再跪下，叩首四次，然后站起来，这才出屋，在院里晋见

大爷爷。那时努努大爷爷坐在一把旧太师椅上，满脸悲戚。查查后来知道，这已经是丧事的最后一天，一共是三天。第一天死者是安放在大冰柜里，第二天入殓安放进棺材，第三天下午将棺木运往村外公墓埋葬。查查后来问：旧时没有通电，没有冰柜，第一天尸体如何处理？努努说可能用好多冰块来冰镇吧，那时候冬天会有人从河里湖里采冰，采出的冰块搁地窖里储藏，夏天冰块会很贵，但为办丧事，有的人家也还是舍得花那个钱。穷人家怎么办？那就别耗三天，草草下葬就是了。不过努努说其实他也不是很清楚，只是听他爷爷讲到过。

263 努努成为丧礼中的一个角色了，必须参与相应的演出。查查作为旁观者，不觉尴尬，很感兴趣。不过他也领到一个白孝帽，按努努的嘱咐，只折叠握在手中。查查觉得最壮观，也让他最不解，后来也最感慨的，是院子中央，白晃晃的，面对面跪下两排人，后来知道，那跪下祭奠的位置，是非常有讲究的。从正房门外起，先左再右，也就是先东后西。第一位是努努大爷爷的大儿子，正牌大孝子，他最累，因为只要有新的族属来了，他就必须站立起来迎接，那人进屋拜跪亡灵了，他再去跪下；跟他面对面跪的，是努努大爷爷的二儿子，往下一排，是三儿子和大孙子，以下是二孙子，三孙子，四孙子，二服内大堂侄子，二堂侄子，三堂侄子，成年的大堂侄孙，二堂侄孙，之后才是三服外的族亲，排到努努，作为从堂侄孙，跪的位置已经接近院门了。前面的数位都已经跪过两个白天了，到这第三天还跪。当然，时间久了，也都露出疲惫之色，做出懈怠之举。跪的人，有的似乎早准备了跪垫，有的似乎是临时想办法，努努就从院里找了块包装纸箱上的纸板，拿来垫着。那院子地面铺的是红砖，早已破旧，很不平整，跪着会很不舒服的。查查朝努努眨眼睛，意思是你怎么也跪，多逗啊。努努却似乎已经入戏，并不搭理。但查查看到，有的跪久了的人已经改换了姿势，坐到早准备好的小马扎上，有的似乎是就地取材，把放完了的烟花大壳子权当小板凳，有的玩起了手机，但他们都不离开所指定的位置。不过跪着的这些人并不能懈怠多时，因为每当门口的司仪大喊“来戚了”（“戚”的发音是“且”），那“戚”进门时，就必须再老老实实跪下。跪下不说，还要再哭一场，哭不出来，就呜呜装哭。那天来“戚”最多，哭的次数也就最多。查查发现，努努跪在那里，居然也呜呜假哭，说是假，却又透着真诚，看去是真觉得必须那样，才融入了家乡那养根的泥土。

264 两排跪下的男人身后，是很多动来动去的男人，后来知道那都是村里的邻居，以及帮忙的人，还有一般人弄不明白身份的凑热闹的人。查查就是那第三类人当中的一员。有的就特意凑到门内一旁坐在一张桌子后的记账先生那里，看摊开的账本上，来祭奠的给了多少礼钱，后来知道，参

与跪祭的，像努努，并不需要随礼，倒是这些男子的媳妇家来参与祭奠，需要交礼钱。那么媳妇们，女眷们，都在哪里呢？后来知道，是都在五间正房（三间大房两间耳房）里面，那里面传出的哭声，往往大于室外，而且，据说真有声泪俱下，乃至于哭晕的。

265 院外的吹打声又喧嚣起来。几度悲凄的曲牌后，居然是欢乐的旋律。查查出院观看，只见院外聚集了许多的人，据说不少邻村的人也跑来看热闹。确实热闹，挺好看。那四十多岁的女子，唱起了河北梆子《打金枝》选段，有人怪声叫好。唱完这段，有人出100元，点唱评剧《花为媒》，就又唱。这位女子暂歇，那位三十多岁的女子就在电子琴伴奏下，唱起流行歌曲，歌名、歌词、旋律跟丧事全不搭边甚至很不适宜，但人们不以为怪。有人大吼："假唱！"那女子就笑，伴奏停下，就又有人递出100元，点唱邓丽君的歌。那女子来劲儿，先清唱几句，再随伴奏，确实真唱，听去也还OK，《甜蜜蜜》《夜来香》《何日君再来》连唱，唱完有人鼓掌。忽然唢呐和笙又响起悲凄音调，鼓锣丝弦配合，院里哭声无论真假，又浑然而起。这段哀乐结束，乐队歌手休息，放起了音响，就有许多大妈若干大爷跳起广场舞来。查查听着看着只觉乡土气扑鼻，新奇，怪异，倒比那漫威大片《复仇者联盟》还刺激、过瘾。

266 忽然努努从院里出来，拍拍查查肩膀，查查问："跪完啦？"努努说："哪里，还要跪到出殡。"不等查查再问，说，"走，看我爷爷去。"查查这才纳闷："是呀，怎么进了村，你不先去看你爷爷呀？"努努说："这叫作死者为大。"边带查查往他爷爷家走，边解释："我爷爷跟那大爷爷大奶奶平辈，所以他反倒用不着去跪，每天过去一下，帮忙料理料理就行了。他今天一早已经去过，就等晚上出殡了，那时候他要去一下。不过他不跟到墓地，我是要跟过去的，我代表族里我们这一支嘛。你要跟到墓地啊，把这丧事的风俗查完。"努努手机响了，是爷爷问他怎么还不回家看看。

267 往努努爷爷家走，见巷口有个院子，院墙塌了一半，蒿草丛生，里头的房子屋顶也塌了一半，屋里一棵什么树都钻出破屋顶，长得老高。查查奇怪："怎么也不收拾一下，多难看啊！"努努就告诉他："这户人家早就全搬县城去住了。他们收拾这院子屋子干什么？翻新盖起，自己不住，最后也还是荒掉。这儿的房子，自己不住，没人租的。""没人租，那可以卖掉呀，那不也来钱吗？""你太脱离农村实际了。这是宅基地。地上的房子再好，能值几个钱？可是房子塌了，宅基地还是宅基地，宅基地现在可以流转，可以卖，可是村里没有一户舍得卖的，都知道县里有的村子的情况嘛，政府征地，宅基地可以换好几套楼房单元房，还几十万上百万地补钱，所以，都等征地，不卖私人。”

268 到了努努爷爷家的院子，没进门，努努告诉查查：“我爷爷这房子，还是立砖的。我爸老早要给他重盖，他不让，后来就只给他把门窗换成了塑钢的。”进了院子，看那正房，查查只觉得旧，也看不懂什么立砖不立砖，后来才懂，立砖，更准确的称谓是陡砖，就是把砖立起来砌，比横砖，更准确的称谓叫卧砖，砌时会省下很多钱。乡下人好面子，一看你那房子还是立砖砌墙，一会鄙夷你穷，二会鄙夷你儿孙不孝顺。把老一辈的立砖房翻盖成横砖新房，二十年前形成过这股风潮。爷爷如今仍住立砖房，老人和儿孙见人总要解释，不是没钱，不是儿孙不孝顺，是乐意就这么住。其实不跟查查解释，他也不会鄙夷。他见那院子里一架葡萄绿叶茂盛，簇簇葡萄珠虽没变色却已很是明显，又有几畦菜蔬，认出有黄瓜、茄子、西红柿、柿子椒、架豆、大葱、莴笋、小白菜什么的，觉得很好。努努跟查查说：“我奶奶五年前去世，我们家办过丧事，我有经验，所以你看我今天入乡随俗，表现得中规中矩，不是吗？”进屋以前，查查问：“见你爷爷，我得跪吗？”努努笑：“跪？你不配！你不是我们一族的！”查查心里就琢磨，宗族观念，究竟是个什么观念？他自己的长辈，就已经淡化了族群意识，从来没说过什么家谱的事情，他此前也从没有过问自己的族根。

269 查查跟努努一起叫爷爷，爷爷蔼然可亲，是个干净利索的瘦老头，请查查炕上坐。查查原来只在电影电视剧上看到过炕，这回眼前可是一铺真炕。炕席发黄发亮，非常干净，靠耳房墙壁，整齐地垒着叠成条的被褥，被褥上几个长方形的枕头，可以发现仍在使用大红牡丹花的被面。炕心摆着炕桌，炕桌上有老式的大茶壶，还套着保暖棉罩。努努上炕，盘腿坐在爷爷对面，跟爷爷用家乡话对谈。查查没上炕，只在炕沿上斜坐，努努倒杯茶给他，确实渴了，一饮而尽，应该是碎末茉莉花茶。这时候真想念公司茶水间，原来茶水间还专门雇了个阿姨，每天一早会把苹果、大梨、火龙果等削成小块，把橘子、柑子、柚子剥成瓣，插上牙签，放在大瓷盘里，供白领们享用。哎，那是怎样的钻石山里的生活！后来那阿姨被裁员了，茶水间里也不供应水果，茶点也简化了，可见世上没有永久的繁华，知足常乐吧！

270 努努从衣袋取出一个信封，递给爷爷，查查听出，是努努爸爸和努努给他爷爷的一千块钱，尽孝啊。查查想撒尿，努努带他去院里西南角，那个简陋的厕所是原始蹲坑，查查尿完，努努也去尿，出来跟查查说：“这是当下城乡差别最严重的一项。你看我爷爷家里，冰箱、电视、空调都有，别的家也如是，家家老人的子女回来，都有汽车，就是还都没有抽水马桶，还好你在这儿尿了，要去大爷爷家那边，这几天那么多人，你恐怕都下不去脚，保证把你熏个晕菜！”

271 努努带查查再往大爷爷那边去，跟他说：“大爷爷大孙女的姑爷，老远赶过来，今天下午到，你可以看到逗姑爷的场面。”“逗姑爷？”查查好奇心爆棚。走到通往努努大爷爷家的那条路上，就只见有辆农用拖拉机，突突突地慢慢往前开。查查纳闷，现在一般都有小汽车了，最不济的也有小面包车，怎么还有使用拖拉机奔丧的？努努就指点：“只有用这拖拉机，那姑爷的祭礼才能展示得充分，看姑爷的祭礼，要么赞叹，要么数落，也是村民们的一大乐子！”能有什么乐子？努努就提示他：“看呀看呀，看见那大笸箩了吗？”查查看见了，拖拉机后斗上放着好大一个藤编的笸箩，笸箩里是大瓷盘装的供奉，一样是四方的肥厚的带皮的猪肉，一样是整只的烧熟了的公鸡，一样是整只的烧熟了的肥鸭，一样是整条的做熟了的大鲤鱼，一样是堆得老高的大盘点心，一样是堆得老高的大盘时鲜水果，这六样供奉获得了周围人们的夸赞。有的就议论，昨天那个侄女姑爷供奉的鸡和鸭要小一半，这个姑爷供奉的水果里有大菠萝大柚子，那个姑爷就只拿些个便宜的苹果梨来应付……努努提醒查查：“你要看笸箩里铺的是什么啊！”踮起脚看，周围有人赞叹：“这个姑爷好！红扑扑一片，不像前头的姑爷，不过是绿花花，更有黑乎乎的！”原来，当地习俗，姑

爷上祭的笸箩，底层要铺满人民币，黑乎乎就是全拿10元的来铺，绿花花就是全拿50元的铺，这位大孙女姑爷，铺的可全是红扑扑的百元大钞啊！有的老年妇女，那赞叹的表情语气，也就透露出其心声：“我百年以后，姑爷要也能对我这么好，就准定上西天啦！”后来查查问过：“把几种不同币值的钞票混合铺垫不成吗？”努努就严肃地告诉他：“不允许！”为什么不允许？这些民俗中的约定俗成，是怎么演变、凝固的？

272 那姑爷大概三十多岁，原本穿的西服革履，进村后就有料理丧事的人士给他戴了孝帽扎了孝巾，套了孝衣，查查现在能从孝帽后面飘带看出来，这个孝姑爷的双亲还都健在。孝姑爷跟在那拖拉机后低头缓步前行。不用问努努，眼前所见，充分诠释了婚丧中逗姑爷是怎么回事。也不知何时，一群中年妇女，大妈大嫂，乐呵呵地涌到了拖拉机后头，有的互相推搡，把别人推得撞到那姑爷。那姑爷踉跄一下，努力站稳，再往前走，跟姑爷相撞的妇女就发出抗议的尖叫，周围的人就拍巴掌起哄。又有被推撞到那姑爷的，发出的叫声与其说是抗议，不如说是快意，人们的起哄声更响亮了。更有的大婶大嫂，故意从身后拉拽那姑爷腰上扎的腰带，让他不得不后退，甚至于把那腰带拉松脱落。那姑爷忍耐着，退几步，再进几步，腰带松脱了，就自己再扎紧。而在这个过程里，努努大爷爷家门口吹打的，就持续地为逗姑爷伴奏，那两位原来唱戏

唱歌的妇女，就分别跟打镲的和弹电子琴的男子，形成两组，拉开距离，右手食指耍起带穗的方手帕，表演起了二人转。那些唱词、动作，也许达不到色情，却十足情色。这时聚集在院外村路上的人群稠密度达到极点，以至有因为挡住视线、踩到脚面发生口角的现象。查查憬悟，把丧事办得像一场嘉年华会，令许多平时的禁锢松绑，人们大放松，大快乐，怪不得叫作白喜事呢。

273 那是丧事中最后来到的一位姑爷，终于那拖拉机停在了努努大爷爷家门口，人们闪开一条路。有两位孝孙把车上的大笸箩抬进院内，笸箩里的供奉被运送到正房里灵柩前。笸箩里铺的百元大钞有管事的人收起，马上就加以数点，报出的数目引出一片赞叹，记账先生也就记入账目。这时门外的演出戛然而止，只听进入院里的孙姑爷放声一哭，引出一片哭声，颇有呼天抢地的感觉。努努彼时也入院跪哭。查查仍在院外观看，只见拖拉机开走了，却又来了一辆小型吊车，停在了门外。原来，那吊车是租来吊灵柩的。这时院外的那两位唱戏唱歌的妇女，进入院内，人们开始用滑轮车将努努大奶奶的灵柩，也就是棺材，先从屋里运到院里。那两位妇女，原来最重要的职责，还不是唱歌唱戏表演二人转，她们在这关键时刻，担当起号丧的重任。只听她们以难以譬喻的女高音，哭丧出以《十叩养育恩》打头的一系列传统丧曲，撕心裂肺，痛不

欲生。她们的号丧，一直伴随棺材又被滑轮车移到院门外，吊车把棺材叼起来放稳在吊车平台上，这时院里穿孝的人悉数鱼贯而出，形成一支浩荡的队伍，但并不马上出发，只见有人抬出大祭桌，上面是选出的最好的祭品，摆在棺材正前方。哀属们按司仪指挥，或单独一人，或二人并列，或三四人一组，陆陆续续到祭桌前面对棺材跪拜。等该跪拜的全都尽礼了，大祭桌移开，号丧中止，司仪宣布“起灵”，便听道路前方鞭炮开路，脆响齐振，首席孝子举幡摔瓦，带头朝村外墓地走去，那吊车也就成了灵车，灵车上的棺材盖着红绸大罩子，一边绣着龙，一边绣着凤，鞭炮一直连响，烟雾阵阵，浩荡的送葬队伍前面已经出村，后面才刚开始起步。查查伴随努努，插在队中一起往前。查查头脑里疑问多多：不是禁止土葬吗？怎么努努大奶奶并不火化，直接土葬？不是孝子应该摔盆吗，现在一个陶盆一个瓷盆才几个钱，为什么是摔瓦呢？在这个环节上为什么要吝啬？龙和凤的形象在过去时代不是只有皇家才能使用吗，现在这位大奶奶的棺材罩上怎么使用了龙凤图案？……

274 送葬队伍终于到达墓地。那墓地离村大约二里地，村外无风景可言，农田里是些还没长高的玉米，孤零零这里那里有几棵树。墓地那里有片杨树，松柏有几棵，不惹眼。墓地已经存在很久，有的老坟墓碑挺高，有的新坟很讲究，小围墙环抱，高大石碑顶上居然雕的二龙戏珠，说明那家人经济

上很强势，但对传统文化并不内行。努努大奶奶的墓穴在坟场东北角，已经挖好，首席孝子跳下墓穴，拿着笤帚簸箕，转圈象征性地打扫一番，扫毕，被拽上来，送殡的人们分几层围跪到墓穴周围。司仪宣布下葬，鞭炮又密集响起，吊车缓缓将棺木放进墓穴，放妥后，解除棺木上的绳索。司仪再宣布致告别礼，众人再磕四个头。司仪宣布圆坟，大家起立，大孝子带头，按序围着墓穴弯腰往墓穴里拨土。整个过程里大孝子要持续痛哭，以哭哑嗓子引人们赞叹，众人都跟着哭，哭不出来就像努努那样认真地呜呜呜呜，之后会有专门负责填土的把坟填好直到从不远处再挖土来垒起坟头。司仪宣布圆坟结束后，大孝子带头脱掉孝衣，白花花脱了一地，就有人来一一收走。原来，这些孝衣全是租来的，租赁方拿回去洗了晾干，还可再出租。脱掉孝衣以后，查查发现有些妇女立即朝村里狂奔，努努告诉他，那是流传久远的风俗，就是孝属中的儿媳妇，特别是大儿媳妇和二儿媳妇，谁先跑回举丧的老家，谁家就一定会过上好日子。跑动的儿媳妇还需要留用孝服上的白腰带，一头按在肩膀上，一头拖在地上，仿佛拉动什么东西，那姿势叫作“拉福”。

275 一群媳妇气喘吁吁跑回努努大爷爷的院子，有几个就都宣称自己是第一个跑进大门的，但难以裁判，因为努努大爷爷也跟着出殡去了，但他自始至终不必下跪，他是慢慢走回去的。查查跟着努努不慌不忙地跟了回去。院门外的凳子上放了一个笸箩，里面是些掰碎的蛋糕，努努告诉查查必须吃一块，据说吃了可以去掉墓地的晦气，还可以壮胆。查查说："饿呀，能不能多吃点。"努努说："不可以，那就违规，不吉利了。"查查问："哪里有麦当劳、肯德基？"努努笑："县城都没有，五十公里外的市里才有。"建议跟他进去吃大锅菜。查查跟进去，闻见一股诱人的气息，原来有雇来的厨子，在租来的灶具上，用大锅烹制出了杂和菜，人们取用租来的碗筷，去领取那杂和菜，到租来的餐桌那里，自由组合，坐租来的长条凳上，吃那晚餐。每个餐桌上都放好了一笸箩白馒头，随意取食，查查要找餐巾纸，哪里有，努努就跟他说："没事儿，不干不净，吃了没病。"查查饿极了，就着馒头吃那杂和菜，咦，居然极其味美。那菜用四种食材烹制：白菜、猪肉片、粉丝、豆腐皮。吃得好香，呼噜呼噜干掉一碗，问："还给第二碗吗？"努努说："当然，只要你吃得动，盛多少次菜啃多少个馒头，都没问题。"查查果然又去盛了一碗。吃完，努努去跟大爷爷大伯二伯等告别，礼毕，查查跟努努说："我要再跟你爷爷见个面话个别。"努努说："那又何必？我已经跟他手机里告别了。咱们赶路要紧。"查查只好说："是为了去你爷爷家方便。"

276 回到邮轮，那二朵跟马自先抱怨，米克洛斯岛的美景，本来应该嵌在脑海里，成为可以反复咀嚼的审美乐趣，可是你那个什么侄孙，我还叫他渣渣，分明是个渣男，往你微信里狂发那么多丑陋的照片，还有视频，对我眼睛和心灵都是个极大的伤害！你把那些恶心的东西全删了！你应该只给他一个回复：STOP！就再别理他！马自先责备自己，这些个照片和视频，自己看也就罢了，怎么在米克洛斯岛的天棚咖啡馆，查查不停地发，也就不住地递给那二朵看呢？确实难怪那二朵反胃。那二朵去卫生间洗脸，他就大声宣布："跟他发警告STOP了，都删了！明天我们要去更美丽的一个岛，圣托里尼，要好好享受眼睛心灵的盛宴！"

277 其实马自先并没有删那些照片和视频。查查说发给他是供他写作参考，那应该确实是个动机，但是，查查以前何曾热心地给他提供过写作素材？所以，促使查查这么做的更主要的心理动力，是在乡村丧事中对看到的，有所震惊，有所不解，有些心乱，有些气闷，找不到更好的倾诉、发泄、质疑、求解的渠道，就"病笃乱投医"，往叔公马自先这里，倾泻那么一大堆照片和视频。说实在的，马自先首先感到欣慰，就是查查这么个比自己晚生半个世纪的新一代，终于不再鄙夷自己，不但不再抗拒对话，反而主动示好，愿意交流，这很难得！再，虽然对于查查报道的这些，马自先并不少见多怪，但是，这些情景里的诸多细节，还是令马自先跟查查一样，产生出强烈的探究欲，比如那一跪一片，跪了又跪，怎么中国人就那么爱跪呢？即使不爱跪，比如查查的哥儿们努努，身临其境时，也就认同，并且参与那双膝下跪？跪祖先，跪长辈，跪亡灵，这也罢了，怎么有时候还跪衙门，跪官员，跪老板……跪是屈辱自身的一种肢体语言，确实可以跟查查、努努这一辈，坐下来心平气和地探讨，能不能从他们那一代起，人与人之间，无论什么场合，无论对谁，都舍弃掉这样一种肢体语言呢？

278 从米克洛斯岛返回邮轮的旅客，都很愉快，而且对第二天将去观览的圣托里尼岛，都极期待，因为都听说，那圣托里尼岛，比米克洛斯岛更漂亮，更神奇，更富于诗意。邮轮离开圣托里尼岛以后，要在海上巡游两天，才到达下一个观光点马耳他，因此，泳池游泳呀，购物街购物呀，赌场试手气呀，酒吧消磨呀，船上攀岩呀，船上高尔夫呀，等等，都大可利用那海上巡游的大把时间。游客们都打算早些吃晚餐，早些休息，以便第二天一早精神焕发。因此，去免费点餐餐厅的游客人数大减，自助餐厅里不免有些熙熙攘攘，座位紧张。龙秉谦妻子想把自己的随身包搁到一处空座位先占个座，再去拿吃的，又怕眼错不见，那包被人顺走，就且将那包挂在身前，催老公快点取东西，先去占座，自己端着盘子，去寻觅最喜欢的食物。忽见那边有服务员刚刚往银色食柜里倒下一大盆红灿

灿的海虾，哇，前些天都没见到过这样的烹虾啊，在自己所住的城市，餐馆里这样的烹虾，点一盘得上百元人民币啊。赶快抢步过去，却已经有几个人在排队夹取，本能地加塞，没想到听得柔柔的一声：“还是按顺序吧。”原来那同团的林女士排在了前面，只好怏怏退后。临到自己，也不用那不锈钢阔嘴夹子夹虾，径直用自己手中的那个盘子，使劲往食柜里下探一扤，舀出一大盘烹虾，盘边滴出红油，端着，去找老公，找到了，是跟另外的人拼桌。龙秉谦一看妻子放下的盘子，再看了看拼坐一桌的两位老外，脸有点发热，小声责备：“你怎么拿这么多？光吃这虾吗？剩下可不好啊！”妻子这才意识到，确实失态了，心里说，哎呀，经历过缺吃少荤的日子啊，见了烹虾，也就顾不得许多了，忙说：“你多吃，多吃。”又微笑着推推盘子，跟那两位老外表示：“请用。”人家没什么反应，龙秉谦就跟她说：“不带这样的。人家的饮食习惯，是不吃别人盘子里东西的。”妻子很不高兴：“就你知道得多！”看看那些虾，也觉得实在太多，何况自己也还想再吃别的，就说：“反正还没动筷子，我折回一半去吧。”把龙秉谦急的：“别！那更不妥！”

279 领队小张回到自己底舱的舱房，同舱房的那个按摩师还在店里没有回来，他赶忙冲了个澡，本打算例行地跟妻子微信互报个平安，就抓紧睡觉。他在这条邮轮旅游线路上带团已经是第五次了，真是了无新意。若说有点新意，也无非

是发生了宙教授挨打事件。这件事旅行社无责，他也无责，宙教授上了保险的，相关事宜他夫人跟保险公司交涉就是，此事他无须放在心上。妻子是同行，前些天也在带团，是韩日线的，现在应该在家里。他还没呼叫妻子，妻子先呼叫了他，一视频对话，顿时傻了。

280 妻子问他："你动过咱们的金条吗？"真是匪夷所思，此话何来？他和妻子满妮都是学旅游外语的，他是英语系的，妻子日语系的。他的第二外语是西班牙语，妻子的第二外语是韩语。原来他们都是旅行社在编的雇员，后来经验丰富了，旅行社也不愿养太多雇员，他们就都辞职成了海外游领队兼导游的自由职业者。旅行社卖出了旅游产品，通知他或她做领队兼导游。原来旅行社只派领队，到了旅游目的地在当地雇地陪，也就是导游，与领队对接，现在也还有那么运作的。但旅行社渐渐发现，雇小张、满妮这样的自由职业者，一团一签，一次一付，比把他们养起来，按月发放基本工资，出工领队再给补贴，年底再给奖金，再上三险什么的，既省事，也省钱。而且他们路线熟了，一切方面都很在行，油子了，还雇什么地陪，他们可以既是领队，也兼导游，这样一身二任，多数游客也认可。对于小张和满妮来说，脱离旅行社编制，自由度大增，想歇就歇，想多挣就多接活儿。由于在业界口碑好，不同的旅行社都会约他们带团，电话打来，都很客气，"还有没有档期呀？”是必跟他们寒暄的。尤其小张，约他，有点“拉郎配”的味道，这也使得他有要价的底气。原来带一个这样线路的邮轮旅游的团，一天按两千元跟他结账，现在，他要价一天两千五，有的旅行社也爽快答应。这次他更要了一天三千的价，旅行社为什么舍得？因为原定带团的那位领队，小张也很熟稔的。前半个多月也是这条线，带的团到了西班牙巴塞罗那，刚住了一夜，第二天酒店门前集合，那领队还在嘱咐团友们注意拿好自己的东西，一群路人从他们等候旅游巴士的人行道掠过，那领队一激灵，哇，原本挎在一边肩膀的男士包，竟然不翼而飞！赶忙朝那群路人的背影猛追，早拐过街口，冲过街口，哪里还有影子！所幸当时还没把旅游团游客的护照收来装进那包，但他自己的护照、美元、欧元全都丧失！他只好紧急通知国内旅行社，那边连忙跟巴塞罗那的关系户联系，临时请来一位已定居巴塞罗那的、曾是旅行社雇员的女士，来替代他。而那倒霉的领队，第一，需要赶紧在附近街区搜索垃圾桶，因为根据经验，那些盗窃者只会要你的金钱及值钱的物品，护照他们是一律不要的，会扔进垃圾桶；第二，如果不能侥幸找回护照，那就赶紧与中国驻巴塞罗那领事馆取得联系，报案，补办护照；第三，赶紧借钱住进最便宜的小旅店，熬到旅游团下邮轮返回巴塞罗那，再跟临时领队交接，带队回国，回国后不但要自负全责，丧失几乎全部佣金，甚至还需倒赔旅行社一些钱才能了事。原来预定隔一周再带的团，只好让出，旅行社另约了小张来当领队。

281 按摩店这天客人很少。估计第二天也不会多。以往走这条线都这样，因为连续三天登陆美景，游客很少有愿意放过的。但再过一天，下面两天，生意会火爆，因为是连续的海上巡游。华瑞生准时打烊，去职工食堂吃了饭，坐电梯到达底舱宿舍。每次他回来，旅游团领队张哥都已经入睡，这天拿卡划开门，却发现张哥穿着衣服，似乎还没洗澡，坐在铺位上发愣，这让他多少有点吃惊。华瑞生招呼："张哥，吃过啦？累吧？早点休息啊！"张哥仿佛这才发现他，从自己的心事里暂时退出来，也跟他打招呼："今天下班早啊。你先冲澡吧。"又没话找话，"对了，发生在你们按摩店旁边的洗手间里，那桩打人的事情，听到什么新消息吗？"华瑞生告诉他："听说希腊警方也就是去问了问。你报警嘛，人家总得有个回应，其实人家已经告诉那家人了，邮轮在公海上，不归他们管辖。我们邮轮嘛，没有警务部门，发生这样的事情，也没办法破案。看来那家人只能找保险公司啦。"张哥就附和着说："是呀。那两口子买了保险的。算是意外伤害啦。邮轮方面和我们旅游公司方面都可以出证明，保险公司会理赔的啦。"华瑞生边脱衣服边说："这事倒把我吓一大跳。好在没人怀疑我。现在那个洗手间暂停使用啦，其实本来也没多少人进去。今后它再开放我也不会去啦。"脱光以后，说声："我先冲啦！"就钻进那狭窄的卫生间去了，接着就听见"哗哗"的流水声。

282 原来领队小张着枕就能入睡，这晚他却失眠了。那边铺上的华瑞生打起呼噜来。在华瑞生那呼噜的伴奏下，小张的思绪起起伏伏。他家原本很安稳、和谐、恬静、舒坦，没想到，这晚妻子满妮跟他报告出的情况，打破了平衡，搅乱了一切。

283 小张和满妮是在上大学时交上朋友的，毕业后分别在两家旅行社工作。小张父母在他很小的时候就双亡，是他当干部的姑妈把他带大的。姑妈一直未婚，后来去办理了他作为姑妈过继子的手续，他就把姑妈唤作妈妈。他对妈妈非常孝顺，但不幸的是，他刚从大学毕业，还没来得及带妈妈出国旅游，妈妈就突发脑溢血去世了。悲痛之余，应该说大不幸中又有大幸，就是妈妈给他留下了一套地点非常黄金、面积也不小的单元房，还有不菲的存款，因此他虽是孤儿却难说命苦。他和满妮结婚，有现成的婚房，本无须岳父母有多丰厚的陪送，但岳父是个名气虽然不算大，却也总有人来买画的画家，岳母退休前是个三甲医院的护士长，你想他们嫁独生女儿，哪愿马虎，提出来，要给他们另买新楼盘的单元房。岳母说："新房新房，必须新，才叫房。"于是，小张等于是入赘到了满家，住进了岳父母为他们买下的一套地点虽然离市中心远了，却面积很大的新房。他和妈妈原来的住房保留，出租出去，租金非常可观。就是都不工作，光那租金，两口子吃喝也够了。岳父岳母跟他们住一个楼盘，只比他们买的早半年，不在同一栋楼里，但来往极其方便，是一种长辈和晚辈两个血缘家庭的最佳居住方式。后来儿子诞生，先雇了育儿嫂，后来雇保姆，有姥姥帮带，有姥爷疼，健康成长，上小学以后，他和满妮都已经脱离旅行社编制，成为自由职业者。只是他接活儿当领队兼导游挣钱，满妮基本上就是全职太太，每天忙着陪孩子写作业，又报了好几个课外班，英语和钢琴是重点。孩子也还听话，满妮和姥姥轮流接送上学，有时候姥爷也上阵，倒是小张接送的次数最少。几年里头，每逢假期，小家三口和姥爷姥姥一定一同旅游。家里买了两辆车，一辆别克小轿车，一辆汉兰达越野车，北京的景点游个遍，更开到过北戴河、承德、白洋淀等外地景点。寒暑假期间，更一起海外游，带过那么多的海外游旅游团，经验丰富，窍门不少，带自己亲人出游，自然安排得更加妥帖舒适。岳父母家那大冰箱上的冰箱贴，花花绿绿一片，记录着这些年他们出游的屐痕。都去过哪些国家和地区了呀？真是扳起手指头有点算不清了，以至现在岳父母经常说："算啦，不跑啦，跑不动啦，也看够啦！"

284 岳父住所有很大的画室。他是画水墨画的，山水风景、树木花卉都来得，也写字。前些时，还有二线城市新造的酒店，请他包下二百多幅大大小小的装饰画和书法作品，

最大的，挂在前堂、会议室，次大的，挂在餐厅包间，小的，挂在客房，乃至卫生间。据说那总经理偶然情况下，见到小张岳父的画作和书法，颇为欣赏，就拍板由小张岳父包圆儿酒店的挂画与书法作品，说这样风格统一，凸显他们宾馆特色。为此，专门请小张岳父到那酒店住了一个月，好吃好喝伺候，但是把大尺寸的画完写完以后，小张岳父就赶紧回到家中，说那酒店内装修的甲醛气息太伤人。他在家中画室，陆续画出写出那酒店的其余订货。这笔交易的酬金，自然相当可观。小张夫妇自身经济上也是强大的，并不觊觎老人的财富，再说，两位老人早就说过，他们走了，所有的一切，都留给宝贝孙子。按说那是他们的外孙子，但他们把小张视为亲儿子，小张早就爸爸妈妈叫得亲切，那孩子后来也就爷爷奶奶地叫。这两家人，其实早融合为一家人，过得幸福、滋润。

285 曾有人问过小张和满妮：你们经济上有实力，又都通外语，为什么不移民呢？他们也不是没动过心，主要是从孩子角度考虑。这边的教育已经形成了这么一种格局，孩子负担重，大人负担其实更重。但是满妮舍不得父母，父母只愿意走出国门看看，绝无移出国门的想法。他们在中国生活质量很高啊，特别是满妮父亲，他那种中国画中国书法，在中国这边还有点市场，到了国门外，有几个人认啊？何况二老都不会外语，外边的东西也吃不惯，水土也不服。好在到了这年，孩子上初中了，上的是设备一流的国际学校，上到高中毕业，成绩好，可以直升欧美名校，无非是要花费巨额的金钱。钱，对他们家而言，真不是什么大问题。当然，比起那些富豪，毕竟也还需要再挣些钱，多积累一些，心里才踏实。所以孩子到国际学校住校以后，满妮也就恢复了接活儿，挣韩日线旅游团领队兼导游的钱。孩子放假，开车接回来，全家要么一起到高档商场购物，要么到中高档餐饮店吃饭，要么一起开车到郊野野餐。和许多类似的中国大城市的中产阶级家庭一样，把都市郊野有点特色的餐厅和各处风景点，与同类一起，填得满满的。他们开出去的小汽车，总是把高速路变成灌香肠般的慢速路，乃至于变成大型长条停车场。

286 生活似乎会就这么平静甜蜜地流淌下去。没想到从米克洛斯岛回到邮轮，与满妮例行微信沟通，却忽起波澜。中产阶级的脆弱，小张性格的优柔，在这晚展示得淋漓尽致。事情是这样的：满妮带团归来，在自家补了觉，懒散一番，不免洗洗衣服，收拾收拾屋子。满妮有洁癖，而且往往达到强迫症的程度。这天她收拾屋子的时候，要换主卧大床床单，忽然发现，原来铺的那个床单，有一个角看去碍眼。满妮铺床单，总是像大酒店一样，要把两边和脚头那边，塞到席梦思床垫下面，弄得极其平整。这天却发现脚头这边一角，塞进的床单似乎被扯动过。那张大床，席梦思床垫是可以通过一个床架挡板上的按钮斜升起来的，升起来以后，就可以看到，下面有一个不小的空间，能够储藏一些东西。他们家没有置备保险箱，这个空间，两口子就权当保险箱，一些外币，一些万元一沓的人民币，小张舍不得戴的一只劳力士手表，都在里头。而且，满妮最看重的，是一个外表平淡的、本身不值钱的小化妆包，那里头，是她陆续从菜市口百货商场买进的金条，攒到如今，有十二根，每根都是300克的。这个“保险箱”，原来他们每月至少打开两次，多是往里头添放贵重物品，偶尔也会提出一些人民币或外币使用。半年前，小张使用那按钮时，不知怎么搞的，弄坏了，无论再怎么按，床垫都不能自动升起了，需要两个人合作，一个人抬床垫，一个人扶支撑架，人工支撑好了，才可以从中取东西。当然按钮可以修理，但自己修理不好，请人来修岂不泄露隐私，夫妻就达成共识：由它去！这样反而好，需要取放东西，两个人合作就是，而且操作困难了，倒能促使少往外取财，更有利于守财了不是？

287 满妮细细观察那床垫一角，觉得蹊跷，按那床架一侧的按钮，依然不灵，想了想，就搬来一把小椅子，儿子小时常坐的，奋力把床垫掀起来以后，一只手拼命使劲托住床垫，另一只手把那小椅子放进床垫下的空间，再放下床垫，床垫就被小椅子背顶住了，再把床垫下的支撑架搬直，床垫下的空间就展露无遗了，双手都可以伸进去拿东西了。先用眼扫描

一番，似乎没有缺少什么东西，但紧跟着就一激灵，因为老公的那块劳力士不见了！那块劳力士也没装在盒子里，就随便地挨边搁着。啊，装金条的化妆包还在，急切地取出来，只觉得拉锁没有封紧……难道？忙拉开，索性把里面的金条全都倒在卧室沙发上，一，二，三……原来十二根啊，现在怎么只有九根？又慌忙把床垫下那些装钱的大小信封都取出来，跪在地板上一一清点，六个信封里三个是装美元的，两个是装欧元的，都没有缺失，另一个最大的信封里混装着些英镑、日元、加元、澳元、韩元、新加坡元以及某些只具有收藏鉴赏价值的小币种纸钞，看来也没有人动过；又从那空间里取出装人民币的一个大纸匣，打开盖子，十沓白纸条封住的万元币都在……现金虽然都在，可是，三根金条，一块劳力士，加起来值多少？损失惨重啊！谁拿走了呢？不由得起来细细检查门窗，都不像有被撬开过的痕迹啊；难道是有那使用万能钥匙的窃贼，进来过？但如果是那种窃贼，又怎么会只拿走三根金条和一块名表，为什么又留下九根金条和许多的现金？再巡视家中各处，都不见少了什么……于是，满妮就想到，莫不是那天……

288 满妮的父母，多年来都雇有一个小时工，每天下午4点来二老住处，打扫打扫卫生，有时候洗洗衣服，主要是做一顿晚饭。原来的那个，因故回老家了，前两年又从家政公司那边招来一个，比小张满妮大个五六岁，二老叫她小樊，

小张两口子叫他樊姐。二老对她基本满意，小张两口对樊姐印象也不错。儿子上幼儿园和小学期间，满妮做全职太太，不雇阿姨。儿子上国际学校住校以后，满妮又开始接带旅游团的活儿，也用不着雇小时工，但是毕竟两口子都带团外出时，家里一锁门就是十天半月的，满妮就总觉得，还是有个人抽空去给打扫打扫好。父母那边其实也没有很多的事要做，于是，就跟父母商量，在他们那边事情少的情况下，比如说哪天不用洗东西，晚上二老也就想吃碗西红柿鸡蛋面，不费什么事，那么，就让母亲拿着他们这边的门钥匙，带着樊姐，到他们住的单元房，请樊姐给打扫打扫，也把请帮忙的事情，当面跟樊姐说了，还说可以按钟点另付劳务费。樊姐大声笑道："满妹说哪里话，你们对我都那么好，帮个忙费我什么事！我不要你再给钱！你要真再给钱，我还就不去了！"

289 这次之前，樊姐已经去给打扫过一次。那次打扫以后，满妮记得还曾跟老公一起掀开过那大床的床垫，往里面放进过美元和欧元，没发现什么异常。问题一定出在这次，算起来，是五天以前，也就是满妮带团回家的前两天。母亲和樊姐进入他们住的那个单元房以后，母亲还坐在客厅沙发上，用一个屏幕很大的iPad，也就是平板电脑，跟她微信视频，告诉她："我们到你家了。你放心吧。"那时候满妮正忙，也顾不得多说，回两句："谢谢妈妈，谢谢樊姐。"也就继续忙带团的事务。现在细细推敲，偷走金条和劳力士表的，樊姐嫌疑极大。他们居所的客厅，长沙发摆放的位置，紧靠客厅和卧室隔墙，卧室的门，在沙发一边扶手的旁边，人可以坐在沙发上看对面的电视，满妮母亲每次来了，总爱坐在沙发离门远的那个扶手一侧，倚个大靠枕。在那个位置，绝对看不到卧室里的情况。那个iPad，是头年女婿送给岳母的生日礼物，满妮的母亲得到后爱不释手，而且很快学会了一些技巧，最喜欢做的事，就是把所储藏的孙子照片，加以美化，再加各种装饰框，配上甜蜜蜜的文字，自我欣赏，拿给老伴欣赏，再传给女儿女婿，特别是传给在上海的妹妹。那个妹妹，也就是满妮的小姨，就会及时点赞，“好可爱么么哒”是常用语，还会挂上许多表情包，撒出许多花瓣儿。满妮母亲和小姨，又有一个共同的爱好，就是都能唱京剧，唱青衣，追求张（君秋）派的声腔。两姐妹都有iPad，会通过视频，各自展示才艺，光是《状元媒》里“自那日与六郎阵前相见，行不安坐不宁情态缠绵”一段二黄原板，各自就用伴奏带录了不下三五次音频，交换收听后互论短长，又讥评一番张派传人王蓉蓉和赵秀君，反正人家也听不见，姐俩就咯咯咯笑个不停。可以想见，五天前那个下午，母亲带樊姐去了女儿女婿家，一定也是往沙发离卧室远的那边扶手旁一坐，任凭樊姐抹灰拖地，只是忘我地玩iPad，跟小姨切磋张派唱腔。樊姐进入卧室以后，听得到满妮母亲开心的对话声清唱声欢笑声，也就可以趁机放心作案。樊姐是在若干中产阶级家庭做过小时工的，现在也还一天转换四家，有的床铺，床垫下面有收藏东西的空间，她应该是心中有数的，也知道按一个按钮，那床垫便可升起。应该是，她先试图通过按那按钮升起床垫，没有成功，就用手去掀开那床垫。她毕竟是干体力活的人，掀起可以支撑得比较久，把底下看得比较仔细，应该是看到了那劳力士表，但是毕竟客厅里坐着个老太婆，她也就不可能很从容，放下床垫后，又不甘心，就一手再抬床垫，一手伸进去摸，先摸到那块表，塞入衣袋，但她毕竟并不懂表，不满足，再摸，就摸到了那个化妆包，拉开拉锁一看……她没有拿走整袋金条，只摸出三根，装入衣袋，慌忙复原，但一是没有把化妆包拉锁完全拉拢，二是没有把铺在床上的床单彻底塞妥帖，结果引出了满妮的怀疑，发现了失窃……但这些，都是估计，是猜测，要指控樊姐，真凭实据是什么呢？

290 面对失窃的事实，满妮精神几乎崩溃。破财固然痛心，更令她惶乱的是，首先要去询问母亲，实际上也就是不能不去责怪母亲，您怎么就那么大松心，只顾坐在厅里沙发上玩iPad，怎么就一点也起不到个监督的作用？如果母亲不承认是只顾坐在沙发那里玩iPad，导致了这次失窃，岂不是母女俩就得争执起来？满妮和母亲，已经多年没有争执、抬杠了啊……那么，把这事暂时遮掩起来，不去跟父母说，岂不是又纵容了那姓樊的？想到那被自己昵称为樊姐的女子，还要继续到父母居所去，她既然敢偷窃这边的东西，那么，父母那边的贵重物品，她会放过吗？说不定，她早下过手，只是父母还没有觉察罢了！这么多日子，两家善良人，竟是引狼入室而浑然不知，心里又痛又麻……那么，是不是到派出所报案呢？事发五天，今天或明天报案，应该还不算晚，但是报案，就必须让母亲出面说明当天当时的情况，而心性质朴直拙的母亲，恐怕又并不能拿出过硬的证据，来坐实姓樊的那恶劣行径。很可能，派出所只是让母亲和自己诉说一番，做下笔录，完了还得按手印，却并不去约谈姓樊的，即使约谈，姓樊的坚决不承认，又其奈她何？

291 满妮就先跟老公微信沟通。她唯愿是老公承认取出了劳力士戴上，又取出了三根金条，但老公分明是先于她出发去带旅游团的啊，戴的是块西铁城表。他上邮轮，拿出金条做什么啊，再说，老公动用那床垫下的东西，一定会知会她，更何况，弹起床垫的按钮坏了，老公就是要拿东西，也需要她一旁合作啊……果然，老公吃惊得脸都变了形，但是老公只会说："怎么会是这样？""万万想不到啊！"对于要不要去问妈妈那天的具体情况，要不要去派出所报案，如何对待那个依然以小时工身份每天都要进入爸妈家的樊某人，是找她摊牌，还是只把她辞退……老公居然没有一点准主意，一会儿义愤填膺："当然要把她扭送！"一会儿哀叹："又没抓到现行，她死

不认账，能把她怎么样?”一会儿又回避事实：“再仔细想想，会不会是别的人偷的呢?”还发出惊叹：“爸爸那天竟然还赞助了她一万元啊!”

292 满妮不得不去报告父母。母亲果然惶急，父亲不由得责怪老伴：“你到了那儿，沙发上一靠，肯定又是玩iPad，怎么就不站起来走动走动，多少起点监管作用呢?”母亲不禁哭了：“我怎么知道她是个小偷呢?”父母就都回忆起来，那小樊几次说起，她曾帮的一家，是双职工，对她非常信任，把一把门钥匙交给她，她可以自己开门进去，做好饭。那两口子，包括从学校接回的孩子，进门就有热乎饭吃。父母也曾商讨过：我们要不要也配一把钥匙给小樊呢？最后达成共识：没必要，还是只给小樊配了一个进楼门的门卡。按小樊的逻辑，让她去满妮家打扫卫生，把钥匙交给她就是，又何必由满妮母亲拿着钥匙一起过去？小樊要求他们彻底信任，他们，按说也确实应该用者不疑，疑者不用，没想到，却出现了这样的事情！那么，再仔细推敲，所丢失的名表金条，会不会是另有窃贼呢？那是怎样的窃贼呢？怎么进入单元房的呢？为什么别的地方，比如说五斗橱、书桌、梳妆台等处的抽屉，里面也有点值钱的东西，满妮的一些金的、珍珠的项链，一些金戒指、翡翠挂件、施华洛士奇人造钻石手镯等等，经查，毫发无损，可见不是用万能钥匙开门进来，若是那样的窃贼，一定会撬开、翻腾更多处寻财，对床垫下的东西也不会只拿那么多，一定会洗劫一空……越推敲，就越觉得一定是小樊犯案，特别是，母亲回忆起来，她坐在那里跟上海的妹妹iPad上视频交流，一段唱腔完了，也曾起立，走动几步，朝卧室里发问："小樊，你怎么还没收拾完卧房？那里头能有多脏啊？"小樊就回应道："完了完了，马上就完。"然后就拿着抹布出了卧房。满妮就追问："她神色正常吗？"母亲说："有什么不正常的？就是她不正常，我也瞧不出来。后来她还站在餐桌边，跟我聊了一会儿，左不过还是他儿子成亲那点事儿。"父亲就说："如果真是她，那到今天，作案已经好几天了，她还来收拾屋子洗衣服做饭，神色自若，没什么异常啊！也许，咱们真是错疑了她？"母亲却一下子坚定起来："不是她，那是我啊！真可怕！她今天刚走，明天还来，我们就这么容她在咱们家晃悠吗？她做的饭还敢吃吗？"

293 其实这桩失窃案的最受伤者，是满妮的父亲。那小樊每次来做事，一般都是满妮母亲接应，父亲要么打个招呼，要么在画室忙自己的，到餐桌摆好饭，听见呼唤才出来。满妮母亲跟小樊过话，父亲多半只是听着，偶尔插上两句，直接跟小樊交流，很少。满妮父母平等待人，小樊似乎也很满意，相处是和谐的。但满妮父亲和小樊，发生过一次不快。满妮父亲的画室，三面都是高大的橱柜，柜顶上也放东西，柜子上半部有玻璃拉门放书，下半部则是一些闭合式双开门，里面放些只有他自己清楚的东西，连老伴也不会去开门窥视取物。那天满妮父亲不知要找什么，总没找到，把橱柜下面一溜柜门全敞开了。那时候小樊已经来做事，电饭煲煲着米饭，待炒的食材在厨房备好，照例要先把全单元房地面拖一遍并用抹布擦擦桌面等处的灰，然后再去炒菜。满妮母亲一边坐客厅沙发玩iPad，一边嘱咐小樊："画室今天你就别进去收拾啦。"可是那小樊，最后还是闯进了书房，拿着抹布就蹲下去擦橱柜下方一处敞开的空间。那时满妮父亲正在书案前挥毫，发现了，大怒，不是冲着小樊，而是走出画室到厅里质问老伴："你怎么回事？跟你说了谁也别来我那儿，怎么偏来？"老伴这才放下iPad，去到画室责备小樊："咦，我刚才不是跟你说了吗，老爷子这儿不用收拾的！"但小樊已经抹到了第三处地方，听到责备才站起来，解释说："哎呀，我以为是别拖地了，我看这柜子里露出的边上，灰挺多的……"满妮父亲就暴躁地跺脚："灰多也不用你擦！"小樊也就离开去厨房炒菜去了。满妮母亲就温柔劝慰："多大事儿，值当你生这么大气啊。"离开画室，虚掩了门。满妮母亲到厨房跟小樊解释："艺术家都有点子怪脾气，他们的东西，容不得别人乱看乱动的。你别在意啊！"小樊说："我是看见灰就想擦。今后一定不会啦。您说哪儿先不收拾，我就一定不过去。"到吃饭的时候，老爷子主动跟小樊道歉："刚才我不该跟你发火，你也是好意。"小樊就爽朗地笑："是我不对！那话怎么说来着？画蛇添足，是吧？您别跟我乡下人一般见识，我再不敢啦。”

294　那件事过后，满妮父亲跟小樊过话多了起来。老爷子可能是想通过与小樊交谈，进一步化解那天失态在双方心理上造成的阴影；小樊呢，对老爷子跟自己话多起来，挺高兴的。小樊那半年来，经常叨唠的，是她儿子的亲事。满妮母亲听得最多，情况也最清楚。后来满妮父亲也对其事有了清晰轮廓。就是小樊和她老公虽然是进城的农民工，她当小时工，老公在一处大写字楼当地下车库管理员，是这大都会里最艰辛的群体中的成员，但他们对于自己的独生子，培养供应的标准，却拼力与都市中产阶级取齐。那孩子也算孝顺，很争气，考上了大专，毕业后在省城换了数次工作，为了让儿子找到对象结成婚，小樊两口子自己俭省之极，头年在省城二环外给儿子买下体面的两居室商品房。儿子最新的工作还不错，工资不算低，但加入了月光族，衣服鞋子挎包什么都要品牌货，自己绝不做饭，要么跟同事下馆子，要么在住处手机叫餐。所住的那商品房，首付是父母出的，月供也是父母划账，还提出要买车，也确实需要买，因为只有房车俱备，才会有女子嫁来。小樊夫妇负担之沉重，自不待言。小樊每天来到满妮父母家，已是第四站了，满脸疲惫。满妮父母知道她辛苦，对她也不苛求。虽然辛苦疲惫，但是小樊还是愿意插空聊起他儿子娶媳妇的事情。她和老公，对这次儿子搞定的对象，十分满意，婚事决定大办一番。聊起来，他们处处高标准，比如在准备待客香烟这桩事上，那天满妮母亲参加社区票房活动区了，只满妮父亲，那老画家，坐在客厅沙发上小憩，小樊就一边拖地，一边跟他吐露心事，说是为香烟的事情发愁啦！他们什么亲戚，前年办喜事，备的烟才二十元一包，而且数量不足，婚宴散了以后，所请车队要把至亲好友分别送回去，这时候应该再给各位司机一包烟，却给不出了，招来抱怨、讥笑。他们两口子那次参与婚宴回到家中，就发誓，自己儿子办喜事，绝不能那样丢人！但是现在掐指一算，他们回去张罗喜事，先要去女方父母所住的那个县会亲家，那亲家人丁旺盛，见了亲家中的男方，就得敬烟，到了会亲席上，更是每位男宾需敬一包烟；儿子娶亲，考虑来考虑去，还是在自己老家所在的县里饭馆办，若在省城办，还需为亲家及一些自己家的亲戚付住店钱……但烟钱是万不能省的，在县里饭馆办，怎么也得三十桌，每桌先放两包烟，送亲车队十二位司机来回每人两包烟，机动烟怎么也得备三十盒，哪能用二十块一包的烟，必须挣足脸面。那就得全是中华烟，中华烟硬包装五十五一盒，软包装七十一盒，来客都懂行啊，你都中华了，全是硬的，岂不还是招人笑话？狠狠心，全软，那么，一百五十盒，就得一万块出头……老画家不抽烟，不清楚香烟的行情，听得晕头转向，但是，心里有几分感动，就是一个农村妇女，为了儿子幸福，到城里来做小时工，一天跑四家，省吃俭用，克啬自己，成全娇儿，母爱啊！再，那天跟她发了火，愧疚未消，正巧前几天那请自己包圆儿装饰字画的酒店，划来一大笔报酬，这天刚从银行里取出了十万现金。想起京剧《锁麟囊》里富家女薛湘灵的唱词“我正富足她正少”，便去画室橱柜里取出一沓万元人民币，递给小樊说：“你儿子娶媳妇的烟钱，我赞助！”小樊先是不接，惊讶地说：“哎呀，我叨唠这些，可不是跟您要赞助啊！”老画家就说：“怜贫济困是人道，哪有个袖手旁观在壁上瞧！”其实也是京剧《锁麟囊》里的唱词，小樊也听不明白，但老画家既然执意要给，也就把钱接过去了，连声道谢。第二天来了，又代表她老公致谢，说：“真是遇上大善人了！我们以后一定要报答！”满妮父亲此举，老伴、闺女、女婿知道后，都不以为唐突，在有能力的前提下，以己所余，补人所需，是人生一大快乐啊！

295 但是万没想到，就是这位小樊，成为偷窃满妮家名表金条的嫌疑犯。早有“升米恩，斗米仇”的古话啊！事发以后，满妮父亲先顿脚失悔，满妮母亲又滴下眼泪。满妮分析那樊姐心理，那天去收拾自己家的屋子，开头也许并无偷窃意图，但是看到卧室那样的床铺，就知道床铺下必有隐秘空间，而老太太又活得那么滋润，只顾在厅里拿着平板电脑，跟什么人比试唱戏，自己无妨探视一下床铺底下，一试，哇呀，先见到一块表，她也不懂表，先抓起来塞兜里，可能都把那床垫放下了，只听厅里老太太咯咯咯地乐，那就再抬起床垫，再

抓，就抓出了那个放金条的化妆包，见了金子，眼睛一定就辣亮了，贼心一定就膨胀了，也许那一刻厅里的老太太咳嗽了一声，就赶忙摸出三根，慌张复原。那老太太也确实从厅里发话：“小樊，你怎么还没收拾完卧房？那里头能有多脏啊？”这才放弃进一步的偷窃。当时她的心里一定有这样的想法：他们家真有钱啊！我不过叨唠了一阵办婚事香烟钱吃力，人家眼都不眨，转身一赞助就是一万，既然那么有钱，我拿他们一点财宝算什么？又不伤筋，又不动骨的。老画家心灵却深受伤害。满妮和父母一起，等于开了个紧急家庭会议，当务之急，是如何对待这姓樊的？还让她继续来做事？明天来了，干脆直截了当地问她拿没拿？打110？去派出所报案？……一筹莫展。最后，竟是由满妮给她发了个短信：“因父母明天动身去外地，你不用来了。”她会是什么反应呢？会回短信甚至打电话问：“去多长时间？我什么时候再来？”甚至问：“那我这月六天的工资什么时候给我？”或者，她知道偷窃行为已被发觉，好在这家人拿不出证据，能怎么样呢？这通知就好比软弱退让，顺水推舟，回个“好吧”，或者竟干脆不回。但就在满妮发出短信两小时之后，人家回复了，是这样的：“祝大爷大妈一路顺风。妮妮那边要我做事吗？可以随时叫我啊。”满妮还敢叫她来做事？哎，人心难测……

296　满妮一家倒好像自己做了什么见不得人的事。

跟人家说去外地，但那姓樊的女子骑个电动车，她去那几家做事，会路过满家住的楼盘。老画家倒深居简出，满妮她妈是要上超市买东西，要去马路对面社区活动中心参加京剧票友活动的，万一遇上，自己就成了撒谎者！又想起来，那姓樊的曾经说过，她自己的两个兄弟，老公的一个兄弟，三家也都来了这边打工，个个都很强悍的。他们之间虽然也有矛盾，遇到事情，可是很能团结起来，一致对外的。老画家一连几天无心写字画画，忽然意识到，作为中产阶级一员，是会直接受到底层冲击的。他们够不着达官贵人，却很容易伤害到脆弱的中产阶级。老画家也喜欢京剧，不过四大名旦的声腔，他老伴醉心于梅派，特别是由梅派发展而成的张（君秋）派，他呢，则独钟情于程派，程派传人中则特别欣赏张火丁，于是胡思乱想中，脑海里又冒出《春闺梦》里的唱词“市语微哗虑变生”，就恨不得招呼女儿女婿和孙子到跟前，嘱咐他们事事谨慎，还是稳定最好，维稳最符合自己这个阶层的利益。

297　邮轮一早停靠在圣托里尼岛附近海域，渡轮把一批批游客运往岛上码头，绝大多数游客再转乘缆车驶往岛上高地，也有少数游客不吝花费，骑驴上行，让身着土著服装的牵驴人引领着盘旋上去。小张带领他那个团体乘缆车下来，就带领大家往前，直接走到预订的巴士那里，让大家上车，郝向阳、陆向东慌忙抢拍了一阵，埋怨为什么不停下来让大家先鸟瞰一番，小张就说我们先去岛的那端叫伊亚的镇子，看完伊亚，再回到这里，有的是时间让大家在这里观赏，然后再一起乘缆车、渡船回邮轮。大家登车以后，小张照例清点人数，无误后，再请司机出发，游客们光是从车窗所望，就感觉处处美景，胜过他处。

298 在伊亚下车以后，小张把大家领到一所大教堂的广场上，宣布自由活动及集合时间，团友纷纷散去。退休医生两口子迟慢了一点，因为退休医生他那妻子秦淑蕙，虽然早已做足了功课，手里拿着打印的并且加了批注的资料，却又忙着在手机上搜索相关的信息，老公催促她：“行啦行啦，眼见为实，好吗？其实不必搞得那么清楚，赏了心，悦了目，回去再细究，岂不更妙？”她却执拗地推敲：“海是蓝的，那为什么这岛上好多教堂的圆屋顶也是蓝色呢？有什么特别的讲究吗？”那时候领队兼导游小张正在离开大家，她追过去，叫住他，提出了这个问题。小张明显不耐烦，应付她说：“您不是爱百度吗？自己百度一下吧！”一路上秦淑蕙对小张都很满意，回岛舱房几次跟老公提起，说这回够幸运，领队兼小张真不错，学识丰富，有问必答，蔼然可亲，总在微笑，可今天，此刻，怎么一反常态，板着个脸，冷若冰霜？秦淑蕙忍不住就要怼他：“你怎么这么……”“个态度”三个字没吐出口，跟过来的退休医生把那句子造全：“……有点不舒服吗？”小张就点头：“是呀，昨晚一夜没睡好，头痛。”秦淑蕙这才意识到，小张并不是机器人，也会有他的生理和心理病变，忙将不满转化为关怀：“需要吃药吗？我们随身带着的。”又问老公：“你看他吃点什么药好？”小张摆手：“不用不用。我一个人静一静就好了。”退休医生就说：“是呀。白天静一静，晚上睡好觉，是最好的药。您自便吧。我们这就逛伊亚。”小张勉强浮出一个微笑：“伊亚很美。您二位好好观赏吧。”

299 伊亚镇在圣托里尼岛的一端，从那所大教堂前的小广场朝前走，就会发现有好几条小街巷辐射出去，可以很轻易地找到许多眺望点，在每一个眺望点倚着矮墙看去，都是醉心的美景。小镇的房屋高低错落，鳞次栉比，不知是怎么逐步形成那样格局的，似无规律，却又风格统一。绝大多数是石头砌成的敦实建筑，墙壁刷得雪白，其中多有教堂，几个体量醒目的，屋顶都是圆的，圆心处竖起十字架，漆成蓝色，也有悬壁厚墙以优美的造型矗立、中间拱门状态的空洞，从上面悬挂铜钟，有的挂一个大的，有的挂好几个小的。仔细望去，雪白的主色调中，又有粉红色、橘红色的墙面穿插其中。岛体本是火山石，土壤有限，树木难以生长，却也有些柽柳顽强地蹿高生长，而依附在雪白墙体上的三角梅，有的形成好大一簇，或者竟横向攀伸，开放出红紫色的大团花朵。朝天望，蔚蓝得纯净，无一丝云彩，朝远望，是碧蓝的地中海，无一丝波澜；

天与海的蓝，并不混淆，而停靠在离岛不远处的邮轮，恰成一种有趣的点缀。想来所谓天堂，美丽也不过如此吧。

300 马自先问那二朵：“面对这美景，你会想些什么？”那二朵说：“会想起以往好多好多美妙的时光……啊呀，比如，望见那边教堂雪白的墙体蓝色的圆顶，我就想起来，和姐姐一起，在合唱队里，一起唱歌。我们唱一首英文老歌……呀，我耳朵里仿佛已经听见，我是高音，姐姐是中音，整个合唱队的混声，像下面地中海丝滑的水面，滋润着我们疲惫的心灵……”

301 那二朵问马自先：“那你呢？”马自先说：“我却要想起以往的错失，用这纯净的美景，擦拭那些阴影……忏悔，救赎！”那二朵微皱眉头：“又要在文章里披露吗？”马自先就咬住嘴唇，不吱声。

302 马自先曾在一篇文章里，回忆到一个值得痛惜的人，一桩无比惨痛的事。不知道现在还有没有人记得那个女作家，她在上世纪八十年代，几部长篇小说出来，闪烁出耀眼的光芒，引起轰动，更引起争议。因为一同参加过几次不同杂志社组织的笔会活动，谈得来，笔会散去后，马自先和她单独有所交往。那是同行间的正常交往，那时候马自先前妻并不以为有碍，那女作家有才自不消说，聊起文学艺术来，真是咳唾珠玉，悦耳润心。有时到马自先家做客，不仅马自先喜欢听她侃侃而谈，马夫人也总是坐在一旁如聆仙乐。那女作家经历坎坷，却始终没有消磨掉小钢炮般的直率爽朗性格，她有过一次失败的婚姻，一次轰轰烈烈却最后烟消火灭的沉痛之爱，那以后一直独身。马自先对她萌生过爱意吗？真的没有，因为在婚恋上，马自先属于“外貌协会”的铁杆会员。那女作家实在其貌不扬，紫膛色面皮，又戴一副高度近视的眼镜，也正是因为这一点，俏丽的马夫人从未把那女作家视为情敌，她很清楚，丈夫和那女士，真的只是有共同语言的同行朋友。马夫人很开通，丈夫既然从事一种需要在精神领域策马驰骋的创造性劳动，而自己在这方面无可能提供万里草原般的共享空间，那么，有这么一位丈夫只赏其灵不爱其肉的红颜知己，来充当丈夫的最佳谈伴，她实在是欣慰有余，哪里会有半点厌恶排斥呢。后来一段时间的事实也证明，马自先和那女作家大侃了一阵“后现代”以后，果然灵感爆发，写出了体现出“同一空间中不同时间并置”旨趣的长篇小说，引起广泛关注。那长篇小说的样书到家以后，马夫人翻看着，高兴地说：“再请她来聊吧，我再做她最喜欢的松鼠鱼，你们边喝边吃边聊，说不定她那小钢炮‘哒哒哒’地连放，又刺激出你旺盛的灵感，你的下一部也就很快出来啦！”

303 进入九十年代，女作家在国外待了几年，又回国了。回国以后，又成为马自先家的常客。于是就到了那一天，马夫人回娘家了，女作家来做客了，马自先和她又言谈极欢，争论起《等待戈多》究竟是真老虎还是纸老虎，不知不觉，竟已深夜。是马自先偶然一瞥挂在女作家身后墙壁上的挂钟，才意识到应当曲终人散。以往，妻子在家时，会在22点左右来提醒他们："没够吗？都还有大把时间，再约吧！"这天无人提醒，女作家听马自先报出钟点，大吃一惊："真的吗？地铁末班车都没啦！"那女作家从自己住的地方到马家，乘坐地铁很方便的。女作家忙告辞，但从沙发上起来时，起得猛了点，不免身子有些摇晃，马自先忙去扶她，她就本能地靠在了马自先身体上。马自先闻见了酒味，也许是自己嘴里冒出来的，更可能是她嘴里呼出来的。他们聊天时，一起喝了差不多大半瓶葡萄酒，这也是他们以往聊天时常有的助兴物。在那一刻，马自先觉得应该让女作家在自己家中留宿一晚。他那时已经住在一个有三个房间的大单元房里，他们两口子住一个大房间，一个中等房间是他的书房，另一个小房间是儿子马驰的。那几年儿子上大学住校，甚至星期日也不回家，作为客房也留宿过一些亲友，因此，安排女作家在那个房间里留宿一夜，不算很出格。妻子回来就算稍有不快，估计很快也就释然了。心里这么想，他也就把留宿之意道出了口，而在几秒之间，事后回想，女作家似乎也有留宿之意，离开他的身体，用双手伸到脑后去整理了一下头发，又取下眼镜重戴了一次，分明在等待他的安置。

304 马自先一直懊悔的是，他犹豫几秒以后，做出了这样的决定："我陪你下楼，帮你找辆出租车吧。"女作家当然依从。那年月，手机还远未普及，更没有什么叫车软件，只能是站到街边，看能否侥幸地拦住一辆亮着"空车"红灯的出租车。他们下了楼，站到了街边，晚风吹过来，女作家把衣领竖起来，告诉他："我最不喜欢的东西，就是头巾。"等了好一阵，路过的出租车都载有客人。这时马自先又想把女作家请回他家，如果他开口，女作家应该是会去他家留宿，第二天再回去的。但是，他始终没有开口。而在打车近乎绝望的时候，忽然有辆空车驶过，他们一起招手，这样，女作家总算可以回她住处了。女作家拉来车门就坐了进去，他们也没有道别，也确实毋庸道别，他们非等闲之辈，何用那样的俗套。

305 第二天马夫人从娘家回来，马自先就把头晚的情况跟她说了。马夫人对老公没有让那女作家留宿，是满意的，但不免也问道："她安全到家了吗？你该打个电话去，证实一下。"马自先没打，夫人拿起座机话筒就拨号了，那边无人接听。都没太当回事，都知道那女作家性格孤僻，只跟少数谈得来的朋友交往，平时即使在家，也往往是不接电话，更很少主动给人打电话。何况她一人独居，有时也会下楼散步购物，打过电话去无回应，也是稀松平常的事。马夫人打去了电话，说明他们夫妇都对那女作家尊重、关怀，对方接没接并不那么重要，他们礼数上达标，心安理得，也就撂开这事，且讨论如何应对儿子马驰进入青春反叛期的事宜。

306 再过两天是星期天。忽然有电话打过来，是陌生的声音，自称是那女作家的侄女儿，说她打开门进入姑妈的居室，发现她姑妈应该是好几天没有回家了，最明显的证据，是茶几上果盘里的几个桃子，都烂了尖，如果有洁癖的姑妈在家，是绝对会及时处理掉的。那侄女儿是那女作家在这都会里唯一的血缘亲，她在这边一所大学读书，姑妈给了她一把门钥匙，她大约每半个月来看望姑妈一次。她很奇怪姑妈为什么容忍了桃子烂尖发霉。她在姑妈放电话座机的小矮几上，找到一个记有若干电话号码的小本子，她已经打过几个电话询问，都说好多天没见到她姑妈，现在她打给马自先，也是询问这几天是否见到过她姑妈，马自先听明白那询问后，头脑顿时“嗡”地麻掉。

307 当晚在本地电视台的法治新闻里，就报道了一桩恶性刑事案件。在护城河里捞上一辆出租车，里面有一男一女两具尸体，经初步侦查，那是辆假出租车，开黑车的男司机有几次违规被查罚的案底，而女乘客的脖颈上留有被掐的伤痕，说明车子坠河前，男司机曾试图掐死那女乘客，那女乘客显然进行了拼死抵抗。马自先夫妇恰好同时坐在沙发上看到这条新闻。新闻以“此案件正在进一步侦破中”结束，很快转到另一条，但马氏夫妇全都瘫在沙发上，一时说不出话来。

308 作家协会为那女作家操办了隆重的遗体告别仪式。报刊上陆续发出若干悼念文章。她的恶死成为她那几本长篇小说最后的促销推力。但岁月好比抹布，很快抹去人世画板上的痕迹，许多新的生命新的创造新的浪潮新的话题又涌现出来，却也又很快被抹去，总有新的东西呈现于人世间……那女作家死去后，若干报刊编辑缠着马自先，跟他约稿，要他写怀念、评价那女作家的文字，他说：“我当然要写。但一时写不了，容我静一静再写吧。”

309 阳光下的圣托里尼岛伊亚镇美轮美奂，游客们全都被美醉了。那二朵心中旋出无数美人美事，如同花朵在春风中惬意胀圆。偏头一看马自先，手扶橘色矮石墙，皱眉凝望着地中海，就问：“怎么？还忏悔呢？”

310 就自身而言，确实应该忏悔，深深地忏悔。那

女作家之死，马自先是有罪的。什么罪？人间无法审判。那晚，究竟为什么就不能留宿那位最佳谈伴？没留宿，送她下了楼，为什么没有跟她一起进入那辆车，把她送回她家？可以让那辆车再把自己送回家，司机不会对自己劫色，大概会对自己劫财，自己是强壮的，那司机多半会畏惧三分，就算最后也因为搏斗导致车子坠河，跟那司机一起死了，在上苍面前，也不会有如今这样的心灵剧痛……司法部门不会追究自己，自己余生中却总不免时不时追究自己：那女作家是你杀死的！你有罪！

311 女作家惨死一年多后，他才终于写出了一篇很长的文章，除了回忆那女作家的才华文采、风貌谈吐，写出她内心的丰富、睿智、幽默与神秘，还特别披露了那晚他的罪孽，深深地、深深地忏悔。他的文稿报刊当然是欢迎的，但他最希望其刊载的那家，编辑看过稿子后却跟他说："你老兄真沉得住气！倘若你及时写出拿给我们，再长我们也欢迎！在那节骨眼上，我们可以大卖，她的遗作也可以再多加印些，你的名声么，不消说也就金上镶玉！可是现在……不会有很多人关注那桩护城河谋杀案，她的那几部长篇小说，销售热度也大大衰减。听出版社的朋友说，现在是各书店都后悔当时进货猛了，纷纷在退货，现在不是又冒出了新的女作家吗，写都市宝贝什么的，我们得给她腾篇幅了啊，你理解的！"

312 马自先混迹这个圈子许久，他能理解。但他跟编辑强调，他这文章不是应时应景的，这文章的重点是忏悔。我们这个社会缺乏忏悔。忏悔就是挖掘自己心灵中的罪恶因子，追究自己，从而拥抱他人，拥抱上苍。编辑当时听了感动。文章很快刊登出来了，配发了那女作家大幅的旗袍照，以及他和那女作家的合影——其实原照是笔会中若干作家的合影，刊发时通过技术处理，只剪裁出他们二人挨肩的形象。这照片的处理倒也罢了，令他痛心的是，文章前面关于他对那女作家性格的描述、才华的评价、谈吐的情趣、作品的解析，删得只剩骨架，只把他对那一晚送别女作家时的具体情景、心理活动，以及最后的惊魂结局，和他大段的忏悔，悉数保留。

313 那篇忏悔大文反响不小，但人们所议论的多是"原来马夫子暗恋怪才女"，惹得马夫人生气。儿子从大学回来也愤愤然："你写些什么鬼？"一家报纸的娱乐版，还发表出署名俏皮的文章，题目是《马自先夜送美人赴黄泉》，一时转载率奇高，他的知名度，由此蹿升。一次他在街上，就有迎面来的年轻人指认他："咦，这不就是那个送女作家赴黄泉的主儿吗？"只好忍气吞声，让那阵误解之风刮过去。这才明白，这个空间里的世道并不容纳忏悔，甚至对你的忏悔一定要往歪里想，人很难获得别人的理解，至于谅解，那就更别奢望。他那篇自以为面对上苍、最坦诚地涤荡自己灵魂污垢、属于最上乘的文字，在那几年编集子时，竟都赧于收入，直到今年出文集，才终于收了进去。

314　但是近年网络发达，自媒体大行其道，他那文集800万字，长长短短两千来篇文章，偏这篇写到那个晚上送女作家上出租车离开的文章网络摘登率奇高，而且往往掐头去尾，只摘他那“留不留她住”的心理活动一段。固然也有少数肯定他忏悔精神，以及进入道德伦理层面探讨的跟帖，但蜂拥而上的网络喷子，抓住他的片段文字，亢奋地狂欢，什么“有色心无色胆”，“马老师正照风月鉴”，“忏悔是假意淫是真”，更离奇的是由他推及如今所有的中国作家，“没有精神建设，只有风流自赏”……虽说前妻已逝，儿子马驰跟他生分，已无牵连妻儿的精神负担，而且现任妻子那二朵理解他，劝慰他：“让那些网络喷子狂喷去吧！如今哪个有知名度的人不被狂喷？有人喷，才说明你具有关注度！”他每当看到那些喷子的帖子，总还是辛酸。他弄不懂，怎么会有那么多人，特别是年轻一代，对忏悔文字，这么隔膜，这么不能理解，这么乱加挞伐？于是注意到，有比自己略小的人士，就五十年前的暴力行为公开忏悔，是多么勇敢、多么光明的行为，多么值得肯定、珍视啊，竟也被不少同代人不容、隔代人误解，被喷成“自我作践”“哗众取宠”……

315 迷人的希腊小岛，醉心的地中海，你引出多少游人的思绪缱绻，真令人流连忘返。摄影发烧友陆向东、郝向阳拍疯了，他们知道，往下面去，接近海滩的地方，有一处可称世界最佳落日拍摄点的处所，但是他们现在只是过路的邮轮客，傍晚前必须回到邮轮。他们的相机里，这天不可能有瑰丽落日的影像了！有的摄影发烧友，人家是专门到这个岛上来住几天，专门来拍日落的。虽然已经有无数摄影家在这岛拍下了无数的落日照，但哪怕只是一个业余摄影爱好者，使用并不那么高档贵重的器材，仍有可能拍摄出与众不同的、令人眼亮心动的落日照。他们商定，明年就要专门来这个岛，住进岛上的旅店，从容尽兴地拍摄一大堆落日照，从中一定可以筛选出绝佳的作品来！

316 那岛上有数不清的旅店，每一处规模都不大，但都非常诱人。那些旅店建筑横竖交错，上下勾连，形态不一，却又风格相谐。厚厚的墙壁，刷得雪白；古典蝴蝶窗，现代派极简手法的室外平台；小小的泳池，净蓝透明；木条躺椅，古拙花钵；平台石上有露天咖啡座，有可张可收的遮阳伞；是哪处窗内传出曼陀林的弹拨声？又是哪处庭院飘来咖啡的香气？……拍不到日出，拍些岛上旅店的细节，也颇有兴味。正当陆向东对准稍远处一家旅店长焦拍摄时，忽然有强烈的动态事物闯进他的镜头，令他吃惊不小。那一刻郝向阳也不禁咋舌。

317 他们从镜头里看到，本来十分恬静雅丽的空间里，忽然先有猛力将很大的物品抛出，竟一下击中平台上点缀的齐人腰的古典式陶罐。那陶罐顿时碎裂，其中插的银柳散落一地，然后伴随毫无顾忌的吼叫声，从旅店客房门内冲出一前一后两个少年，跑在前面的那个，应该是抛掷物品的那个，追他的那个，追出来一时没追上，却拾起了击中陶罐的物品，细看原来是只体积与人相仿的毛绒玩具熊。那拾起玩具熊的少年用那玩具熊去拽打先跑出的少年，被追打的少年就往泳池里一跳，那追他的少年就把玩具熊往水池里一抛……原来他们的吼声与尖叫是一种极度快乐的表达……

318 这是哪儿来的少年？从黑头发和眉眼推断，似乎是中国少年，港澳台的？难道是大陆的？这段时间暑假已过寒假未到，他们分明是学龄少年，为何不在学校上学？他们的家长呢？如果是家长带他们入住酒店，怎么对他们毫无约束？这样破坏酒店设施，是必须赔偿的啊！而且在这恬静优雅的环境中，毫不顾及他人的感受，疯喊尖叫，砸陶罐，污泳池，教养何在？体统何存？……

319 两个少年形成的不和谐画面与喧嚣，不仅被陆向东、郝向阳摄入镜头，也引起若干游客的诧异。龙秉谦和妻子从那边一个角度也看到了，龙秉谦妻子就问他：“这就是个性解放？就是浪漫情怀？”因为龙秉谦追求她时，总拿些婆婆当年在法国留学的老照片给她看，跟她吹嘘西方文明，总说：“咱们总是放不开，总不懂浪漫情怀……”恰好他们身旁一对洋人游客也看到听到那边酒店的不雅情景，耸肩、摊手，龙秉谦就跟妻子说：“这不是西方文明，这在西方也属于野蛮。”

320 好在那只是美好岛屿上一小角的暂时破相，许多游客并没有看到听到，除了站在矮墙边近观远眺的游客，更多的游客分散到了伊亚镇那些有升有降、弯曲斜岔的小巷中寻芳觅奇。巷子的地面多用不规则的石块镶砌，缝隙处用白泥填塞涂抹，形成谐谑的视觉效果。巷子里的门面房形态不一，时不时有三角梅树出现，开出的花也不尽是紫的红的，也有粉的白的，也有些花钵散布在门口巷尾，里面盛开着各色草花。许多小店把货架延伸到店门外，固然不免也有来自中国义乌的种种冰箱贴钥匙链以及仿希腊文物的小摆设，但也有确实出自希腊乃至岛上自产的物品。若瑟和她就各自选中了手纺布缝制的希腊风格女袍，退休医生为妻子秦淑蕙挑选了一条可以秋冬使用的粗纺头巾。正好马自先和那二朵也走进那家店，双方客气地打招呼。秦淑蕙试戴那头巾，没找到镜子，就让那二朵发表意见，那二朵端详后说："嗯，跟你很般配。"马自先和那二朵没看中合意的东西，先出了店铺。那二朵忽然想起来，跟马自先说："那谁，最讨厌头巾……偏我记得。"马自先就说："你也不饶过我吗？"那二朵就倚在他胳膊上，笑："我饶你，饶你……"

321 小张强打起精神，应付下一段工作。旅游团该集合上车回到离码头最近的费拉镇了。在伊亚尽情观览游逛的驴友们陆续登上旅游巴士，几乎每一位登车的，迈上车时都不免一惊，因为巴士第二排的两个座位，应该是1号家庭的两位老人，也就是那大孝子的父亲和岳母的，他们年纪大，理应坐在那里，可是，却被两个少年人占了。那两个少年一个一只耳朵上戴着小小的耳环，另一个T恤短袖下露出看不明白的刺青。两个人闭眼斜躺，全都嚼着口香糖。秦淑蕙上车时竟被那两个陌生少年弄糊涂了，登上去后又退了下来，跟身后的退休医生说："咱们不是这车吧？"她老公回应她："怎么不是？车牌号我记得真真儿的！"两口子这才上车去到自己的座位。小张在车下用手掌挡住西晒的阳光，朝那边街口望，是在等待大孝子一家出现。马自先那二朵夫妇过来了，告诉他："他们就过来。那老太太好像把脚崴了。"话音没落，那边街角转出了1号家庭，大孝子和他媳妇一人一边，搀扶着那老太太，朝巴士移动。马自先一上车就发现那两个少年鸠占鹊巢，立即跟他们说："搭便车的吗？往后去！这儿是老人的座位！"两个少年乜斜着眼，倒也瞥见了走近巴士的被搀扶的老人，就站起来，往最后一排座位去，到了那座位，一个斜躺着活像龙虾，一个盘坐到座椅如同海蟹。

322 等所有游客都登了车，小张宣布："咱们团，原来的8号家庭因故退出，现在有两位年轻的朋友加入，今后我点名8号家庭，指的就是他们。"接着，就向大家介绍即将到达的费拉镇。那里有岛上最大的教堂和最小的教堂，有许多特色餐饮，他建议大家品尝一下岛上自酿的特色酸奶。

323 众人在费拉镇游览完，基本上都跟着小张去排队坐缆车下到码头，那新8号家庭的两位少年却不乘缆车，而是各雇了一头驴，由穿着民俗服装的驴主牵引，以Z形路径前往码头。他们骑在驴上，发出怪叫，再次体现出他们的无所顾忌与极度快乐。

324 晚上在邮轮上吃自助餐时，马自先那二朵、陆向东郝向阳、退休医生秦淑蕙夫妇合坐在一张长桌两边，正交谈，那位胖胖的策划人滕亦萝端着盘子过来，谦卑地问坐在靠边的马自先："我可以也在这桌用餐吗？"那二朵就说："我们一边三位正好。您来您往哪儿坐呢?”滕亦萝就笑嘻嘻地先把盛着食物的盘子搁到桌上，然后从那边拉过一把空椅子来，打横坐下，而且有意贴近马自先。马自先就知道他是心里有个鬼点子，要动员他配合，便先撂下句话：“我可是不配合任何策划的。”滕亦萝满面惭愧：“我入的这行，招人嫌厌不是?”且不吃东西，双手在胸前搓着，对众人说：“我想，诸位对你们团队新加入的8号家庭，都不免疑惑吧?我倒是可以给诸位，说出个大概。”这话顿时吊起了大家的胃口，陆向东郝向阳尤其感兴趣，马自先也难以按捺好奇心。

325 陆向东就问：“他们何方神圣?弄坏了酒店东西，难道一拍屁股就可以逃之夭夭吗?”那二朵也说：“弄坏别人东西，光赔就行了吗?也不知真诚道歉了没有?”滕亦萝就笑：“别人的东西?那酒店属于一个大财团，他们是股东！他们本是乘私家飞机来到岛上的，不想那飞机出了故障，需要从德国调机械师带配件来，修好至少需要五天。他们哪耐烦等候，所以就临时决定加入咱们这个团，乘邮轮去巴塞罗那，然后那修好的飞机飞巴塞罗那，再接他们飞别的地方。”秦淑蕙问：“看模样他们应该是学生，现在又不是寒暑假，他们怎么不上学呢?”郝向阳问：“他们是中国人吗?”滕亦萝答：“他们出生在中国，应该还保留着中国护照，但是他们也有另外的护照，大概除了朝鲜他们不能随便去，整个世界，愿意去哪儿就去哪儿。”陆向东问：“官二代？富二代？”滕亦萝又笑：“见识浅了不是。查他们的父母，都是地级市的普通工薪族。”马自先就问：“你怎么知道这些个？”滕亦萝答：“我知道的还多呢。他们的姓氏不同，究竟姓什么我就不说了，名字你们却不可不知，都来自网络用语，他们一个叫普奔，一个叫明厉。”退休医生感叹：“喜大普奔，不明觉厉。还有用这种字眼取名字的。”滕亦萝赞扬：“老兄真是与时俱进，退休人士，还能熟悉网络语言。”那二朵说：“什么乱七八糟的人和事！”马自先就说：“造谣可耻，信谣可悲，传谣可恨。”滕亦萝拍手笑道：“自先兄一贯谨慎，佩服，佩服。”又趁机说道，“谨慎意味着不轻易介入，但若事事远离，也就未免舍弃过多。后天一早我们到达马耳他，导游会领大家去瓦莱塔城的大公园。那公园一侧有片旷地，我将在那里主持一个诗歌颁奖活动，你把它叫作飞行集会我也不反对，反正会非常有意思，前后也不过十来分钟，但会精彩纷呈！自先兄先别撇嘴，我知道你不以为然，我也并不再请求你做颁奖嘉宾，只希望你和嫂夫人到时候在外围观望就好。”那二朵立即怼他：“你那破策划有什么好观望的！”滕亦萝说笑说：“我的策划当然是破烂货，可是，这次活动，是国内一位大亨独家赞助的，他已办妥马耳他护照，这对你们当然不重要，但是，我不得不提醒，自先兄不是有本新长篇小说正在发稿吗？那家出版公司，虽然是用国家正式大出版社名义出版，但其实属于公私合营性质，而具体的操作，其实全在私营部分。那么，自先兄就该知道，这位赞助诗歌颁奖活动的大亨，上个月刚刚收购了那家合资公司的私营部分，是他，点名希望你能给他的这个活动添点彩。我说不动你当颁奖嘉宾，最后直播和录像里有你身影出现，他也许就能满意，你看，事情就这么简单，这点面子也不肯给吗？”马自先心里说：“那书我不出就算了。”但书稿已编辑好，这几天可能已经下厂印刷，自己毁约，是要赔付的，对大亨来说那是很小的小钱，对自己来说那可是很大一笔损失。那二朵也在心里算计，就跟滕亦萝说：“反正你给那个什么宙教授颁奖，他什么东西？大笑话，有他，就没有我们！”滕亦萝说：“马太太，你们不可或缺，宙教授更不可缺，直说了吧，那大亨取得马耳他护照，宙教授给予了宝贵的技术支持，功不可没的。”郝向阳问：“那什么臭教授，还没死吗？”滕亦萝说：“哪那么容易死。听说明天会从雅典出院，回巴黎去调养。估计再歇个十天半月，又该活蹦乱跳了。”说着，觉得自己凑到马自先这桌的目的已经达到，就站起来端起自己的食盘，谦卑地跟大家微笑告退，往另一桌去了。

326 在跟马自先他们说话时，滕亦萝已经瞥见不远处的小方桌那里，是石可尔和林珊珊、陈佳佳凑在一处边吃边聊。他端着食盘过去，同样谦卑地问：“我可以坐到这张空椅子上吗？”石可尔非常厌烦，但林珊珊却客气地说：“当然。”于是，那张小方桌的四边就都坐上了人。

327 石可尔感谢圣托里尼岛，那真是个福地。在伊亚镇，他终于得以亲近了林珊珊、陈佳佳母女，回到邮轮，一起在自助餐厅进餐，他和陈佳佳，言谈甚欢。陈佳佳确实是个诗歌发烧友，只要是跟她聊诗，无论是提及诗人、诗歌题目、引用诗句，哪怕是乱加评议，她都如入花丛，恋恋不舍，乐趣无穷，生怕打住退出。但是石可尔表面上与她趣味相投，对话时却感到累心。他们毕竟是隔代人。提起卞之琳那“你在桥上看风景，看风景的人在楼上看你；明月装饰了你的窗子，你装饰了别人的梦”，以及艾青那“为什么我的眼里常含泪水？因为我对这土地爱得深沉……”这些古老诗句，陈佳佳别看年纪小，却都能引申出一番见解感慨。但是石可尔提起《三门峡——梳妆台》，或者吟出“马鞍上梦见沙盘上画，桂林山水甲天下”，陈佳佳就眨眼茫然了。至于食指，那是曾经深深感动过石可尔的诗人，陈佳佳仅表示：听说过。而陈佳佳一唱三叹的女诗人翟永明的《女人》，其实石可尔此前闻所未闻，却也只能微笑颔首，似乎他对“女权诗歌”也颇熟悉似的。陈佳佳又兴致勃勃地提及叙利亚诗人阿多尼斯，说精读过他那部中译本诗集《我的孤独是一座花园》，还说下一届诺贝尔文学奖，一定会给他。那个什么村上春树，哪配诺奖，给阿多尼斯提鞋也不够格！但是当陈佳佳议论到近年蹿红的女诗人余秀华，特别是那首《穿过大半个中国去睡你》时，不仅石可尔不淡定，林珊珊也皱起眉头：“这叫什么诗？”

328 石可尔内心里，禁不住闪过姐姐石可菀的身影、表情与话语。那是上世纪八十年代初，文学界的现代派闹腾得欢，朦胧诗甚嚣尘上，传统文学受到很大冲击。有天石可尔去姐姐家，家里来了好几个老作家，大家围坐在客厅，议论纷纷。有的就跟他姐夫呼吁：不能让他们存在！一个个义愤填膺，壮怀激烈。这时只见他姐姐石可菀站起来，大声发表议论说：“你们怎么还都不清醒？现在不是我们让不让他们存在的问题，是他们究竟还让不让我们存在的问题！”一时众人哑然。那一刻姐姐的形象，清晰地拷贝在了石可尔的心里。

329 事实证明，随着文化行业的市场化，年轻一代的文化趣味紧紧地牵引着文化潮流的涌动。当年在姐夫姐姐家曾经非常主流的小说家、诗人，要么人过世了作品也近乎湮灭，要么人还在，却只是享受一种高级待遇，其作为作家、诗人的存在，被新的文化潮流、新人新作品挤对，无情地被边缘化了。像陈佳佳这一代人，对当年在姐夫姐姐家济济一堂的那些曾经显赫的小说家、诗人，要么完全不晓得，要么提起名字或某个课本里收入过的篇什略有印象，总体而言，在心目中完全不占份额了。

330 文学潮流的兴衰涌动，诗坛的风云变幻，其实石可尔根本无所谓，特别是姐姐去世、姐夫成为植物人以后，他对那个领域的关注已经归零。要不是为了接近林珊珊，而跟陈佳佳谈诗可以稳定持久地坐在林珊珊旁边，他才不会搜索枯肠去从往日知识积累中挖掘出诗人和诗句来，跟陈佳佳过招。当陈佳佳提到余秀华的《穿过大半个中国去睡你》时，他谈诗的力气几乎已经耗尽。林珊珊对余诗人那诗题的反感，引起他的共鸣。但就在这时，一个非常宝贵的信息从陈佳佳嘴里漏了出来，让石可尔暗地里激动不已。

331 陈佳佳见她母亲和石可尔对《穿过大半个中国去睡你》都不感冒，笑了，说："哎呀，爸爸过世以前，跟你们一样，对现代诗，也就只能接受冰心的《春水》《繁星》，连戴望舒的《雨巷》，都觉得情调不够健康！你们这代人啊……"从这句话里，石可尔得知，陈佳佳的父亲已经过世，那么说，林珊珊是个寡妇啰！那么，自己就可以放开地追求林珊珊啦！

332 石可尔兴奋起来，正想趁势拽住那"爸爸过世"的信息往纵深探究，偏滕亦萝过来打岔，而林珊珊竟允许他坐到一起。滕亦萝旋紧陈佳佳热爱诗歌这根弦，坐下就说：

“诗啊，诗啊，一路是诗，圣托里尼是小夜曲般的赞美诗，明天我们要登上的马耳他，更是诗，是浪漫情怀的叙事诗……佳佳女士，明天要请您给一位神秘的女诗人颁奖，她可是不容易啊，穿过大半个中国……”陈佳佳兴奋莫名：“真的吗？她会在马耳他吗？她直飞到那儿吗？”滕亦萝拍手笑：“她穿过半个中国……您可是穿过半个世界啊！”陈佳佳怯阵了：“我……我给她颁奖？我够格吗？我还以为，您前两天跟我说的颁奖，是颁给大学生新手哩……”

333 石可尔听滕亦萝那么说，就觉得不靠谱。余秀华会在马耳他接受这么个奖？他知道滕亦萝那类策划人的伎俩，反正是拿着投资人的钱做事情，玩个花活儿，尽量少投钱，没花出去的全归自己，更不消说投资方还要另付自己一笔可观的策划费。确实，那位获取了马耳他护照的大亨，自己投钱搞这么个号称是国际性的诗歌评奖活动，他自己也是要领取奖项的。整套的颁奖方案，委托滕亦萝策划，滕亦萝精于此道，把方案设计得巧妙而灵动，会让马耳他方面觉得是接纳了一位著名诗人，且丰富了本地文化活动。大亨则有恩的报恩，把诗歌评论奖颁给宙教授，就含此意，而且宙教授那篇纵论本世纪汉语诗歌的宏文里，在把大亨的诗作与阿多尼斯的创造力相提并论的同时，又把几个得罪过、蔑视过大亨的文化界人士抨击、嘲笑了一番，这也就达到了有仇报仇的目的。

334　在策划奖项设置、获奖者名单方面，滕亦萝早积累丰富经验。十几年前，他就曾为一个想出名想疯了的青年作家，设计了一个爆炸性方案，就是往各路媒体喂料。那时候纸媒还很流行，特别是各地都市小报的娱乐版，急需八卦，而各个网站那时候也开始活跃，互相竞争，都希望有增加流量的猛料。他就想出了一个似是而非的机构名称，猛一看会以为相当权威，说是由机构所请的十三位专家，投票评出了中国现当代的十位最差作家，郭沫若、老舍、金庸、李敖、莫言、贾平凹、苏童等都在榜上，其中还有两位女作家，那位付钱雇他策划的青年作家呢，则其名字赫然排列在其中，居第六位。若干纸媒和网站就都抢着公布了这一名单，果然引出轰动效应，无数读者纷纷点着那青年作家陌生的名字询问：他是谁呀？有张都市小报的娱乐版，还为每个“最差作家”挂出了椭圆形头像，开列出其主要著作，那位青年作家的头像及作品名称也就随之印出。出于一时的好奇，那位原本寂寂无名的青年作家，原来根本卖不动的书，也就因此卖出了若干。最有意思的是，有的小报记者就趁势炒作，去电话采访某些被列入“最差”的在世作家，一位女作家就回应：“我怎么会最差呢？”于是小报记者就以这句回应作为标题，报道了女作家认真地以读者肯定性的来信证明，自己是受欢迎的，而采访到那位青年作家，他却表示：“正埋头写作品，未关注此事。”这当然是滕亦萝策划生涯中出彩的一笔。

335 不过现在纸媒衰微，若干都市小报业已停刊，大的网站有的影响力也在下降，风起云涌般出现了无数的网络自媒体，因此，滕亦萝现在策划活动，十分重视线下与线上的互动配合。这次即将在马耳他开锣的诗歌颁奖活动，对于线上方面，他就有若干安排，陆向东、郝向阳就已被他说动，到时参与往网上传送照片与视频的活动。陆、郝二位问他给不给钱？他搓着手说：“公益性的活动啊！知道二位故意这么问，幽默幽默。”

336 石可尔恨滕亦萝。滕凑过来，打断了他跟陈佳佳的对话，本来可以趁势询问：“你爸爸是哪年过世的？”也许就可以获得更多林珊珊目前生活状况的信息。而不待滕亦萝进一步纠缠，林珊珊就跟陈佳佳说：“咱们盘子都光啦。回舱房吧。”这怎么挽留？林珊珊先起身，陈佳佳随之也站起，母女俩道声：“晚安。”竟双双离去了。

337 石可尔的食盘里还剩不少东西，滕亦萝也一样，两人就还坐那里进餐。滕亦萝说：“佳佳那女孩多可爱啊！她很上镜的！”石可尔就说：“余秀华会在马耳他等佳佳颁奖？你别逗我了！”滕亦萝说：“获奖人到不到场，并不重要，重要的是把奖颁给了谁，全世界都会关注的！比如把孔夫子和平奖颁给普京，普京不到场，但那消息满世界飞，网络点击流量创纪录，活动也就成功了！”石可尔故意问：“那活动也是你的策划？”滕亦萝谦卑地说：“岂敢贪天功为己有！不过是略有参与罢了。”接着把登圣托里尼岛之前，插空跟石可尔商定的事再凿实一下：“明天马耳他的颁奖活动，那最佳诗歌评论奖，可是由仁兄颁发啊！”石可尔那天答应，是因为知道陈佳佳要参与该项活动，而在圣托里尼岛上之所以搭讪上了陈佳佳，也正是谈诗入手，这晚一起进餐，自己也俨然一个评诗老手，不过现在石可尔对滕亦萝的烂策划作三日呕，哪里还有参与的心思，就板起面孔说：“那奖项是要颁给那个什么臭教授？他被打了，明天谁替他接受奖牌？你让我给这么个声名狼藉的家伙颁奖，你不要脸，我还要顾及自己的颜面呢！”滕亦萝一点也不生气，细声细语地说：“逢场作戏嘛，谁会追究您的出现呢？就是事后招来网络喷子一顿狂喷，人家也只喷那教授，不会喷到您身上的。倒是有一个人，偏会在意您在这个节骨眼上出现的啊。”石可尔问：“谁？”滕亦萝说：“佳佳呀！这就更坐实了您品诗的能力呀！她就会对您更加看重、更加亲近呀！”石可尔沉默了。滕亦萝趁势道出：“这个活动，具有公益性质，是增进中马两国文化交流的啊，参与者都没有劳务费的，不过，每位参与者，都会从中获得意外收获。比如佳佳，会得到一本余秀华诗集的签名本，两位摄影家，会得到独特的马耳他冰箱贴，而您……”没等石可尔说出“我才不稀罕”来，滕亦萝紧接着道出：“我将会在邮轮离开马耳他以后，约您到酒吧，把我所知道的林珊珊陈佳佳母女的生活近况，为您细说端详。”石可尔说不出严厉拒绝的话语，只能撇撇嘴：“你个烂策划！”

338　石可尔回到舱房，本想静下来，推敲一下林珊珊是否是寡妇，筹划进一步如何攻克林珊珊，手机发出特定的彩铃声，是要求微信视频通话。石可尔此刻哪有心思跟莫大能聊天，但毕竟是哥儿们，拒绝又做不出来，就勉为其难地接听了。那边莫大能一脸兴奋，告诉他：“大获全胜啦！”

339　莫大能是第一代“大院的孩子”，头脑里形成一种浓酽的“大院价值观”。他很看不起上世纪八九十年代涌现于文艺界的那些个“大院孩子”，认为简直“小儿科”，那些人五人六的父母，级别跟他们第一代大院孩子的父母，根本不在一个档次。石可尔虽然听莫大能絮叨大院里的那些事情，都耳朵起茧子了，却也始终记不清那些概念，延安来的还懂，晋察冀来的也还勉强懂，可是单说察哈尔来的，就懵圈了，还有什么鄂豫皖根据地，沂蒙山、大别山、太行山根据地，又是什么老八路、新四军、四野、十八军团，什么陕北公学、华北革命大学，什么“三八式”（1938年前参加革命）、“四八式”（1948

年前在东北参加革命)，总之，莫大能他们家当年所住的那个大院，跟其父母称同志的，全是有着以上种种革命资历的人物。那时候干部地位按行政级别排序，十七级以上，就相当有地位了，十三级以上，就算高干了。莫大能的父亲，就被评为了十三级，母亲当时是十六级，也不低啊。莫大能对庄有德引为同类，对石可尔也另眼看待，是因为其姐夫是延安过来的老干部，好在莫大能虽然持“大院子弟价值观”，对父母只是一般市民的温豪，倒不歧视，因为他自己说过，温豪本身就具有大将风度。

340 其实莫大能那“大院孩子”或者说“大院子弟”的荣耀资格，在他上小学的时候已经丧失了。丧失了，他也依然以“曾经是”自豪。这是怎样的一种心理定式？

341 怎么丧失的？他父亲，有一天跳楼自杀了。有两个细节莫大能给哥儿们讲过。第一个细节，莫大能没亲眼看见，但他母亲看见了，回来讲给他姐姐和他听。姐姐心里怎么还原现场，是否激荡起波澜，他不清楚，但他说，他心里还原出的现场细节，仿佛铭刻在心底，会永生保留。那就是他父亲跳楼前，把自己衣兜裤兜里所有东西，几乎都掏了出来，搁在办公桌上，形成一堆。有一块旧手表，瑞士欧米茄牌的，陈旧的赭石色皮表带，母亲告诉姐姐和他，是渡江战役后的战利品，组织上作为奖励，给父亲的，那也是因为，父亲后来的那一份工作，需要经常对时；有一个旧钱夹，里面有没用完的食堂饭票，和一张小小的、待报销的硬卧火车票；有几张额度不等的钞票，和大小八个硬币，不知为什么并没有放在钱夹里，而是另外搁放着；有一串钥匙，包括办公室门上和柜子上的，以及办公桌抽屉的，但开家里门的那一把却已经从钥匙环上取了下来；有一个从衣袖上脱落的衣扣，大概本是搁在衣兜里准备哪天有了空再缝上的；还有一盒小小的、圆圆的、扁扁的——虎牌万金油。但是，母亲后来补充说，父亲的工作证，却仍保留在上衣胸兜里，奇怪吗？细想想，不奇怪。

342 父亲为什么跳楼？后来母亲告诉姐姐和莫大能，是因为有个叫陈伯达的，头一天到父亲那个单位，在群众大会上，点了好几个领导干部的名，其中一个就是莫大能父亲。从百度上可以查到陈伯达，多年以后，莫大能细查过，跟石可尔等提起，却并没流露出对陈某人的痛恨，倒是跟他们聊起陈的行政级别，那是相当高的哟！当然，莫大能说起父亲后来平反，还是开心的。

343 另一个细节，是父亲跳楼前一天的晚上，那细节由一种声音构成，莫大能多次跟石可尔等再现过那声音，以至石可尔如今都能够精确地模仿出来了。那时莫大能家住大院里一个三居室的单元房，父母一间，姐姐一间，他一间。姐姐那些天被一些景象吓坏了，每天要求母亲跟她一起睡。那被陈伯达点名后的关键一晚，父亲强作镇静，却又总想跟母亲深谈一下。母亲当时在地方妇联任职，并不清楚父亲单位的事情，父亲几次欲说又止，止后又欲说，事后母亲懊悔不已。她本应让父亲把话说出来的，可是那当口有声音反复传来，令父亲无法启齿，母亲最后也就觉得，到明天再交谈也罢。

344 那是莫大能姐姐的声音。在文章里如何表达出那声音？石可尔认为任何一个作家，要还原那声音都会感到乏技。莫大能形容，那声音凄厉而固执，是他姐姐躺在床上招呼母亲："嗯呀妈呀噢，快来斯微虽欸叫呀嗷，克外呀来翱呀嗷！"持续不断，音量不断放大，伴之以双腿踢床的响动。姐姐一味呼唤母亲去陪她睡觉，母亲后来也过去陪她睡了。长大成人后，莫大能公开斥责过姐姐："都是你！自私！如果那天你不那么鬼哭狼嚎，爸跟妈说了想死，妈一定会劝转他，他就不会死！"姐姐后来去了日本，他长时间跟姐姐不相往来。在波士顿时，他只模糊地知道姐姐混得不好，不同情，他觉得姐姐不配过好。

345 莫大能到美国留学，有艳遇，却没有可娶的女子。他母亲后来成为妇联副主任，与一位局长组建了新的家庭。他回国结婚，妻子是母亲老战友的侄女儿，岳父行政级别曾跟他亡父平齐，后来还有所提升，可惜在有希望被任命为副部长时突发脑溢血谢世。这门亲事可谓门当户对。婚后莫大能很快把妻子办到美国，不久生下一个女儿。妻子也找了份工作。但日子稍久，夫妻感情就淡漠到破裂的边缘。他娶她，主要是看重“也是大院出生的”。她嫁他，看重的是可以移民美国。他们在波士顿时就有了国内俗人称之为独栋别墅的住宅，宅后有泳池，其实因为离城市很远，开车上下班每天来回需要4个多小时，所以总价不高，分期付款月供也承受得起，但生活未免单调枯燥。周末累得起不来床，好不容易把懒觉睡足，就必须修剪草坪、维护泳池、整理房间，还要开车去老远的超市，买足下周的生活用品，在超市餐饮区吃顿快餐，开车回家把东西放好，特别是塞满冰箱，完事时，窗外已是暮色苍茫，想起第二天又得开4个小时上下班，不胜厌倦。但他们分别给父母及其他亲友寄去的相片，总是显得那么舒适惬意。莫大能把母亲，妻子把他岳母，分别邀到美国家中小住，本来莫大能和妻子已经分居两屋，母亲和岳母来时，才再睡一床，以为掩饰。老人走后，妻子很粗暴地将他从主卧撵逐。女儿渐渐大了，看出听出母亲对父亲的嫌厌。有一天饭桌上，妻子称莫大能“猪头”，女儿突然把手里汤匙往地上一扔，大声对母亲说：“他是猪头，那我算什么？！”妻子从那以后才有所收敛。

346 也难怪妻子蔑称莫大能“猪头”，他40岁以后，确实脑袋越来越肥，谢顶越来越严重，戴副高度近视镜，厚嘴唇上下翻棱着，相貌实在不雅。而且他那“大院价值观”并不因岁月流逝而淡化。他最大的乐趣，还是不断挖掘出跟他父亲有所关联的仍在世的老干部，得到线索，就去联络，被冷拒，他也不灰心，被接纳，他欣喜若狂，上门拜访，“世伯”叫得好亲。有的高干子弟，其父母与他父母毫无关联，他也努力联系，有的接纳了他，他跟石可尔等聊起来，眉飞色舞。他鄙视“国干子弟”，那些起义的，老一辈他不以为然，后一代他嗤之以鼻。连“统战子弟”“高知子弟”他也看不上。他看不上北岛，并不是觉得他哪首诗不好，而只是因为他是民主党派的后代；对顾城就有好话，也并不是因为他觉得顾城哪首诗好，而是因为知道他是革命军人的后代。

347 莫大能这种“唯大院”价值观，有时令人惊诧。比如，他曾跟某记者跑去聂元梓家，还拍了合影。有一次石可尔又到姐夫家，当时又有作家马自先在座，不知怎么的，石可尔提起莫大能，提起跟姓聂的合影，马自先就说：“你那哥儿们的父亲，不是因为被陈伯达点名，就跳楼了吗？按说聂元梓跟那姓陈的，都是造成他父亲死亡的仇家啊，他怎么还跑去姓聂的家里凑热闹啊？”石可尔无法替莫大能解释，但是，他跟温豪、庄有德，都听莫大能侃侃而谈过，聂元梓他们一大家子，谁是哪个根据地的，谁一开头评级就是多少级，聂元梓带头打倒的陆平，又是怎么个来历，什么级别，就是那连带被打倒的彭珮云，级别也不低。话语间，无是无非，无爱无恨，就只有一种符合他那价值观的赞叹：老资格啊！高级别啊！如今“90后”“00后”的新生代，有人会从网上去查以上提到的这些人的资料吗？查出来，拎得清吗？

348 莫大能跟石可尔等说过，他母亲了不起。比如在家里接座机电话，如果她不愿意多谈，或对来电方不待见，就会放大声音说：“什么？我听不清。抱歉，我听不见。”然后果断挂掉电话。母亲跟继父关系似乎还算融洽。但是前两年，莫大能的母亲，还有岳母，都相继去世。于是莫大能这边，就出现了房产继承权的纠纷。继父陆续从单位分到的两处房子，早就给了他与前妻生的两个儿子了。莫大能父亲平反后，父亲单位给了母亲一处大三居，母亲的单位分给她一处大二居。母亲再婚后，与继父老两口住那大三居，那处大二居，就让莫大能姐姐继承了。母亲在莫大能前几年回国探亲时，当着老伴宣布过，所居住的这套大三居，如果她死在前头，那莫大能继父就继续居住，直到百年。但莫大能继父百年后，那房子就由莫大能继承。这样很公平，两个老干部各有两套房，最后由各自的一双儿女继承，莫大能姐姐那套虽小些，却可早继承，莫大能晚继承，享用大的一套，姐姐也无话可说。但是去年莫大能继父去世了，莫大能回来，用母亲给他的钥匙，怎么也打不开房门，只能撬锁进去，却发现屋里面目全非，原来是继父的二儿子，换了锁，据为己有。结果莫大能和那继父的二儿子，都向派出所报案，莫大能说对方强占了他的房子，对方说莫大能溜门撬锁入侵民宅。派出所调解不了，让他们对簿公堂。莫大能有母亲写下的此房由他继承的亲笔遗嘱。继父那二儿子请来律师，称那套房在莫大能母亲写遗嘱前，因夫妻同住已逾十年，实际上已是夫妻共有财产，因此单方面的遗嘱无效。此事闹得不可开交。法院也不忙判，先调解，那二儿子自知理亏，争到房子困难，就提出让莫大能补偿他，按市场价一半计算。那房子地点绝佳，属于学区房，房价早飙到离奇高位。莫大能气得满脑袋金星乱蹦。

349 莫大能岂咽得下这口气！石可尔等听了，都同仇敌忾。去年莫大能到了假期就要结束时，法院还不判他胜诉，就跟温豪说："敬酒他不吃，那只好请他吃罚酒！你得帮我，我去那混球单位找他，当着众人面，斥责他财迷心窍，无耻之尤！他要敢尥蹶子，咱们就打他丫挺的！"温豪就请来左七儿，陪着莫大能去那家伙单位闹一场。石可尔听了，就劝："吓唬一下罢了，别真打，那毕竟是单位里头。"庄有德当时还算清醒，呵呵笑："别随便就开果酱铺哟！"

350 左七儿，写出这称呼时，不可写成左七，必须加儿，老北京语音，左七儿，七儿快读，才够味儿。这左七儿的故事很多。首先是“一根长绳故事”。那也是左七儿发家的第一桶金。话说当年人们一般都骑自行车，体育场有比赛，都希望存车方便。每到有比赛，左七儿就拿根长绳儿，到离体育场一百米的路口，在人行道上，围起一溜大杨树，算是一个存车处，守在他留出的进出口，大声吆喝：“五分五分五分！”许多骑车来看比赛的主儿，就觉得便宜，给左七儿五分钱，把车推进去存起，而体育场边上的正式存车处，是收费一毛的。这样，每场比赛，总会有五六百辆自行车存在左七儿的绳子里，他一个晚上轻松挣到三百来块钱。这在那个历史阶段，是很高的收入了！那时候还没有城管，谁来查他！直到有一次，左七儿偷懒，没等比赛完结就解开绳子回家了，造成散场后取车的混乱，有人丢了自行车，到派出所报了案，这才被官方发现，左七儿是私设了存车处。但那以后，左七儿跟派出所民警混得很熟。温豪开起餐馆以后，认识了左七儿，或者说是左七儿主动上门，大摇大摆坐下，一条腿支到餐桌上，抽着烟，要认识温豪，没想到两个人交往起来，竟很有惺惺惜惺惺的情愫。不消说，温豪的餐馆从此无人骚扰，而左七儿带人来吃餐总会免单，还必能享用到大厨精心烹制的响油软兜。

351 左七儿水性特好。他能在水底下圆睁双眼，认清水下的一切。偏那年有一天，作家马自先因石可尔推荐，带一些文化圈人士到温豪餐馆来品淮扬风味，本该高高兴兴，到了包间却唉声叹气。原来他们之前是在陶然亭公园游览，分乘了几条游船，互相拍照，其中一位叫那二朵的女士，手里拿一个古董徕卡相机，还是使用胶片的，在给另一条船上的朋友拍照时，说说笑笑，逗贫嘴，结果一不留神，手一松，把那相机掉落水里。停靠码头以后，收船的说，掉下的那个位置，是湖里最深处，只好自认倒霉吧。但他们一行按原定计划来到温豪餐馆包间以后，温豪一听，就跟他们说："有救！"打手机请来左七儿。左七儿说，那陶然亭公园的几处湖水，他都熟悉，只要能到岸边跟他指出大概其是在哪儿落水的，他下水捞出，就跟玩儿似的，不算个事儿！

352　马自先和那二朵，就让其他人先品淮扬美味，两人和左七儿一起，返回陶然亭公园。码头上的人一看是左七儿来了，都说："还真拜对神仙了！"那左七儿，中等身材，穿衣显瘦，脱衣有肉，而且胸毛茂盛，《水浒传》里有浪里白条，左七儿皮肤黝黑，可称浪里黑条。他脱得只剩一条裤衩，认准那二朵指出的方位，一跃入水，待入水处平息以后，半晌不见湖水波动，倒叫马自先那二朵屏气担心。忽然，那湖中蹿出左七儿一双绷直的脚，瞬间脚又没入水中，少许，只见左七儿浮出水面，游向岸边，一只手里举着那莱卡相机。

353 后来马自先那二朵一伙，生发出两个惊叹：一是惊叹左七儿的本事，再是惊叹那古董相机的质量，相机内部竟未渗水，胶卷取出来，竟然可以如常地洗印出美丽的照片！马自先和那二朵第二天来餐馆，拿出一千元作为酬金，让温豪转交左七儿，温豪连连摆手：“亏得左七儿不在，若在，他怕要把你们那宝贝相机再扔湖里去！你们可不懂什么是江湖义气！”

354 左七儿后来开了个洗车房。出面要横帮人平事的勾当早不干了。但搁不住莫大能是温豪的铁哥儿们，他又是温豪的钢哥儿们，那天，就亲自开辆路虎，和莫大能一起去了莫大能继父二儿子的单位。

355 那是个科研单位。门卫见开来的是豪车，就没拦查。莫大能气呼呼走前头，左七儿笑眯眯跟在左后方，两人直奔莫大能继父那二儿子的科室。到门口，莫大能一眼看见那继父的老二在工位上，便点着姓名叫唤，某某某，你出来！这阵仗，那单位的众人何曾见过，全懵了。那被点名的人，抬头一见莫大能，倒还不怎么怕，一瞥站在莫大能身后的左七儿，双臂抱胸前，颈上粗金链子，满脸诡异的微笑，顿时吓得双腿打战，不由得勉勉强强站起来，哆嗦着说：“你，你们，想干什么?”莫大能就大声斥责:“你抢占我的房子不成,狮子大开口,问我要钱,你个臭不要脸的东西!”这时屋里有人报警。那屋子还有一扇后门,那莫大能继父的老二不想吃眼前亏,就转身一溜烟跑出了那后门,本来一屋子的紧张,竟被那家伙的逃遁行径化解,有几个同事忍不住笑出声来。

356 报警后,警察来了。问莫大能:“是你跑来约架吗?”莫大能承认:“太可气,我就是来打丫挺的!”警察认识左七儿,主动说:“你呀,是来劝架的吧?”左七儿笑道:“可不是,来拦架的。”那“丫挺的”跑掉了,左七儿没事人,就只莫大能去了派出所。在派出所,莫大能痛诉那“丫挺的”恶行,说:“不让他肝儿颤,他是不会收手的。”民警做了笔录,莫大能看了一遍,痛快地按了手印。民警劝诫他,这种民事纠纷,还是应该坚持通过法律渠道解决,他乱闯单位,扰乱了单位工作秩序,是可以行政处罚的,让他认错,检讨,如果态度诚恳,那也可以免除行政处罚。莫大能就说他没什么好检讨的,他现在出了气,挺舒畅,要罚就罚吧。民警让他交出身份证,结果他递过去的不是身份证,是美国护照,民警很尴尬,很生气,说你怎么不早说?我们还真无权给外国人下行政处罚的罚单,我们需要报到上一级,上一级说不定还要再上报,也许要一直闹到外交部,要引动美国领事馆的外交官来跟你见面……最后,民警还是罚了莫大能200

元人民币，放他走人。

357 莫大能姐姐因一事去了美国，恰好去了孟菲斯，打听到莫大能在孟菲斯的电话，姐弟通话后见了面。毕竟手足，前嫌尽泯，姐姐听他倾诉后，回日本找出一封母亲去世前给她的亲笔信，信的主要内容，就是告知她自己立了遗嘱，二老都去世后，那房产证上写着母亲一个人名字的三居室，由莫大能继承，而最宝贵的是，那封信最后，有继父的亲笔附言，说他完全同意老伴的意见，还签了个名。莫大能先把这封信的复印件提供给了国内他的律师，后来又当庭呈上原件，这样就彻底破了继父那老二霸房不成想捞一票的美梦。这次回国，法院当庭判决，那三居室由莫大能继承，继父那老二乖乖搬出。莫大能已将房屋出租代收租金等事宜交温豪代管，所以在微信聊天时乐呵呵跟石可尔宣布："大获全胜啦！"石可尔少不得恭贺同喜。

358 莫大能狂聊一番后，说："大豪还要跟你说说。"但紧接着又说，"雷富定找他来了，为儿子雷洋的事儿。你还记得富定吗？"他倒还记得。说实在的，他现在只想静下来，梳理梳理自己的心事，跟温豪大可以后再畅叙。至于什么雷富定，他实在没有兴趣。

359 雷富定是庄有德做快餐车生意最红火的阶段雇的一个司机，也兼保镖。这雷富定是个山东大汉，乍看上去很像影视演员唐国强。有人把他介绍给庄有德，往庄有德跟前一站，庄有德没再问他什么，就录用了他。有次雷富定开车送庄有德去昆仑饭店参加嘉德拍卖会，到了饭店风雨棚，门童开车门接出了庄有德，雷富定也从驾驶座下来，绕过车头，送庄有德进旋转门，送进去本想就折回来，好去把车停好，再来保护老板，谁知忽然有两个女子，从大堂那边冲过来，激动地请他签名，要跟他合影。他正发愣，居然又有两三个唐国强的粉丝围了过来。庄有德一旁呵呵笑，还接过粉丝递他手中的手机，真拍合影，显然那些人把庄有德误认为唐国强的秘书了。雷富定连说："我不是啊，不是啊。"没有用。一个拍完合影的女子说："上次发哥也是这么说。他们总说自己不是。"事后庄有德比雷富定还得意，回到那个四合院当一桩新闻报道，逗出满院的笑声。

360 但是后来庄有德要去美国，辞了雷富定。庄有德两口子都觉得应该厚待富定，结算工资时，多给了他三个月的。雷富定本来也打算留在北京发展，但是山东老家媳妇催他回去翻盖新房，前头存下的钱和这次结算的钱，加起来，盖房也差不太多，就回老家去了。那时候儿子雷洋已经一岁。雷富定把新房子先立起来，只简单装修出一间，能住且住，其余的钱，买了辆三轮摩托运货车，每天到五里路外的建材市场去拉货。想把钱挣足了，再装修住宅的其余部分。

361 到建材市场趴着等待拉货的车很多，一部分是卡车，一部分是三轮摩托。司机们竞争很厉害，有的司机一天拉很多趟挣不少钱。有的拉不上几趟。拉多拉少三分靠机遇，七分靠人缘。雷富定挣得多，主要靠人缘。有的建材量大，只有卡车才一次装得下，但卡车司机要价高，雷富定宁愿来回拉两趟，收费比卡车拉一趟要的低，货主当然就选择了他。有的货超长，司机都怕路上被发现罚款，雷富定却冒险接活，装货时尽量把货往前拱，岔开只留下他头部的空档，使得车尾伸出的部分不那么显眼，开车时他凭着个头高，两眼还能看到左右的路况，居然有惊无险地把那些货运到。建材市场的游戏规则，本是卖货的店家在买方买定后，负责装车，到达指定地点，则收货方负责卸车。如果要司机装卸，那得另外加钱，但雷富定却破坏了这一约定俗成的规则，凭着人高马大，浑身有力，他为货主装卸不另收钱。这虽然被不少司机嫉恨，但找他拉货的，越来越多，后来他根本用不着趴活儿，在家里天一亮就有货主打电话约他。这趟活儿没结束，另一趟活儿又等着他。这样，他一天总能收个三四百元，刨去油钱，稳挣三百多，除了大雨雪天，他从不休息，这样基本上是月入万元。

362 雷富定媳妇原来在附近一家制鞋厂做工，后来鞋厂产能过剩，做出鞋子卖不出去，破产倒闭，拖欠几个月的工资开不出，老板发给每个工人一箱鞋子算是补偿。媳妇抱回家，箱子里全是女鞋，雷富定穿不了，媳妇穿不完，就让上小学的儿子穿，很快被同学发现穿的是女鞋，遭到嘲笑，回家委屈得哭。雷富定一跺脚，就到城里给儿子买了双很贵的运动鞋。

363 雷富定后来用拉货挣来的钱，把盖出的房子装修完善。他特别设计盖出了跟城里单元楼相仿的卫生间，有像样的抽水马桶，光修化粪池，就花了一大笔钱。媳妇直到今天，提起来还心疼，说“哪有把钱花到屎尿上的”，但后来用惯了抽水马桶，再到亲友家或公厕去蹲坑，不习惯了。有次回家来总算说句公道话：“咱们家别处不说，这一处真是实现小康了。”

364 雷富定心气很高。他毕竟不仅进过城，还因为当过庄有德的司机，见识过城里富人、名流，吃过高级餐厅，穿过西装扎过领带，经历过大场面，听老板朋友莫教授细讲过美国的种种景象，因此，他发誓要把儿子培养起来。媳妇支持他，两口子自己省吃俭用，把儿子送进那地区最有名、收费也最高的寄宿学校。放假的时候，笃信“不能让孩子输在起跑线上”的家长共识，花钱为儿子上补习班和特长班。他常给儿子讲北京的繁华、有钱人的享受、有高学历人士的风度。春节期间基本上没人约他拉货，有天他就把媳妇儿子带进城里，去那座小城市里唯一的一家三星级酒店吃自助餐。媳妇进了大堂只觉得被高大富丽的气派压迫得透不过气，手足无措，想转身退出去。儿子却很高兴，东张西望，还有些手舞足蹈。他带媳妇和儿子进入那吃自助的空间，媳妇只觉得满坑满谷全是吃的，而且好多是不但以前没吃过也根本没见过的。儿子只觉得那一大排银闪闪的下面有保温功能的菜钵有趣，也不懂怎么取菜，小跑过去，依次把一个个菜钵的银把手往上掀盖，惹得其他食客侧目。他忙把母子二人劝到靠大落地窗的车厢座坐定，给他们科普，告诉他们什么叫自助餐，应该如何取食，如何进餐。先从食物柜下面的空间取消过毒的空盘子，再逐一观察有哪些自己喜欢吃的东西，那些盛在银钵或银罐里的热菜热汤，旁边一定立着牌子，写明里面是什么菜或什么汤，那些直接摆放着的海鲜、面包、点心、生菜、水果，取的时候也一定不要过量，因为，你们往那边看，柜台里头，有戴高桩白帽的厨师，到那里可以跟他们打招呼，说明你要什么面条、馄饨、烤串、烤鸭……他们就会特为你准备出来。媳妇张望中盯准那挂出的烤鸭，问出一句：“我能要一只带回家吗？”如此不得体，令他汗颜，好在儿子还知道：“自助餐只能在餐厅吃，不准带回家的。”

365 那天的自助餐吃得很失败。媳妇回到家叨唠了好几天：贵，贵死，贵上天。儿子呢，因为一见那么些蛋糕甜点就馋得不行，一取就搁了个满盘，结果胃肠里塞了一大堆甜食以后，那么些可口的热菜都吃不动了，最后取来的基围虾、烤鸭和咖喱牛肉什么的剩下很多，差点被餐厅罚款。但是雷富定不后悔，不灰心。媳妇么，不可教，不教也罢；儿子呢，必须再进一步让他明白，必须好好学习，第一步，要考上大学；第二，大学毕业要么做公务员要么做白领，要从现在起就养成脱离土腥味儿的文明举止：打喷嚏剔牙缝都一定要用餐巾纸或手帕掩着，绝对不能当着别人，特别是女士，擤鼻涕挖鼻孔，在公众场合绝对不能大声喧哗，衣衫要整洁牙齿永远要保持洁白，跟人交谈多用“请”字“您”字，跟人握手不可敷衍潦草也不能用力过度……媳妇有次听他跟儿子训诫完，撇嘴说：“炖的什么乱七八糟一大锅，我听着也就一勺汤还行：递东西给父母长辈要用双手！”

366 儿子似乎也确实在雷富定的教导下逐渐成长，往往会主动问父亲：“这件事，要在城里头，有钱有教养的人士，会怎么说？怎么做？”雷富定有次就告诉儿子：“有个通用的守则，叫不动声色。就是喜怒藏于心，沉得住气。”他举一例，就是他给庄老板开车的时候，有次庄老板的铁哥儿们，现在应该叫温老板的，让他开车，一起去西单大悦城，那是个很大很大的购物中心，楼上至少有三层是各种餐饮。温老板带他去了以后，几乎把每家餐馆都逛到，看人家菜单，观察食客数量和表现，可就是不坐下点餐。温老板到最后才问他："富定，饿了吗?"他就说："真的饿了。随便哪家吃点算了。"温老板出发前说好要请他吃，而且要大快朵颐，就是大吃一顿美食。其实那大悦城里好多家餐厅，雷富定都觉得很不错，特别是饿劲上来以后，最便宜的饺子铺散发出的味道，都让人忍不住不停地咽吐沫。嘿，那温老板还就是不带他在大悦城里吃。

367 温老板带着雷富定从滚梯下到三楼，再下到二楼，再到一楼，带他出后门，那后面的街道似乎没有什么餐馆啊，往南走，找到斑马线，过斑马线，过人行道，往下走阶梯，走完阶梯是个下沉的小广场。小广场那边，有家餐馆，卖牛排。温老板和雷富定走进去，服务员微笑地迎上前，引位，余位不多，他们选了张只容二人的小桌，坐下，每人递一张菜单。温老板做主，点了两份牛排套餐。雷富定一瞥价位，每份近400元，两个人这餐要花费约800元，好贵!

368 返回路上，温老板坐副驾驶，问雷富定吃得如何。雷富定赞：确实好!贵是贵，物有所值!原来，那是一位

台胞开的。此人原来是海峡那边一位大工厂主的御用厨师，专烹制这种牛排，一头牛，只取六块肉来用，料好不消说，每块肉不再分解，却烹制得美味无比，再配以前后数道色拉、靓汤、果汁、布丁，最后可选茶或咖啡，真是大快朵颐，唇齿留香。

369 温老板其实出发前，就制定好方略，最后要吃这种台北牛排，但先不跟雷富定透风。他在大悦城逛遍所有餐馆，其实是在做市场调查。他故意使自己和雷富定逛饿，也是一种实验，就是食客如果不是仅仅想果腹，而是想大快朵颐，那么在就近进餐与找到心仪食物才坐下，其心理耐受力究竟能达到什么程度？而终于找到心仪食物后，消化系统与人体的其余功能系统，又究竟会有些什么样的兴奋点？并且在归途中与雷富定的交谈，其兴奋又能持续多久，也就是一餐美食后的回味期究竟能延续多久？温老板以不动声色使得雷富定最后惊喜莫名，这种定力，可是乡野人不具备的。所以雷富定要把这件事作为例子讲给儿子雷洋听，进一步教他如何争取成为一个城市里的中产阶级成员。

370 雷富定最后告诉儿子，温老板后来开淮扬菜馆，那么成功，跟他这种素质是分不开的。听说庄老板后来生意垮塌了，人也疯掉了，刨根问底，说了归齐，究竟还是没上大学。温老板，还有他们“留驾泉四剑客”的那二位，一个成了美国教授，一个成了杂志编审，就都是上了正牌大学，才有今天的体面生活。孩子，一定要好好学习，考上大学啊！

371　儿子雷洋小学阶段挺不错，上初中以后，开始也还行，上到初二，在班上的排名还有上升的势头。几乎每天都在排名。小测验排名，模拟考后要排名，正式考当然更要排名，各科有分科排名，最后有综合排名。现在有电脑，考完排名很迅捷。排名出来，班主任很快通过微信群传到家长手机上。雷富定原来不怕班主任传排名，有次雷洋综合排名居然跃升到第七名。雷富定心花怒放，那天拉货走得很远，回来已是深夜，到家后顾不得擦汗，立刻再掏出手机看那排名。媳妇已经睡了，他去取出煨在锅里的葱白油渣大包子，本来不必叫醒媳妇，他却还是去弄醒了她，非要媳妇给他再炒个青椒鸡蛋，喝二两白酒，说是庆贺庆贺。媳妇听说儿子这样争气，过几年能考上大学，也很高兴，没有埋怨他搅了觉，除了青椒炒鸡蛋，还增加了一盘老醋花生米。

372　但是今年上到初三，情况不妙。班主任传来的各种排名，雷洋都一个劲往下掉。雷富定开始害怕手机上传来的排名。雷洋那个班学生多达五十二个，他从第二十几，渐渐掉到三十以外。雷富定到学校去找班主任，班主任说这孩子潜力还是有的，可是最近越来越倔，老师跟他说好说歹，他都咬着嘴唇不吭声。

373　上初一的时候，每周回家一次。雷富定家虽在城市近郊，算是离城里那所寄宿学校比较近的，也还可以乘公交车去，但上车下车都还得步行十来分钟。开头是雷富定和媳妇轮流接送，后来见同村别的家长要么有自己的小汽车接送，要么雇一辆小汽车拼车去接，就决定也拼车。正好建材市场有个魏老板，跟雷富定极熟，有辆捷达小轿车，村里呢，正好有三家是女孩子在那寄宿学校就读，也正需要小轿车接送，就说定了：雷洋每次坐副驾驶座，每月去来四次200元，那三个女孩坐后座，每月每人160元，魏老板开车，每月可以挣到680元。到初二，学校半个月放两天假，还要不要雇车呢？那三个女孩家还要，魏老板车钱不是减半，要每月每人100元，雷洋是否就自己去自己回，或者家长送接呢？最后雷富定拍板，还是拼车，魏老板要每月120元，答应！后来雷富定媳妇从制鞋厂遣散回来，再找不到固定的工作，打些零工，帮包子铺卖包子呀，节假日到超市帮助上货理货呀，到冷库外头给出库的苹果包上网状泡沫塑料套呀……再后来得了美尼尔氏症，常常觉得天旋地转，经常要在床上躺着，不能挣钱也罢，还得进城去大医院就诊，花好些个钱。这样，到雷洋上到初三，每月只放一次假，雷富定媳妇就说什么也不让拼坐魏老板那车了，说雷洋大了，属羊的，是头大壮羊了，让他自己去自己回！但那三个女生还是请魏老板一送一接，副驾驶座则增加了一个村里才上初一的男生，那男生每月休假四次，都还让魏老板送接，怎么算钱，就不好打听了。

374 雷富定养家的担子越发重了，但是还是那么任劳任怨。只要雷洋能争气，顺利考上高中，再考上大学，进城成为中产阶级一员，他再苦再累也情愿。去学校跟班主任沟通以后，雷洋月假回来，就跟孩子恳谈，问他究竟为什么排名不断往下掉？咬着嘴唇不吭声。翻看他的作业本考试卷子，数学成绩尤其不堪。那些题目，雷富定号称初中毕业，其实他上初中的时候根本没学到这个程度，无法辅导，问雷洋："不会，为什么不去问老师?"雷洋回答："老师才不理啦！就让假期报他的补习班。正经课堂哪个老师不是糊弄？都等着你们家长交钱，去他们家里，要么租的地方，去补习，那时候才传点真经。"雷富定也知道，有关部门发过文件，报纸上，广播电视里，就连手机里，都有禁止课外收钱补课的信息，但是哪能实施啊。那些收钱补课的老师倒不吭声，反而是家长们，像村里那三个上到初三还拼车让魏老板开捷达接送的女生，他们父母就主动去求老师补课，甚至愿意出比老师开价更高的数目，去上小补习班，以便今后升学能有更坚实的保障。雷富定情急中，就把雷洋做不对的那些数学题，通过手机微信传给在城里认识的石可尔教授。雷富定懂，石可尔的职称是编审，编审跟教授一个量级，请他辅导，那石教授还真有爱心和耐心，逐题回复，附言里还传授了几条解题窍门。雷富定让雷洋照着做，又让他消化那些窍门，回复石教授除道谢外，还发誓今后一定酬谢，石教授回复：几年后你把雷洋那大学录取通知书传给我看，就是最好的酬谢！

375 过些天，雷富定跑了趟远活，按说他那种三轮摩托是不适宜跑那种来回的，但是他要价比卡车低，货主为省钱，也信得过他，就把活儿给他了。三轮摩托货车跑远程，是违规的，为怕被交警拦查，雷富定还得眼明心细，躲来躲去，往往就得绕进偏路小巷，既费时间耗体力也费油，可是毕竟拉这种活儿能净挣三百多小四百，需要啊！可就在这次他越过市界、绕路行驶时，被邻市的一个守在小街口的交警逮个正着。

376 那交警铁面无情，就要开500元的罚单。雷富定就央求他少罚点，怎么也让他别白跑一趟还大赔钱，“老哥，您也是上有老下有小的，咱们一根藤上的瓠子，只是您那瓠子个头比我大，您高抬贵手吧！”人家根本不吃他那一套，可是，霎时间，雷富定觉得那交警有些个脸儿熟，就试着问人家，孩子是不是也在他们那个市的那所寄宿学校上学？邻市有不少家长慕名那所学校，都知道升学率在全地区是拔尖的，都上赶着花高代价让孩子去那所学校就读。雷富定想起来，他们是在家长会上照过面的，那交警望望他，也觉得脸熟，再往下对话，表情语音就不一样了。雷富定就跟那交警说，自己只剩一个老母，父亲去世后跟了后老伴，如今在僻远的乡村种苹果，今年苹果丰收，却卖不动。他忙着拉货挣钱，都好长时间没去看望了，本指望拉完这趟活儿，还能瞒下几十块钱，去看望母亲和后爸，补助他们一点，为什么要瞒下？因为媳妇总觉得他对婆婆大手大脚，动不动去了就买营养品，给钱，跟媳妇上交拉活收入时，瞒报一点，媳妇也不会觉得，自己拿去孝敬老人，心里也踏实……交警就笑了，说："哎呀，我那媳妇也这毛病啊。往她娘家老人那儿送东西给钱，舍得，往婆家老人那儿送东西给钱，就肉疼。"几句话，两个人的心就拉近了。再说起上学的孩子，交警叹息："怎么那排名就稀里哗啦地往下掉，老师说得补课！"雷富定就说："可不是，课堂上学不着什么，就是没完没了地测测测、考考考，就让你拿钱去补习，在那儿老师才给点干货，唉！"聊到这儿，那交警一手里的笔一手里的罚单，本来都举着，就都垂了下去。交警说："你走吧。下一段小心点儿！"雷富定感动得不行，就敬烟，他自己早戒了，但衣兜里总准备着烟，见机行事，有时递一支，有时递一盒，这回递去一盒，也只有这一盒。交警搁好罚单本和笔，接了。

377　回来顺利返回，心情舒畅。从城里石教授那里学得一个词汇：吉人天相。正是如此。但是回到家，停好车，刚进院，就不禁一愣。

378　只见雷洋坐在正房门槛上。今天不是还该上课吗？这怎么回事？问雷洋，不回答。进里屋，媳妇从炕上爬起来，跟他说："你也别问我。我都要让你们爷儿俩气死了！"雷洋气得她要死，说得通；他辛辛苦苦拉货挣钱，而且是担着风险，今天就差点被罚，累死累活，怎么也成了气死她的魔障？一贯沉得住气扛得住埋怨的他，一下子暴跳如雷，大叫大嚷起来。媳妇又倒到炕上，真是气死的模样。

379　原来，是那天在学校食堂吃晚饭，规定初三学生必须二十分钟吃完，然后一律去教室上晚自习。雷洋故意吃得慢，晚饭终止铃响，他才刚去洗手池那里洗碗。别的同学闻铃跑去教室，他还不紧不慢，班主任就过去呵斥他。他把碗往洗碗池里一摔，转身对班主任大吼一声："魔鬼！我不要魔鬼！"班主任倒被他吓愣了。雷洋就干脆一路跑出了学校，身上的钱还够坐公交车，就那么回了家，进门把他妈也吓一跳，问他怎么跑回家来，他也是吼："我不跟魔鬼玩了！"那学校对初三高三学生，公开提出进行"魔鬼训练"，就是完全把学生变成考试机器、得分妖精，种种严苛的作息规矩，频繁的测验考试排名褒贬，已经不止一个学生精神崩溃，雷洋不过是发作得最厉害的一个。他声言："这辈子再不进学校了！"

380 雷富定家乱了套，但日子还得过下去。他还得拉货挣钱。媳妇的病还得花钱治。雷洋已经发育得不再是稚嫩的少年，俨然一个挺拔的小伙儿，身高超过他妈，站雷富定身边齐父亲耳根。雷富定不但找了班主任，也找了校长，二位倒还通情达理。校长跟雷富定说，你儿子早熟，比其他男孩子提前进入了青春反叛期，这种情况下，暂时休学一段也好。学校不处分他，更不会开除，保留他学籍，等他冷静下来，再送他来接着上吧。班主任更安慰雷富定，说雷洋其实在班上排名还不是谷底，这孩子调整好心态，在家能先自学，回来跟班，说不定成绩能提上去，只要恢复到二十来名的排位，那上高中应该没问题。

381 冷静下来，雷富定知道硬掰是掰不直儿子的，于是拉货回到家，耐心地给儿子讲更多城里公务员白领老板教授的事情，告诉他什么是餐馆的包间，什么是鲍鱼捞饭，飞机是怎么个坐法，吃西餐喝汤汤勺一定要朝里面方向扤，国家大剧院里面什么样，什么叫包厢，拿铁咖啡是有牛奶成分的，摩卡咖啡是有巧克力成分的，卡普奇诺咖啡是有奶油的，芭蕾舞和交响乐是怎么回事，京剧《白蛇传》多么有意思，什么叫邮轮旅游，国内国外的自驾游人家是怎么选择线路的，中高档汽车有哪些品牌，什么叫室内绿植，发财树和散尾葵有什么区别，什么是拍卖，什么是拍卖师和拍卖槌，使用VISA和Master Card信用卡为什么气派，硕士、博士和博士后是怎么回事，什么叫常青藤大学，什么叫董事会、董事长、CEO……先引得雷洋渐渐听得入神，然后有点哀伤地跟儿子说：这些，爸爸有的都只是略微沾过边，有的也只不过听老板教授他们讲到过。爸爸这辈子是跟这种人群、这种生活越离越远了，而你，还大有希望。你有一天成为这种人群里的一员，享受到了这种生活，爸妈那时就是死了，在阴间，不，在天堂，也会高兴的。

382 可是，听了雷富定几番吹风，雷洋还是不想进入“魔鬼训练”去谋求那样一种未来。雷富定就跟媳妇叹气：“看来也只好放弃孩子上大学的梦，让他去上个技校，谋个蓝领罢了。”媳妇不懂蓝领是什么意思，疑惑：“如今人们穿的衣服，大都是白的浅色的领子，哪有蓝领子的?”雷洋一旁听了搭话：“蓝领就是干体力活的。干体力活有什么不好？总比跟着魔鬼好!”

383 雷富定想了个辙，去跟建材市场的魏老板商

议，让雷洋去他那里干活，尝尝蓝领的滋味。魏老板来自福建。那个建材市场不少老板来自福建。为什么福建人扎堆跑山东那么个地方做建材生意？雷富定也没深究过。近来魏老板是做木头托盘，那种托盘是冷库里用来垫在铁果筐下面，便于叉车叉起运进运出的，是木工活儿。一个木托盘下面的两根肋木钉好以后，需要把伸出的多余部分锯下来。雷富定原来干过这个活儿，是计件付酬。跟魏老板说定，只让雷洋干三天，别让孩子偷懒，也别嫌孩子干得笨出活慢。魏老板常年用他那辆捷达接送雷洋，知道雷洋厌学辍学很是叹息，知道雷富定作为父亲，是想让孩子尝尝干体力活的滋味，别以为不上学活着就那么轻松，因此雷洋来了，并不优待他，该干多长时间休息多久，收工时算出件数该给多少给多少。

384 雷洋第一天干活回到家，拿回的四十五块工资全交给了他妈，很有成就感。雷洋妈拉过孩子的手掌看，磨出了血泡，骂那魏老板："又不是不认识，算老交情了，把我孩子真当小工使！"晚上不等雷富定收工，特炖了一小碗红烧肉，说单给雷洋吃："不用给你爸留，他有大葱卷饼就知足。"那天雷富定回来，听说头一回干活就挣了四十五块，也很高兴，问雷洋："明天还去不去？"雷洋甩着膀子说："当然去！"

385 但是第三天只干了半天，雷洋就回家了。他妈

心疼他，给他处理磨破的肉皮，骂完魏老板资本家剥削人，又骂雷富定狠心肠虎吃羊。雷富定回来听说雷洋打了退堂鼓，倒有些高兴，问他："怎么样？今后就这么靠手上起茧子挣钱，过跟中产阶级隔绝的清苦日子？要不要再回学校去念书，熬过魔鬼训练，到头来上大学，进城当白领？"媳妇插话："什么白领黑领，我的孩子不能白受委屈，你别再兴出怪来伤着他。他才多大，你让他去打工挣钱！"但是当妈的也希望孩子复学。雷洋坐在炕沿上埋着头不说话。

386 雷洋复学的第三天，雷富定拉一车地砖才走到半路，手机响起彩铃声，只好靠马路边暂停，接电话，是班主任打来的，说雷洋刚才把同学嘴打破了，破得医务室都处理不了，得去医院缝针。那同学的家长已经赶到学校，他必须赶紧去。这可怎么办呢？媳妇有病又去不了，把货送到再去又来不及，只能给发货方和收货方各打一个电话，请求他们允许他先去学校。人家倒都通情达理，雷富定就蹬着装货的车去了学校，停在操场边上。当时正好课间休息，一群学生就围着那车货指指点点。那三个曾经跟雷洋同坐过魏老板捷达车的，就叽叽喳喳告诉别的同学，这三轮摩托是雷洋他爸的，车上一包包的，沉甸甸的，摞那么高，是些什么新奇玩意儿啊。

387 打电话约来魏老板，开那辆捷达车，载着对方家长和孩子，还有雷富定自己，去医院。事情起因是那同学跟雷洋说了句“好羊不吃回头草”，他们都属羊，雷洋名字里又有羊，那显然是讽刺雷洋辍学又复学。雷洋就伸手打过去，对方一躲闪，雷洋手背先磕到那孩子上门牙，也破了皮出了血。那孩子惶急中，自己的门牙又把下嘴唇里头咬破一道血口子。医生给两个孩子都缝了伤口，打了预防破伤风和狂犬病的针。医药费雷富定全包，一再道歉，又拿出300元给那孩子父亲，算是精神赔偿。好在那父亲相当通情达理，接受道歉，接过300元，没再说什么。事后班主任说，亏得是两个父亲出面，如果是两个母亲到场，指不定这出戏会演成什么模样，能不能就这么收场呢。

388 雷富定精神几近崩溃。望子成龙，上大学，进城市，当白领，过中产阶级生活的梦，碎成一地鸡毛。但总还得想方设法，使雷洋的前途变得稍微像点样。于是想到了北京城里开餐馆的温老板。那餐馆的大厨二厨手艺都很好，而且早听说温老板的餐馆，是让信得过的职工参股的，长期在那儿干，除了工资、奖金，每年年底是可以按股分红的。如果温老板能接收雷洋，那么，第一，雷洋进了都城；第二，从最低级的厨艺学起，拜那二厨大厨为师，先能打荷，最后学成二厨（大厨不抱希望），每年的收入至少跟一般公务员和白领持平；第三，再学会开车，能兼温老板的司机保镖，那就能大开眼界。如此想来，大学不大学，学历不学历，也就都无所谓了。

389 跟温老板通了一个很长的电话。温老板是个热心肠的人，很快明了雷富定的处境和心态，爽快地答应帮忙，但是也坦率地告诉他，如今做餐饮这一行也越来越艰难，盈利空间越来越小。目前他的餐馆后厨前堂都不缺人，雷洋这根针插不进来。但是，他餐馆马路对面的洗车行，老板人称左七儿，那里缺人，富定如果愿意雷洋先到左七儿那里，除供食宿外，凭他跟左七儿称兄道弟的铁关系，可以不必干洗车的粗活，立刻安排雷洋跟老师傅学修车，学出来也是一门技艺。如今私家车如此之多，而且还在换代、增量，跟车子相关的行业，倒比餐饮业还红火，劝他带雷洋来左七儿那里试试。雷富定媳妇开头舍不得雷洋离开，后来打听到，就是在本地上了技校，学了汽车修理，也没机会到北京谋职的，如今有这么铁的关系，这么好的机会，难道让给别的针去插不成？也就同意了。雷富定就带着雷洋，进北京找到了温豪。温豪那骨节眼上，也就先接待雷家父子，且不跟石可尔视频聊天。石可尔当时也正需要静下来面对自己。

390 邮轮夜航。她和若瑟忽来精神，要去泳池夜泳。船上有两处泳池，一处露天，另一处室内。室内那处，设计布置成印度洋风情，泳池周围有些高大的椰子树，虽然是假的，却几可乱真。泳池边上有印度教象鼻神，泰国佛教四面神，以及一些相应的装饰物。她和若瑟进入那个空间时，前后入口处都有英文的“请勿入内”的临时A形落地标识，很觉诧异。按邮轮的游戏规则，虽说晚上9点后泳池会撤离救生员，儿童与老人不宜游泳，但只要成年旅客泳责自负，邮轮并不能阻止她们下池游泳。更令她们诧异的是，那泳池的灯光仍像之前那般明亮，池中分明有两个人嬉水，为什么那两个人就能破例，而别的旅客就必须“勿入”呢？若瑟碰碰她胳膊肘，提示她往池边细观，“嗨！”那池边人已经主动在招呼她们，原来正是那来自大溪地的棕色壮汉。她就用英语与其交流，对方告诉她，这泳池今夜被两个少年包下来了，他呢，被特邀为他们的救生员，又指指那边，还有一位矮小精瘦的中国男子，那是按摩师华先生。两个少年嬉水过足瘾后，会享受按摩师的泰式按摩。

391 那两个少年正是明厉与普奔。他们上船后并没有住进那个旅游团原8号家庭宙玉鹏夫妇的那间舱房，他们住进了阔大的落地窗正朝行驶方向的一个豪华套房。本来那套房是一个南美富翁享用的，邮轮船长亲自出面，恳求那南美富翁将套房让给明厉与普奔，而两位少年会给他双倍全程房费的赔偿，开始那带着情妇的富翁还不干，后来听清那二位在南美也有大笔的投资，且牵连到其正运作中的生意，这才让出。明

厉、普奔，厉害啊！

392　那夜月隐星灿。邮轮稳稳地朝马耳他驶去。几乎所有的旅客都在舱房中睡觉。唯独明厉和普奔在那印度洋风情的泳池里外恣意享受他们的幸福。他们明明有自己阔大的豪华舱房，回去也很方便，却偏要在泳池边按摩、用餐。按摩师华瑞生费力地把按摩床从顶层按摩室推入电梯，运了下来。厨房推来银闪闪的送餐车，安置了临时餐桌，铺上也是印度洋风格的刺绣桌布，又有服务生从明厉、普奔舱房搬来了古典式靠背软椅，供二位穿着浴袍就餐。服务生先从餐车上端起有玻璃盖和盘花双耳的大银钵，那是无敌海鲜汤，当然早摆好了套盘和必备的刀叉勺子，明厉却要先按摩，让普奔先喝。普奔就叫那大溪地健美男陪他喝，服务生赶忙为他们放置浆过的餐巾……又有服务生推来放有香槟的冰桶，准备下一道上鹅肝时供贵客佐用……一切都按船长吩咐执行，而船长是接到公司总部指示，知道这两个东方面孔的年轻人，正准备给利润下滑的公司融资。明厉先用中国普通话后用沪语与按摩师交谈，普奔先用英语后用法语跟健美男交流。

393　马自先和那二朵同床异梦。马自先觉得是在昔日的北京东四牌楼那里，想过马路，却忽然街面变成了河流，而且顿时发了大水，有多桅帆船顺水驶来，他就站在了船板上，拿起一个单筒望远镜，闭一眼，另一眼从镜筒望出去，见有大蟒蛇在那边盘踞。他最怕蛇，望远镜从手中跌落，就又置身在一个大玻璃房子里，一扇玻璃门被推开，出来一个人，是个女的，面目模糊。那女子递给他一张纸，上面有些文字和表格，忽然像拍摄对焦似的，对面的女人面目清晰起来，竟然是表妹雪梅。问雪梅“你怎么也在这邮轮上”，那雪梅就跟他念那纸上写出的结论：经DNA检测，自先和雪梅是同父同母的兄妹！他大叫：胡说！对面的女子又不是雪梅，而是那个被黑车司机害死的女作家，无数手机网络上的跟帖飘出来舞动着，如飘带般掠过他的眼睛，上面都是些喷他的话语。有一句是“喷你丫的一口绿痰”，给他一个强刺激，但转瞬那些飘动的网络帖子全飞走了，只见那女作家手里有本书，不是他写的，是那女作家的代表作。女作家一手举书，另有好几只手撕书页。就觉得很饿，找吃的，一条很熟悉的街巷，努力地想，是哪里的？一个又一个的买吃食的摊档，却都是些他不爱吃的东西。有直升飞机抛下绳梯，爬那绳梯，就有女子出现在他身边，谁啊？啊，是一起旅游的那个叫若瑟的。若瑟露出白牙，说“我能再捏捏吗”，就伸出手捏他的肱二头肌。一座教堂出现，钟声乱响，沼泽地，好多癞蛤蟆，有一个蹦到他脚面，好恶心。是新书发布会现场，他举着无线话筒发言，一只癞蛤蟆蹦到他腿上，前面坐满的读者都没笑，坐在身旁的同行笑得前仰后合。他怎么会这样对待我？一起去卫生间，那句话听来十分清晰：教授千万别听见学生在卫生间里对他的议论！委屈，想拧开一个水果罐头，怎么也拧不开，把罐头倒过来，用改锥撬，还是打不开。暴躁地把罐头扔到地下，摔烂的罐头里掉出许多血红的嘴唇，对自己说，好啦，这才是艺术。卡夫卡啊。怎么有蛇爬到了自己胸口，抓起来狠命一甩，“你干吗哟”，却是那二朵的声音……

394 是那二朵在睡梦中，把胳膊放到了马自先胸脯上，马自先抓起那胳膊狠命一甩，把那二朵甩疼了。两个人都醒了，懵懂一阵，那二朵问：“你梦见什么了？”马自先坐起来，靠在床背上，认真回答：“乌七八糟，记不得了。”那二朵就把头靠在他胸脯上，告诉他：“我可是还记得。”马自先问：“梦见些什么？”那二朵就告诉他，先是跟我姐吵架。姐夫新一兵在一旁若无其事，对着镜子，往耳朵上扎耳针，每扎完一处，就耐心地用剪下的小块橡皮膏贴上，你就来了，跟我姐说说笑笑，把我凉拌着。新一兵扎完贴完一只耳朵，再扎再贴另一只耳朵。我和姐就在长安街上骑自行车，不光我们两个，还有好多，前前后后，左左右右，都骑车，都是合唱团的人啊，边骑边唱，我的高音，姐的中音，还有石可菀的低音，配合一起那个好听啊！是按顺序唱哩！先有《往日的好时光》《Auld Lang Syne》《红河谷》《Red River Valley》……接着有《喀秋莎》《红莓花儿开》……再有《我们的田野》《社员都是向阳花》《我爱北京天安门》……一直唱到《在希望的田野上》。路过西长安街的电报大楼，就进去，那里是个大书店，好多书架，好多书，有个书架上排满了一种书，就是《长安街女子》，马自先著……听到这儿马自先就说：你编吧，编吧！那二朵发誓：真是梦见了！你听我往下讲，我的梦很有逻辑性，不那么糟乱。就在石可菀他们家客厅里了，那种米黄色咔叽布沙发套套住的苏联式沙发，石可菀那老公，也没坐沙发上，站在那儿，板着个脸，沙发前的茶几上，就撂着一本《长安街女子》，你好像并不在场。我姐跟石可菀说："有那么严重吗?"我们在飞机上，飞机大颠簸，你脸都白了，我就拉你的手，跟你说，别怕，别怕……马自先不高兴了："梦里你都踩乎我呀!"

395 那夜晚马自先在邮轮上做梦的时候，已近天亮。他表妹雪梅大概其在那时候也做了梦，北京时间是接近午夜。她梦见在北海公园，表哥一家划一只游船，她家也划一只游船，水波荡漾，人影模糊，但两家的笑声清晰可闻。又忽然有一只玉镯空中落下，正落在床边地板上。那玉镯没有碎，但落下后仿佛感到疼痛，身子不停地左右跳动，许久才平复下来，算是安静地躺在了地板上。雪梅当时其实还沉睡在被窝里，但梦中的她，却蹲在床边，惊诧地弯腰观察那只玉镯……

396 那是姥姥留给母亲的玉镯。据说姥姥又是从祖姥姥那里得来的，都是出嫁时候的陪嫁品之一。母亲病重时，留下的遗言中，有一条就是把那玉镯传给雪梅。但母亲过世后，雪梅把那玉镯戴到母亲手腕，一起火葬了。那玉镯母亲不戴的时候，就装进一个描绘得非常精致的漆盒里，藏在她自用的一个樟木箱子里。父亲在世时，应该是从未去打开过母亲的那只箱子。父亲自己，没有私密的箱子。

397 雪梅的父母，从未在她面前有过亲昵的行为。在她不在场的时候呢？她成年以后，推敲过，或许有，有也不会多。父母那一辈，包括表哥的父母，也就是她的大姨、姨父，经历过太多的时代风云、岁月沧桑。他们的喜怒哀乐，都早从炽烈的熔浆化为了冰凉的火山岩，雪梅看不透，也不想看透。表哥马自先呢，按说是个作家，写小说的，专好探究隐私，探究人性，应该能够看透，但其实也未必，人的生命，生命中的隐秘，人性中的诡谲，那是最难参透的啊。

398 母亲去世十来年了，雪梅退休了，儿子强强大学也毕业了，要重新装修屋子。这时候母亲遗留下的那只樟木箱子，就显得碍眼碍事了。这才来清理那只樟木箱，清理后打算把它处理掉。据说潘家园那类地方，专收这类旧家伙。箱子里别的东西就不去说了，令雪梅惊异而且心乱的，是那只装过玉镯的漆盒。那漆盒的底部，垫着块大红的丝绒，不经意地一抠，那层丝绒就活动了，掀开丝绒，底下还垫着东西，乍看是很陈旧的折叠的宣纸，黄脆了，掏出来，还可摊开，摊开就发现，居然是封用毛笔写的信，右起竖写，那信纸似乎被揉乱过，却又一定被拍平过，还似乎被试图撕毁，却又只留下裂痕，算得完整，最难得的是，上面的字迹，历经岁月嬗递，仍十分清晰。

399 雪梅那一辈，还能认繁体字。她读那封奇怪的信，读了三遍，终于明白，那是一封情书。情书倒也不稀奇，稀奇的是，她反复看那抬头与落款，分明是她父亲写给大姨的！没错，不是父亲写给母亲，而是写给母亲的姐姐的。那落款后的日期，写的是干支纪年，查万年历，可确证是在父母结婚之前。父亲既然本来爱的是大姨，却为何娶了母亲？此信既然是写给大姨的，却又为何落到母亲手中？母亲为何要一直保留着它？为何把它偷藏在这个漆盒里？为何总用祖传的玉镯镇着它？现在这封信暴露在她眼前，她该怎么处理它？

400 雪梅决定把这封信的事情彻底冷藏。但从看过信的那一刻起，本来就被表哥比喻为《红楼梦》中的贾惜春，被讥评为“冷面冷心”的她，就更面冷如霜心冷如冰了。

401　雪梅的生命轨迹，按说相当顺遂。她高中毕业后顺利考入大学。那时候还没有“学霸”一词，现在回头看，她就是个学霸。她是个理工女，巾帼不让须眉，学业上把多少男生甩在身后。当然顺利毕业。那时候没有硕士、博士一说，若有，她必是优秀的女博士。顺利地分配到一个科研机构。科研也停顿过几年，但一恢复业务，她就被重用。那时候世界上据说有四个前沿性科技项目，一个叫射流，一个叫激光，一个叫液压，一个叫直拉单晶硅。她被分配在射流攻关组。也就是在那个组里，她和同组的比她早两届毕业的学兄，结为了夫妻。婚后顺利生下儿子强强。

402　虽然同组工作，雪梅和后来的丈夫并没有自动恋爱，还是由科研所办公室的一位大姐从中撮合，算是互为对象了，工余交往了半年结的婚。那时候没有老公的称谓，年纪还轻，难称老伴，也不能生硬地说“他是我丈夫”，夫妻都采取“他（或她）是我爱人”的说法。那时候甚至闹离婚，也会说成“我要跟爱人离婚”。那么，他们夫妻间究竟有没有爱情呢？真是很难说。雪梅和丈夫李惠，既然结婚、生子，一起过日子，含辛茹苦把强强培养成大学生，又一起先后送走了双方的父母，平淡的生活流程里，没起过什么大风波，这样的相处，多少有些爱情的成分在支撑吧。李惠在退休前就一病而逝。多有来劝雪梅再嫁的，她本来就无此念，后来发现了父亲写给大姨的情书，更把爱情一事看虚。

403 大姨和大姨父也都去世。雪梅和表哥马自先只保持应节的联系。开头还约着一起，两家聚餐，后来就只是打个电话，问个安好。雪梅看不起马自先，雪梅是个唯学历论者，凡不具备大学本科学历的人，她都鄙视。马自先只是大专学历。尽管后来马自先在文学圈里混得风生水起，在社会上算得人五人六，但在雪梅看来，他那非本科的学历，是其永远的短板。在强强高考前，雪梅几次拿马自先说事：“可不能跟你表舅似的，到头来只是个专科学历，寒碜！”强强争气，后来虽然没上清华、北大，但考上了北京工业大学，取得了学士学位，后来到外企工作，这就比他表舅靠谱多了！

404 有一天马自先忽然跑来，先道扰，说未经预约就擅造潭府，盼妹妹恕罪。他说坐坐就走。来，一是送一本他新出的书，二是有个情况要告知雪梅。雪梅接过那本书，只看看封面，也不往里翻翻，而且冷冷地说：“现在出版社给的样书有限吧？你还是尽量留着送必要的人士吧。说实在的，我从不看小说。强强他也懒得看。”马自先就在心里嘀咕：真个是“矢孤介杜绝宁国府”啊！不过，他还是把那个情况告知了雪梅。就是前几天，一位翻译他作品的法国汉学家，带他到法国驻华使馆文化参赞住处做客，在那参赞居所的客厅里，他发现那沙发前的茶几，是用一只中国的老樟木箱替代，箱子上也不铺盖布，只在花瓶、茶杯或咖啡杯底下放小型刺绣品做托垫。据那参赞说，樟木箱是从潘家园旧货市场淘来的，马自先仔细观察，越看越眼熟，咦，那不是小姨的旧物吗？打小去小姨家做客，连那箱子上的铜钉铜锁，有怎样的磨损，都记得门儿清啊！就嗔怪："哎呀，雪梅，你怎么能把你妈的宝贝箱子给扔到潘家园了哩！你不想要了，给我也成啊！你可不知道，如今多少洋人寻觅这种东西，认为充满东方情调！"雪梅听了，冷眉冷眼冷鼻冷唇毫无变动，完全不以为然。马自先望着她，心也冷了，几分钟以后，雪梅说："留下一起吃晚饭吧。"马自先忙起身告辞，一迭声地说："不用了，不用了……"

405 雪梅他们当年那个科研攻关组，成功地研制出了水刀。就是通过水的射流效应，可以削铁如泥。但是那个科研成果虽然申请到专利，也获得过表彰，却并没有推广开来。射流这项当年的热门科技，到如今似乎已被淘汰。液压成了普通技术，激光应用在往高端发展，至于直拉单晶硅，虽然可视为是目下芯片技术的鼻祖，却也早已发展得离初始阶段那些玩意儿遥遥远远。雪梅他们上大学的时候，哪有电子设备，计算要用一种手工拉动的计算器，绘图要用一套特制的绘图器具，而且还需要晒图。那些手段，在她退休以前，便已被电子技术取代。雪梅退休前虽然评上了副研究员的高级职称，但是她退

休以后，个人电脑才开始普及，在家里，购置了台式电脑。在电脑前，强强教她使用，她竟显得笨手笨脚，令强强极不耐烦。好不容易教会她设置电子邮箱，教她接收发送电子邮件，她却又死活不能准确、麻利地用汉语拼音输入文字，强强不禁哀叹：“妈呀！你是怎么从大学本科毕业的呀？”她就强调，她上小学、中学的时候，根本就还没有使用英文字母的汉语拼音方案出台，他们学的是国语拼音：ㄅㄆㄇㄈㄉㄊㄋㄌ……强强才强烈地意识到，他跟母亲，的的确确是两代人！

406 雪梅越来越不适应飞快发展的社会生活。使用电脑始终停留在最初级的阶段，使用率最高的只是五种简单的扑克牌游戏。手机在日常生活里越来越重要了，雪梅却一直坚持用座机接听电话。她基本上不往外打电话。有当年大学同窗动员她加微信，她含混应允，其实她到很晚才有手机，还是强强买给她的，她很少利用，没有跟任何人加微信，当然更不会使用手机划款消费，她去超市购物，还一直使用现金。外出她坚持搭乘公共交通，倒不是为省钱，她不习惯招呼出租车，前些年有亮着空车红灯的出租车驶来，她想坐，却羞于举手招呼，心里总觉得那不像样子。近来她克服心理障碍，勇于招手了，那些亮着空车灯的出租车也不停到她跟前，视若无人地一掠而过，后来还是强强告诉她，现在的出租车司机很少“扫马路”揽客，都是通过叫车平台接单。人家从你身边掠过，不是拒载，人家是往约车的主儿那里开呢！强强就在她手机上下载了叫车程序，教她如何叫车，说是如何如何方便快捷，但是强强一离开，她就糊涂了，弄不来，又不愿再请教强强，就放弃外出打车，可腿脚越来越不方便，挤公交车成为难事，这样，她的生活形态，就基本上是宅在家里。

407 但雪梅并不觉得自己的生活凄苦。她生活得非常有规律。每天早上6点起床，没有雾霾时，就到阳台上练一套十样锦健身操。然后吃早点，一般都是喝牛奶，吃面包片抹花生酱，配一根酸黄瓜，再吃点巴旦杏仁。之后浇花，她养的花总是叶绿花旺，特别是蟹爪莲。她的秘诀，就是把牛奶盒里的少量剩奶，兑水存放几天，再浇到花盆中，如此屡试不爽，效果特佳。她不看小说，尤其不会去看表哥马自先写的那些鬼话。她只看养生书，坐在沙发上，让阳光沐浴到身上，读一本养生书，用红记号笔画出重点，是她最舒畅的时刻。中午一般是热头天储下的饭菜，用蒸锅熥热了，慢慢吃。下午她会坐沙发上细看头天的晚报，会看得很仔细，连广告都细看。她坚持喝绿茶，四季、整天，都喝绿茶。晚上，强强没结婚，家里住时，她会烧出两个人吃的饭菜，一般是一荤一素加一汤，主食米饭，只偶尔包饺子吃。强强结婚另住后，她晚上吃得简单，一般是做得量大些，留下一半搁冰箱第二天中午吃，菜以全素为主。晚上她打开电视，一定收看《新闻联播》，然后主要是看科教频道和纪录频道，其余的很少去看。她长期订一份《北京晚报》，每天傍晚下楼到楼外信报箱取报纸，连带在小区花园和健身区里散步，算是保持了舒筋活络的习惯。晚上10点按时上床睡觉。雪梅这种生存状态，马自先的评价是："我那表妹啊，什么都好，就是情商归零。"这评价当然不能让雪梅听到，但雪梅对他的那个评价："我那表哥马自先啊，人倒不坏，可是没个像样的学历，真是个无聊的存在！"也实在不能让马自先听到啊！

408 公婆、父母、丈夫交替过世后，雪梅和强强相依为命。作为母亲，雪梅慈爱不足，照拂却很周到；作为儿子，强强算得孝顺，青春反叛期症状轻微。强强和表哥马驰一直保持联系。马驰跟强强盛赞雪姨，赞颂的核心，就是没有另组家庭。他跟强强说："你可不知道，招进一个后续的来，能有多糟心！"强强心里明白，用不着他抵制，他母亲根本就没有再结婚的打算，他也不明白，那大姨父怎么就那么迫不及待，非要续娶那么一个小媳妇。

409 但是生活总归会起变化。有一天强强跟雪梅说，他有女朋友了。雪梅听后脸上没什么特殊表情，只淡淡地回应道："好呀。"强强就懂得，母亲自己早无爱情追求，对他，也并无恋爱婚姻方面的关注。这应该是件好事。多少同龄人被父母逼婚，或干预婚事，甚至婚后也难以摆脱掉恶性介入，自己母亲这样淡然，可以视为开通，好啊。当然，雪梅也就必问，她叫什么呀？在哪儿工作呀？家里怎么个情况呀？强强就告诉母亲，女朋友叫冯天鹭，在一家著名的高端杂志社工作，是美术编辑，家庭情况分外简单，父母双亡，也无兄弟姐妹，就单拨一个。雪梅听了，微微颔首。

410 母亲既然微微颔首了，可见对冯天鹭的基本情况是满意的。母亲可不是个随便颔首的人。母亲在小区里虽然跟邻居们并不来往，但不少邻居对她都留下印象。她每天傍晚下楼取完晚报，总会绕一大圈散步。她总是微微昂起头颅，头发虽然花白，却总是梳理得齐齐整整，腰板超级笔挺，步伐不紧不慢，一副拒人于千里之外、凛然不可犯的姿态。如此有威严的母亲，听取了儿子对未来儿媳妇的情况汇报，并无丝毫排拒。表哥马驰听说后，祝福强强，说你真是太幸运啦！

411 一个星期天，强强把冯天鹭带家里来了。是个胖姑娘。披肩发大多在脑后，左右有两缕很自然地落在肩前。爱笑，而且往往是无端地笑，别人觉得并不可笑的事情话语，她也笑，叫作笑点极低。笑声非常好听，形容为银铃一般，毫不夸张，而且丰满的红扑扑的腮上，笑时一侧会现出一个非常明显非常可爱的酒窝。雪梅他们家多年没有过那样的笑声，冯

天鹭的笑声仿佛扫荡着那屋里积压许久的沉闷晦气，雪梅一度也被那笑声软化了，难得地露齿开颜。雪梅不爱笑，主要是她一贯总觉得没什么可笑的，再，她知道自己门牙虽齐虽白，却比别的女士显长，笑容会暴露她长相上的瑕疵。

412　那天冯天鹭首次到家，就露了一手。强强跟她来前，从超市买了上好的牛肉，冯天鹭拿刀耐心剁成肉馅，跟雪梅说："阿姨，现成的肉馅可不能买啊，指不定拿什么剩的边角料绞出来的。您看我现在剁出来的，像不像好多小花朵在绽放？"不等雪梅有反应，自己先笑得满厨房回音轰隆轰隆的。冯天鹭剁肉馅，不是包饺子，她擅长的，是烙馅饼。她揉出的面皮薄薄的，烙出的馅饼大大的，把大馅饼切成一牙牙的，每牙那皮都脆脆的、焦焦的，露出的牛肉馅饱满多汁，香香的。

413　围坐在餐桌吃那馅饼，一向寡言的雪梅赞不绝口，冯天鹭高兴地笑。强强望着两位女士，心里灌了蜜。但是，吃馅饼的过程中，雪梅问冯天鹭："你中央美院毕业的？"冯天鹭摇头。雪梅再问："那，中国美院的？"雪梅对大学方面的信息掌握全面，知道设有本科专业的美术院校，中央美术学院主要是培养西洋画法的人才，中国美术学院则主要是培养国画人才。两问冯天鹭都摇头，而且还笑，那么，雪梅就明白了："你是中央工艺美术学院毕业的！有书籍装帧设计专业嘛！"冯天鹭笑得更厉害："您再猜！猜！猜！猜！"强强就给冯天鹭使眼色、努嘴，最后实在无奈，就大摆手。雪梅皱眉盯住冯天鹭，还在逼问："那你外地美术院校分来北京的？要么你非美术专业，毕业后改行的？"强强都替冯天鹭抢答了："是呀是呀，妈，快蘸醋吃吧，多香啊，是吧？"那冯天鹭没心没肺，自曝短板："我呀，根本没上过大学，哈哈哈哈……"雪梅的一根筷子，就落到了餐桌上。

414 那晚强强送冯天鹭回她住处，再返回家里，就跟母亲爆发了一场前所未有的激烈争吵。雪梅认为儿子"瞒报军情"，她不可想象，自己儿子娶一个没有大学学历的媳妇。她一开始没问学历，是因为冯天鹭所供职的那家杂志社，一听就知道是顶尖级的，想必其中的编辑不但都是大学本科以上的学历，而且还应该都是名牌大学出来的。万没想到，那样的杂志社也容纳低学历的雇员。开始强强还跟母亲耐心地说明，就是冯天鹭还在上高中的时候，父母就在一场车祸中双双殒命，成了一个孤女。那时候杂志社的资深美术编辑，跟冯家住邻居，冯天鹭爱好美术，常到那资深美编家里学装帧设计，显露出那方面的潜在才能，因此，由那资深美编介绍，冯天鹭就到杂志社先当资深美编的助理，算是见习编辑，这样冯天鹭可以领到一份工资，自己在父母留下的房舍里继续生活。杂志社当时也正好需要一个那样的见习美编，这样的安排可谓两全其美，上级机构很快批准这项招聘，冯天鹭到了杂志社以后，其装帧设计的才华很快得到发挥。那位资深美编退休后，她就和另外的美编挑起了刊物每期的装帧设计担子，她的工作成果，不但渐渐超过那从中央工艺美术学院本科毕业分配来的美编，在业界也渐渐有了名声，到如今，一提天鹭，装帧设计界的人士就都绝不会计较她的学历，多半竖起大拇指称赞她设计的巧妙高雅。

415 儿子的解释，雪梅哪里听得下去。她厉声宣布：“没大学本科学历，不可以！咱们家，无论你父亲那一系，还是我和你大姨那一系，远了不说，晚清时候，祖上都是举人，后来的，你爷爷，你姥爷，都是留洋的，到了你爸爸这一辈，全都有大学本科学历。我和你大姨这边，也就你那表舅马自先，自己不争气，只是个大专，诗书继世嘛，这样的家风，怎能到了你娶媳妇的时候，断裂开来？说什么，我也咽不下这口气！你怎么就找不到个学历跟你平齐的媳妇！那冯天鹭，合算高中都没上完，你娶她，你不憋屈，我先憋屈死了！”强强听了大怒：“学历学历，你就在乎学历！你怎么就一点不在乎我的爱情！爱情，你合算一点也不懂！你嫁我爸，合算就为嫁个学历？”雪梅端坐沙发，不倚靠背，如冰山顽石：“反正我跟你爸都是正儿八经大学本科学历，我们门当户对！”

强强跳了起来："你们那算什么了不起的学历！并非清华北大，连复旦南开都不是，不过是当年北京西郊的所谓八大学院里头的一院罢了！只是college，根本算不上university！而且，你们撑死了也就是个学士！是硕士吗？是博士吗？现在光是我们公司，硕士博士就一抓一大把！人家还看不起只有学士学位的主儿哩！"雪梅居然心平气和地解释："我们上大学头些年，大学里还有苏联专家的时候，有过研究生的设置，到我跟你爸入学以后，苏联专家全撤走了，也再没研究生一说了。若是那时候还招研究生，你爸我不好说，我是一定考上的！"强强就感觉，面对的是一堵刀劈无效、水泼不进的石墙，只能悻悻地再顶撞："苏联专家！把我牙笑掉！那种专家能带出什么研究生来？现在我身边就有好几个从美国哈佛、普林斯顿来的'海龟'博士，英语溜溜的，你们那时候会英语吗？学俄语的吧？一嘴俄语，有什么用？现在科学技术界的国际工作语言是英语！"雪梅便不禁喃喃自语："唉，就是当年学的那点子俄语，也早忘到伏尔加河里去了！"强强就问："我要是偏跟冯天鹭结婚，你就跟我断绝母子关系吗？"雪梅一下子靠在了沙发背上，眼里罕见地现出泪光，半晌才说："你这忘恩负义的白眼狼！我全是为你好，死不明白吗？"

416 青山遮不住，毕竟东流去。雪梅没有阻止住强强和冯天鹭的结合。强强跟冯天鹭是在一次派对上认识的，强

强后来说，他对冯天鹭不是“一见钟情”，而是“一听钟情”，冯天鹭那笑声实在太有魅惑力了！交往中，也曾问过：“你父母那样去世，你怎么会有这样的笑声？”冯天鹭回答这个问题时没有笑，面色罕见地严肃，她说：“他们的噩耗传来，我先是愣成了一块木头，自己不记得是怎么待着的，后事都是爸妈单位的叔叔阿姨给办理的，单位还派了人，邻居也帮忙，学校老师，同班同学，轮流陪着我，劝我喝水、吃饭、睡觉……我迷迷糊糊，也不知是做梦，还是在参加演个什么电影，直到那天，人家把他们的骨灰盒送到我面前，我才‘哇’的一声哭了，哭得好惨。据说我不吃不喝地哭了整整二十几个小时……大概是，我把这辈子哭的力气，全哭尽了……后来还有心理医生来家陪我说话……再后来，你知道的，我就进了杂志社，个个都对我好，我就渐渐想开了，他们去了，我怎么办？找根绳子？找瓶毒药？要么从高楼楼道的窗户往下跳？我的父母，他们一定在天堂，他们天天俯瞰我，他们希望我健康、快乐地生活，对不对？最后我就形成了这样的想法：我要好好活着，要快快乐乐，要做有意义的事情，要会创造、创新！并且，要爱喜欢的人，也要那个人爱我！我不能放弃哪怕是点滴的快乐，该笑要笑，你们觉得不值得笑，我想笑，也还是笑！”说着又笑起来，“你看今天天气多好！天空多蓝！树叶多绿！而且面前的这个憨小子，他对我多好！难道我不应该笑吗？哈哈哈哈……”

417　冯天鹭把父母留下的老房子卖了，强强用自己的积蓄，加起来，没跟雪梅要一分钱，就全款买下了婚房。婚礼那天，杂志社说是聘女婿，主办了很高雅的婚礼。除了杂志社的人，几位社会名流也来出席，强强所在的外企，来了不少西装男靓装女，洋人高管也到场祝贺。雪梅那天眼见没有高学历的媳妇得到那么多高学历、高身份的人士青睐，心里也就对学历这事儿多少释然了些。

418　雪梅问强强："天鹭都画些什么画？哪天拿来我看看。"强强说："她不画画。""不画画？"雪梅就糊涂了，美术编辑，能不画画吗？有个星期天冯天鹭杂志社有活动，强强先单独来看望，带来了一摞杂志，拿给母亲看，跟她解释，像这种高端杂志的封面设计，往往并不放图画，甚至讲究"素面朝天"，但底色怎么选、杂志名称那四个字怎么摆放，是横放、竖放还是田字型，大小怎么把握，以及年代月份的阿拉伯数字的字号怎么选，怎么大小配合，特别是怎么放横线或竖线，线条的粗细度，全是学问……雪梅检视那些封面，强强问："顺眼吗？"雪梅颔首。强强就说："不是每个美编都能做到顺眼的！这下您懂得咱们天鹭的厉害了吧？"强强拣出一本，那期封面是用一张有浅条纹的大理石照片当衬底，还有红色的装饰图案，上面显示出"50"的字样，整体看去绝不华丽，却也并不素淡，既端庄也雅致，那是纪念杂志创刊50周年的特大号。雪梅虽然觉得也还爽气，却也品不出妙处，强强就告诉她："妈，您可得知道，这是天鹭在期刊封面评比中，得了金奖的啊！连老一辈的封面设计权威，都带头夸好！"

419 雪梅翻检着那些杂志封面，仿佛又听见了儿媳妇那惯常的笑声，心里减轻了不少对其学历低下的鄙夷。雪梅说："原来天鹭她整天就是弄这些封面啊！"强强忙跟她说："哪儿是光设计封面呀！扉页、目录、正文……整本杂志都需要设计啊！"就翻开一期的目录给母亲看，雪梅看去觉得没有什么呀，强强就指点："这目录的排列法，都往当中靠；左边，文章题目把末尾一字对齐；右边，作者署名把开头姓氏对齐；当中是页码，再适当留白，都用黑体字……怎么样，跟那种刻板的目录不一样吧？这就是天鹭发明的，她这么做了以后，一段时间，好多杂志跟风，所以她后来又有新的创意！"又翻动杂志内文给母亲看，"您看，如今一般都不配插图了，那怎么让版式有文艺味儿？题目页这样留白，横线这样使用，竖线则这样使用，文章最后的空白处用一点尾花，也不是图画图案，您看，是些篆刻作品，都是天鹭自己刻的，好雅致，不是吗？"

420 强强又跟母亲说："天鹭到编辑部以后，都陆陆续续换了五次主编了，每个主编都器重她。别看她学历确实欠缺，跟您说吧，最近机关评高级职称，现任主编让她填了表，学历是短板，但历年来的工作成绩，业界评价，获得的奖项，却都过硬啊！若是评上，她就是副编审了，跟您那个副教授，可就平起平坐了啊！”今后媳妇在职称上要跟自己平起平坐了？雪梅听来很受刺激。对此她高兴不起来，不再颔首，冷冷地说：“自学成才，当然也好。不过科班究竟还是正宗。”强强就知道，母亲的唯学历观念，是掰不直的。那就算了吧！她健康就好。

421 雪梅身体还算健康。每年所里安排退休人员体检，她必去，领回的体检结果，现在是一个小册，每一项都开列得很细致，也都有医务人员手写的一些说明和建议，她很在意，往往要细读细推敲好几天。那个星期天强强和媳妇来看望，提来肉菜，媳妇说要给她做顿香香的。她一检视买来的东西，就尖叫一声：“哎呀！”媳妇冯天鹭就笑起来，知道婆婆一定又是批评教导，觉得好玩。果然，雪梅就数落起他们来：“怎么这么不懂事！不是跟你们说了我检查出尿酸偏高吗？这西兰花的嘌呤量很高的！怎么能弄给我吃？”冯天鹭就笑嘻嘻认错：“都是我都是我，不懂事不懂事……这西兰花我们带回去吃。”婆婆虽挑剔，媳妇总乐于认错，因此婆媳关系也就一直还很和谐，没出现什么大褶子。

422 那天一起吃完晚饭，冯天鹭洗完碗，大家都坐到了沙发上，强强就跟母亲说：“妈，我们有件大事，要跟您商量。”倒弄得雪梅一惊。能有什么大事呀？这么郑重其事的，连冯天鹭也不笑。强强就搓着手说：“妈，我跟天鹭，我们商量定了，我们……要丁克。”开头雪梅没听懂：“什么什么？你们跟我要什么东西？”冯天鹭接上去告诉她：“就是，我们决定不生孩子。我们想一直保持这种轻松快乐的二人世界。”雪梅坐在沙发上，不靠靠背，腰杆笔直——这是她在孩子们面前惯常的坐姿——她懂了，脸上表情却无变化，儿子儿媳妇都望着她，半晌，她慢条斯理地说：“我当什么了不起的大事，原来是这个。那是你们俩的私事，我不干预。”冯天鹭就扑过去，搂住她，笑成一朵大花：“好妈妈！谢妈妈！妈妈真开通！我们真幸运！真幸福！”

423 雪梅的生活就那么江流石不转地延续下去，可是毕竟她一天天老了，能总这么独立生活吗？冯天鹭几次跟强强商量：“给妈请个保姆吧。”强强说：“要请早请了。妈倒不是为省钱。她自己不是说了吗，你也听见的，现在每个月的退休金，她的问题不是不够花，是没有能力去花。她需要我们陪她去超市购物，咱们给她买过去，她会嫌不完全合她的意，她必得自己亲自挑。陪她买完东西送她回到家，把买的东西帮她归置好，她就嫌咱们多余了。她坚持自己烧饭做菜。你去了，做的拿手牛肉饼，她爱吃，但你做的菜，她总觉得不是咸了就是硬了……”冯天鹭就笑：“有时候又说淡了，太软没嚼头了……哈哈哈……”强强感叹：“如今官方都在强调：常回家看看。可咱们妈她怎么说?”冯天鹭就学婆婆坐沙发的姿势，拿捏着，学婆婆的口气：“你们呀，不用常回家来，我实在需要，会打电话招呼你们。”学得实在太像，强强先笑，冯天鹭跟上去笑得天翻地覆。

424 马自先去报名邮轮旅游前，也曾给表妹雪梅打过电话，说知道那时段强强外派昆明一个月，冯天鹭还没用去这年的年假，动员雪梅跟冯天鹭一起报同一个团，两家亲戚结伴邮轮旅游，岂不是件美事？其实在给雪梅打电话之前，马自先已经跟强强天鹭通过气，外甥外甥媳妇当然没有意见，也都指望他能说动雪梅，结果正如估计的一样，雪梅真是刀枪不入，冷冷地回答表哥：“你跟二朵去吧，别拉扯上我。这么多年，我独惯了!”就这样，马自先跟雪梅，各自的生命运行轨迹，就更呈平行线状态了，虽然在那个晚上，他们各自在梦里，都梦见了对方……

425 邮轮上，大孝子安顿好父亲，待父亲睡下发出入睡的鼻息，就先微信联系妻子，然后去到妻子与岳母的舱房，看望尚未入睡的岳母。进入妻子和岳母的舱房，觉得两母

女似乎又刚拌完嘴，满屋弥漫着不和谐的气氛。岳母在圣托里尼岛崴了脚，一边踝骨那里肿起老高，回船后大孝子已经给她按摩过，敷上带来的膏药，又给她内服了白药胶囊，现在观察，略有平复。岳母见他来了脸现笑容，跟他说："好多了。"他就说："您好好休息。明天那马耳他，老爸和您就都不上去看了。离开马耳他，船再航行两夜，就又回到西班牙巴塞罗那了，从那儿咱们就飞回北京了。我已经跟船上部门经理说好了，允许我们把自助餐厅的食物取些给您送过来。您就安心调养吧。"岳母还是忍不住告女儿的状："你说她像话吗？回到这屋，接盆凉水给我泡脚！"他就帮忙解释："亏得咱们自带了脚盆。平时每晚当然要用热水烫脚，可是您崴了脚，用热水烫，血管就扩张，肿的地方就更肿了，用凉水，血管收缩，对您恢复有利。"岳母还是抱怨女儿："你说得多明白。她可好，也不跟我这么耐心解释。我就觉得她是故意糟蹋我！"大孝子就跟妻子使眼色，妻子就隐忍了没有回嘴。回到自己和老爸的船舱，大孝子望着老爸熟睡的模样，回味这几天老爸的表情，心里明白，老爸所收获的，只是自己对他的一片孝心，其实老爸对船上的娱乐、岸上的风景，越来越没兴趣。但是，对于自己这次的邮轮游安排，他不后悔。总算在人生的这个节点上，做了桩再耽搁就无法做成的事。

426　若瑟和她没能游上夜泳，回到舱房，都没议论那两个少年霸占泳池的事。她们见怪不怪。你若认定了世界本荒谬，那就能消化掉任何意外遭遇。她们洗漱后，分别靠在各自垫高枕头的床背上，各用自带来的平板电脑，又各自带上双耳耳塞，观赏各自喜欢的节目储存。若瑟观赏的是一部老掉牙的法国电影《基度山伯爵》。她觉得在这邮轮上邂逅的作家马自先，有点像电影里那个饰演基度山伯爵的演员路易斯·乔丹——此人若还活着，该有100岁了吧。她在观赏中，也就不免把马自先的形象带入，想入非非。她呢，看的却是英国皇家芭蕾舞团的《罗密欧与朱丽叶》，最陶醉的是朱丽叶卧室幽会那一场，饰演朱丽叶的塔玛拉·罗霍不消说好极了，但最令她神魂颠倒的，还是罗密欧的饰演者，出生在古巴的棕色皮肤的卡洛斯·阿科斯塔，这一版《罗密欧与朱丽叶》是芭蕾舞历史上第一次由黑人演员（卡洛斯是混血儿基本上可归入黑人范畴）扮演罗密欧，这个非白种的罗密欧征服了包括英国女王在内的所有观众。她在观看高清图像时，不禁也想入非非，不由得联想到邮轮上的那个大溪地的也是棕色皮肤的健美男，只是自己对这样美好的生命，只能观赏，却难以真正交融。叹！叹！

427 林珊珊、陈佳佳母女都期盼着明天的马耳他上岸游，那也是这次旅行的最后一个新鲜的观赏地。她们洗漱完就都早早上床入睡。没有梦。她们的鼻息氤氲出甜蜜的气氛。

舱房的台面上，有佳佳从圣托里尼火山岩缝隙里采来的一束瘦弱的野黄菊，插在一个玻璃杯里，陪伴着她们这美好的夜航。

428 龙秉谦在临睡前，从手机短信上看到一条信息，还附有两张照片。那是侄女龙荃荃发来的。他和哥哥早搞坏了关系，断绝了联系。没想到这天竟有侄女的短信发来，内容是这样的：“小叔：告诉您，我父亲于前天因肺心病导致心梗去世。从姑妈那里得到您手机号码和地址。父亲临终前，嘱咐我把他从奶奶那里继承的物品里，分别找出三件转给大姑妈、您和小姑妈作为念想保存。请看传去的物品照片。一张照片是1929年奶奶乘海轮赴法时，在柔佛港买下的一对工艺品小象，父亲说给您和小姑妈各一个。一张是1932年奶奶在巴黎居住时到蒙马特高地由街头画师给她画的像，转给大姑妈。我们一家都好。祝您全家好。”侄女儿跟他没有什么感情，这个短信显然是出于对其父亲的孝顺，照章办事。得到哥哥去世的消息，第一反应是，啊，心梗，不受罪。八年前姐姐告诉他嫂子因结肠癌去世的消息时，心头还有痛惜。妻子一旁看他发愣，就从他手中取过手机，看后先不语，然后问：“柔佛是什么地方？这黑黢黢的东西，是硬木雕的吗？那象牙是真象牙材料做的吧？快九十年了，算古董吧？值钱吗？递来了要不要找懂行的估个价？”他一把抢回手机，斥责：“财迷心窍！情谊无价，懂吗？”妻子就撇嘴：“情谊？你跟你哥有情谊？”看他只是愣

愣地坐着，就管自先睡了。龙秉谦坐床边，脑海里仿佛有岩浆融化。忽然他咬住嘴唇，鼻子发酸。到头来哥哥对自己，还是有感情的啊。把一对小象分别转给自己和妹妹存念，是劝和的意思啊。毕竟手足呀！回首当年妈妈去世分割遗物，以及之后种种事情，真如缥缈一梦。

429 秦淑蕙对这次邮轮之旅非常满意，对明天将去游览的马耳他充满期待。关于马耳他，她也通过百度搜索做足功课。旅游资料里说，在瓦莱塔城，有座圆顶的莫斯塔教堂，二战时德国飞机轰炸马耳他，一枚炸弹穿过圆顶落下，竟然没有爆炸，落地后反弹到一侧墙壁那里静止，当时教堂里的信徒正在排队领圣餐，因此那炸弹也没有砸到任何一个人，此事成为一桩奇迹，当然被解释为上帝的着意保佑。秦淑蕙问过领队小张，小张说在马耳他的参观安排上，有莫斯塔教堂这一项，还可以看到那枚后来取掉引信的德国炸弹。

430 秦淑蕙坐在沙发上看手机，老公从卫生间出来了。她一抬头，忽然有了想法，说："你站住。"老公站住，不明所以，问她："怎么?"她只是打量老公。有句话在喉咙里，怎么也放不出来。老公也就端详她，再问："怎么了?"她未吐出那句子，脸先红了。终于，她喉咙里涌出了那个句子："你、你简直，一个、一个人体艺术。"老公明白了。本来打算

穿短裤背心，且不穿，过去把她从沙发上拉起来。秦淑蕙先洗的澡，穿的浴袍。老公就卸掉她的浴袍，把她抱到床上。他们同床这么多年了，还是头一回这么疯狂地做爱。秦淑蕙拼命吻老公的胸肌臂肌，老公一直深入到她的花心。

431 滕亦萝在舱房台面，就着区域灯，整理一摞小卡片。他等待雇佣方把酬金划过来，手机上却一直没有显示。若来网上银行入账通知，他那手机会发出所设定的韩语“小乖”的彩铃声，听来就有些像汉语普通话的“呀呜噢”。他就再往那边发信息，强调若再过三小时不划款来，明天的颁奖活动就肯定不会举行。那边这几天一再表示绝不会失信，只要在马耳他颁奖的线上信息一冒头，款肯定就划过来。他要人家先划。人家非得事成才划。他沉得住气，因为他知道雇主那边对这场活动的需求非常迫切。而他呢，就算款不到事不做，也无非等于暂停业务旅游一趟。灯下微笑，想起那雇主的贪婪与吝啬、野心与脆弱、狡狯与颟顸，挺好玩的，这种SB的钱不去赚它，还算什么神奇策划！再顺一下那摞卡片，明天临场会很技巧地操弄一番，卡片如扑克牌，可以多次洗换，再多干扰，以他的应变能力，是稳操胜券的。忽然手机一声“呀呜噢”，揉眼细看，到账七位数！不由双掌手指交叉握紧，掰出连续的骨节响声。

432 领队兼小张，回到底舱的那舱房，跟妻子满妮微信通话。妻子说决定换掉他们那张床，这几天睡在上头心里堵得慌。这晚是到父母那边去睡。小张让她忍几天，等他回去再换，妻子却说简直等不及，已经去家具城，挑选了一种，再不要席梦思垫子下头有暗柜的了。又说当务之急中的当务之急，是让爸爸的精神彻底恢复过来，说爸爸几天没有写字画画了，昨天只写了一幅字，写完摇头，没拦住，抓起来撕了。小张就说，马耳他停一天，海上再航行两夜，第三天一早到巴塞罗那，在巴塞罗那补看两处地方，傍晚到机场，晚上就飞回北京，算起来四天后就到家了，一切等他回去再说，好不好？但听满妮那口气，他回去就睡新床了，弄得他心里别扭。床是多么重要的东西，怎么能有不和他一起挑选就确定下来的道理呢？冲了个澡，同宿舍的按摩师还没回房，都几点啦？按摩的活儿还没完？难道又有什么神秘的打人事件在顶层发生？原来小张和那按摩师也不过是点个头说几句淡话的偶遇关系，此刻小张却盼按摩师归宿，好歹也能吐吐苦水，讨论讨论哪种床睡起来最舒服，得点哪怕是潦草敷衍的安慰啊。

433 陆向东和郝向阳各自检索完相机里的照片，都还不想洗漱睡觉。陆向东坐在舱房台面前的椅子上，郝向阳坐在沙发上。郝向阳忽然问陆向东：“那天，你为什么帮着我揍那家伙？”陆向东回答：“我们是朋友，对不？”郝向阳脸上现出感动的表情。陆向东就又说："我信任你。你必有你的道理。是一种共振吧。如果我激动起来，疯狂起来，你也许也会一样地共振。"郝向阳说："必然的。"陆向东说："可是，我没有仇家。真没有。"

434 从陆向东和郝向阳的名字，就可以知道，他们是同一个历史阶段降生的，而且他们各自的父母，各自的家庭，都镶嵌在同一空间的同一格局中，但他们两家的故事却并没有很多的重叠点。郝向阳家曾有过悲剧，陆向东家却基本上是轻喜剧。陆向东父母都是一家工厂的职工。论起来，陆向东父亲的成分不怎么好，算是个小业主，后来公私合营，一家大的私营工厂是主要的资方，陆向东家的和另两家的小作坊合并进去，算是次要的资方。大风暴中没受到什么大冲击。只是后来工人阶级占领上层建筑，工厂派出工宣队进驻当地专科学校，陆向东父母都没当上工宣队员。陆向东那时候才模模糊糊地意识到，自己父母好像有点生锈。后来插队，再后来考上北方的大学，毕业后进了北方那座城市的电视台，在那里娶妻生子，刚退休，这就应插友、好哥儿们郝向阳的邀请，一起报名参加这个旅游团，两个人各带一架高级单反相机，快乐地一路拍摄。

435 郝向阳有饥饿记忆。上邮轮后，在点餐餐厅，郝向阳见餐单上有烤羊排，立刻点下，也劝陆向东品尝。陆向东却说："别跟我提羊肉。早吃腻了。"原来他大姐嫁到青海，姐夫是那里的干部。他少年时代，大姐通过相好的火车列车员，时不时往家里送晾干的羊肉，一送一麻袋，他家住工厂宿舍，是排房。那时候其他家都很难吃到羊肉，只有回民才能凭票买到羊肉，可是他们家小厨房却经常飘出爆炒羊肉、红焖羊肉和浓浓的羊肉汤的味道。他父母也曾割出小部分羊肉分赠邻居，却仍招嫉恨。后来他弟弟参了军，他父亲高兴得喝了个烂醉。为什么？陆向东懂，就是当年父亲没能成为工宣队员的那层锈，彻底地洗刮干净了。弟弟后来成了军官，那时候总有邮递员来，每到他家就喊他妈的名字，接下来吆喝的是："快拿章子!"原来是他弟弟往家里寄钱，每月三十块。他妈就总是满脸红光地举着一个简陋的木头图章，出去迎接那汇款。那邮递员催他妈"快拿章子"的喊声，也招某些邻居妒羡。再后来他从北方电视台给父母寄钱，那时候工厂的排房都拆尽了，盖起了商品楼房，他家没有选择回迁入住，已经住到质量更好的商品楼里，各家鸡犬不相闻、老死不往来，也就没别家知晓，招不来羡慕嫉妒恨了。

436 如今郝向阳、陆向东的父母都不在了。陆向东没有基度山伯爵的情怀，他笑说，论恩仇，没有仇家也罢，可是，我竟也想不出什么需要报恩的人士。回到度过少年时代的城市，哥哥姐姐弟弟也都不在那里居住了，论亲人，郝向阳算是吧，但非说郝弟是恩人，是不是有些个牵强？

437 陆向东就问：“恨一个仇家，见着就想动拳头，究竟是一种什么心理活动？”郝向阳就跟他细说端详：“你帮我揍的那家伙，是个大坏蛋。后来在巴士上，那个作家马自先，不也揭露抨击了他半天吗？那个什么宙教授，投机分子，伪君子，唯利是图，不择手段。”陆向东说：“那是公愤。我想知道，你那私仇。”停了停又问，“是为了你爸吗？那天在米克洛斯岛，你讲出一点。我没追问你。我知道，你总有一天，会跟我全盘托出的。”

438 那个宙玉鹏，是郝向阳上的那个中学里高他两年级的一个学生。郝向阳的父亲虽然是那个学校的教师，并没有教过宙玉鹏。郝向阳的父亲教物理，却喜欢文艺，爱唱京剧不消说了，还舞文弄墨，时不时给市里日报副刊投些小文章，有退回不用的，也有刊登出来的。那时候稿费，一篇大约是三块钱，很不错啦。那时候父亲那样的教员，每月工资也不足五十块。得了稿费，父亲会请亲友下餐馆，敢点干烧鱼那样的硬菜，干烧鱼什么的端上了桌，父亲会得意地用筷子点着说：“请品尝我的拙作啦！”后来风暴骤起。开头郝向阳父亲也没多大的事。后来有天又在操场开大会，是批判别的人。宙玉鹏作为学生代表发言。他为什么有资格发言？因为他在批判《海瑞罢官》的时候，给北京的大报纸投去一篇批判文章，竟被登出。不仅在那所中学，在整个城市可以说都引起了轰动。他在台上念他那篇发言稿，念着念着，忽然念出这样的句子："反动文章，也出现在我们这里，写文章的人，就在我们身边。他猖狂反对江青，反对京剧革命，我们为什么还不把他揪出来？"这个人是谁呢？宙玉鹏大声点出名字，竟然就是郝向阳的父亲！

439　宙玉鹏厉声点出名字，坐在操场那水泥砌的主席台下的师生，就都扭头朝一个方向望去，那正是郝向阳的父亲坐着的地方。他是坐在他担任班主任的那群学生的最后面，当时，郝向阳也本能地随众那样扭头去闻声寻人。后来，直到父亲去世，他也没有跟父亲交流过，那一刻各自的心情。多年来，郝向阳经常在梦中，忽然听到宙玉鹏厉声点他父亲的名，于是就浮现出许多没有身子的人头，齐刷刷地扭向一边，去查看那被点了名的人头。

440　宙玉鹏那样点名的依据，就是郝向阳父亲刊发在市里日报副刊上的一篇小文章。那时候还没有"样板戏"的称谓，但已有"京剧革命"的提法，"京剧革命"的成果，《红灯记》、《芦荡火种》（那时候还没有改叫《沙家浜》），也被他们

那个市的京剧团排演出来。郝向阳父亲作为京剧迷，当然是先睹为快。那篇文章一开头，就为京剧革命叫好，觉得《红灯记》《芦荡火种》非常精彩，看了受教育，得到审美愉悦，文章只是在最后，表示作为一个京剧老戏迷，希望在今后的某些剧目里，能保留小生小嗓，以及青衣的水袖功，使一些优美的传统技艺，得以在新时代新剧目中获得承传。那篇文章刊发后并没多少人注意，却不曾想被眼尖的宙玉鹏发现，他知道不用小生小嗓，以及废掉旦角水袖、净角脸谱，都是江青的指示，于是就在那天会上发难，揪出了郝向阳父亲。

441　郝向阳其实并不愿意回首这些往事。忘却也许既是大局所需也是封存心灵病灶的良策。但他后来却总会在梦中重复那无身体的许多头颅应声扭往一边寻觅敌人的恐怖情景。最令他难堪的，是几次梦见父亲被点名以后，宙玉鹏带领一些“小将”到他家所住的那条巷子贴大标语，每个字有一整张报纸大小，开头三张上是父亲姓名，被打上大叉子，然后是“猖狂反对江青同志罪该万死”，最后一张纸上是一个巨大的惊叹号。而梦中有他出现，并不是去撕那些大字报，却是在亲自涂出那个巨大的惊叹号最下面的大圆点。

442　那条巨幅标语贴出以后，他们一家人每当走出院门走出巷子，都极度屈辱，也极度恐惧。他如今还记得母亲每当必须出去购买日用品时，脸上的那种不忍形容的表情。

443　本来，噩梦醒来是清晨。江青和另外三个人被形容成四只螃蟹，给抓起来了，郝向阳插队回城了，学校也给父亲平了反，母亲脸上也有笑意，他应该与宙玉鹏不相干了，却万没有想到，他大学毕业以后，在报社负责采访文化口，领导忽然让他去采访一位“改革志士”，开头他也没有在意，宣传为改革开放领风气之先的人物，是工作本分，也是他心所向往。那“改革志士”据说系从本城走出去的，已成为一方骄傲。先是在政府大礼堂，听取“改革志士”的报告，他的采访，约定在报告之后。“噼噼啪啪”一阵掌声，请出一位西服革履器宇轩昂的人物登上讲台，市委副书记先介绍，此“志士”姓名两个字，姓邹？看去怎么似曾相识，再细看，那不是宙玉鹏吗？怎么现在改叫宙斯了？那宙斯开始演讲，也不用稿，侃侃而谈，国内国外，世界宇宙，政治经济，文学艺术，七穿八达，融会贯通，而且妙语连珠，幽默诙谐，还时不时用几句乡音俚语，引入发噱，笑声、掌声不断。郝向阳在台下第一排望着听着，目瞪口呆，不知所措。内心也确实有这样的想法：那时候他也还只是个中学生啊，人是可以改变立场和观点的啊，我不能以一己之痛，去抹杀他今日“改革志士”的光辉啊。但是，在涉及文学艺术的部分，郝向阳分明听台上那位痛批江青，说那“白骨精”把舞台上的爱情杀光光，连《白毛女》里的喜儿和大春，也完全剔除了爱情，只是革命战友，这种反人性的处理是最准确意义上的反革命、反艺术……这些话倒也罢了，接下来，那宙玉鹏竟若无其事地说，那“白骨精”毁灭了传统京剧艺术，竟然把小生小嗓的行当、旦角的水袖、净角的脸谱，还有靠旗、翎子什么的，统统扫荡了……听到这里，郝向阳惊诧莫名，气愤已极，恨不得跳上台去，当着几百个听众跟他大吼：“你不要脸！”是的，你可以改变立场观点，但是你应当先有检讨，先跟被你扣上“反江青”罪名最后导致死亡的老师谢罪！当然，郝向阳没有冲上舞台，而是起身离开了礼堂，当然也就没有采访那家伙，为此，后来被领导批评处分，但他只说当时突发肚子痛，只好先去医院。

444　后来有别的记者，写出了占据一整版的采访，配发了“改革志士”的大幅照片。那天的报纸的那一版，郝向阳拿到厕所擦了屁股。但是再后来，宙斯没有再回乡。可能是他已经成就大名，不屑到这么个不出名的城市了，也可能是，除郝向阳外，毕竟也还有知道他底细、看不惯他的人，往市里甚至省会、北京写了对他不利的材料，他也就尽量避免回乡招惹是非了。但这些年各路传媒上，宙斯仍是个热门人物。郝向阳每看到关于宙斯的消息，就恶心，就不忿。没想到参加这个旅游团，竟然仇人相见，难怪他分外眼红。他判断，宙玉鹏并不认识他。当年宙玉鹏应该不清楚，所揪出的那个“反江青”

从而“罪该万死”的老师，有个儿子郝向阳也是那所中学的学生，他在台上厉声点名时，那个少年也不由得往后边扭头。

445 郝向阳跟陆向东痛说往事，倾诉心曲，由平静而激动，激动中又有苦笑，有自我抑制，然而说到最后，郝向阳突然掩面号啕大哭。陆向东就也坐到沙发上，一只胳膊搂住他肩膀，跟他说：“郝弟，我理解，我都理解。你本不是一个愿意和能够实施暴力的人。我也不是。可是我们就那么把他揍了。你莫后悔。我不后怕。”郝向阳靠在陆向东肩膀上说：“不是悔和怕的问题。是……为什么？这一切，究竟都是为什么？谁让他，谁让我，还有好多别的人，成了现在这个样子？”陆向东让郝向阳靠住他肩膀，不由得也滴下眼泪。

446 终于跟莫大能结束了微信通话。石可尔把自己彻底冲洗干净，躺进雪白的被窝，枕着高高的枕头——因为是一个人享用舱房，他把那张床的一个枕头也拿来用——抛开别人，哪怕是朋友，集中心智情感，来想自己的事。细细地回味了这些天在邮轮上以及岸上，与林珊珊、陈佳佳母女接触的种种情景。最宝贵的收获当然是佳佳口中呐出的“爸爸过世”那句话。明天自己应该怎么做呢？本来极其厌恶那个策划胖子，但明天一定要抑制住对胖子的嫌厌，在佳佳颁奖的一刻，为她捧场，给她鼓劲。甚至于，可以今夜准备一样东西，作为献给

“最佳颁奖嘉宾”的奖品！但如今在这船舱里，赤手空拳，哪里变得出恰切的可作为那奖品的物件呢？啊，不妥不妥，若对佳佳反应过度，会不会让人以为，他是追求佳佳，意欲“一树梨花压海棠”呀！那可就弄巧成拙，适得其反了！自己优柔了一辈子，为什么这次就不能破釜沉舟，直奔主题呢？就算林珊珊已经有了男朋友，甚至就算林珊珊根本就有二婚丈夫，我跟她表白，我打那时候就爱上了你，我希望后半生跟你相爱相守，又算多大的罪过？难不成把我扭送公安局？我是男子汉，我还能给予所爱的女子灵与肉的双重快乐，海水滔滔，时间流淌，春宵将尽，刻不容缓！马耳他登岸后，再过两天，就要在巴塞罗那登机返航了，明天，明天，关键的一天，我应该勇敢，我的生命之树应该开出满满繁花……吔，我为什么不写一首诗，明天直接献给林珊珊呢？想到这里，石可尔从被窝里蹦出，裹好浴袍，坐到舱房台面前的椅子上，他从箱子里找出纸和签字笔，把带来的iPad放一旁，启动后，检索出《溜冰圆舞曲》的音频集锦，一边放送那音频，一边开始写诗。原来他跟诗没什么缘分，姐姐石可菀一度写诗，有的诗还刊发在顶级刊物上。有次他读了姐姐一首被刊发在头题的诗，随口说了句：“就这样呀，我也能写！”姐姐就跟他说：“你写呀!”他说：“只是我心里还没有写诗的冲动。”姐姐说：“你是对的。诗的好坏，其实首先是写的人有无生命的悸动。”现在他心里有难以抑制的悸动，溜冰啊，圆舞啊，没死啊，不死啊，海风啊，鸥鸟啊，珊珊啊，来迟啊，火山岩缝隙里，风中抖动的小黄菊啊……

447　东方水平线逐渐明亮。邮轮两侧的排浪声渐渐舒缓。船舷一侧，那边，显露出了尖塔、圆顶、楼宇、城堡组合构成的天际轮廓线。马耳他瓦莱塔城到了。

2020年1月25日，庚子年正月初一，完稿于温榆斋